1.ª edición: septiembre, 2016

© Anna Galbis, 2016
© Ediciones B, S. A., 2016
      para el sello B de Bolsillo
      Consell de Cent, 425-427 - 08009 Barcelona (España)
      www.edicionesb.com

Publicado originalmente por B de Books para Selección RNR

Printed in Spain
ISBN: 978-84-9070-281-9
DL B 11123-2016

Impreso por NOVOPRINT
Energía, 53
08740 Sant Andreu de la Barca - Barcelona

Talla treinta y choco

ANNA GALBIS

*A mis padres, que me enseñaron a creer en los sueños;
a mi marido, que me ayudó a hacerlos realidad;
a Santi, el tesoro más preciado de mi vida.*

1

—Bacalao, rape, rodaballo, dentón, chicharro, acedia, cazón...

Míriam repetía en voz baja los nombres de los pescados que llegaban a la tienda cada día. Necesitaba memorizarlos para no volver a meter la pata. Habían estado a punto de despedirla cuando una señora le pidió gallo y ella la envió a la carnicería.

Hacía un año que trabajaba de pescadera en un gran supermercado. En realidad se presentó a un puesto de recepcionista para el departamento de Atención al Cliente. Pero misteriosamente el puesto ya estaba dado a una jovencita rubia de veinte años, sobrina de uno de los directivos, que debía de ser un as en la cuestión porque consiguió el trabajo sin ni siquiera hacer la entrevista.

Míriam detestaba el olor del pescado. Pero después de enviar más de cien currículums para un empleo de administrativa, sin obtener respuesta alguna, no se lo pensó dos veces cuando el supermercado le ofreció un puesto de pescadera «cualificada», como le decía de broma su hermana Salu. En cambio, su madre Lolín estaba encantada, ya que siempre le guardaba las mejores piezas para sus guisos.

El sábado era un día de locos. El supermercado se llenaba de familias que aprovechaban para hacer la compra. Míriam despachaba a los clientes sin descanso. Gambones, navajas, bogavantes, se notaba que el fin de semana la gente se permitía un capricho. Su compañero Luismi se acercó con una caja llena de gambas congeladas.

—¡No te vas a creer de lo que me acabo de enterar! —le dijo al oído con un halo de misterio.

Luismi se había convertido en su mejor amigo del trabajo. La había sacado de más de un apuro. Sobre todo el día en el que a Míriam le hicieron un pedido de anguila fresca y cuando intentó sacar a los escurridizos animalitos de la pecera, se resbaló de la escalera, se agarró a un lado del acuario y se lo llevó detrás en su estrepitosa caída. El cristal se rompió y las anguilas salieron disparadas por el suelo creando una escena entre cómica y de terror. Las clientas huyeron del puesto despavoridas profiriendo gritos de todo tipo. Míriam se quedó en el suelo inmovilizada con los animalitos moviéndose a su alrededor. Luismi fue el único que acudió en su auxilio. La ayudó a ponerse en pie y a recoger el escenario dantesco.

También fue Luismi el que intercedió ante el jefe para que no la despidiera. Le dijo que Míriam podía denunciarlos por incumplir la normativa de seguridad laboral ya que, si el acuario hubiera estado anclado correctamente, se habría evitado el accidente y la posibilidad de que ella hubiera sufrido daños mayores, como una amputación o a saber qué, porque además no llevaba ni el calzado adecuado ni la indumentaria exigida por ley. La convincente explicación hizo que el jefe le pidiera disculpas a Míriam ante la atónita mirada de esta, que no entendió nada de lo que había ocurrido. Desde ese día Míriam bautizó a Luismi como su «ángel de la guarda».

—¿Qué chismorreo me vas a contar? —A Míriam le divertían los cotilleos de su amigo.

—*Cuore*, esto te va a dejar más petrificada que estas gambas. —Luismi dejó la caja en su correspondiente congelador y la cogió del brazo.

—¡Va a venir al supermercado el gran Darío Mustakarena! —Míriam dejó en el banco la pieza de salmón que llevaba en las manos y lo miró perpleja.

—¿Mustakarena, el supermodelo internacional? ¿El de la tele? ¿El que sale con la actriz Ana de Palacios?

—Sí, cari, el mismo. Viene la semana próxima a grabar un anuncio publicitario del centro comercial y una de las escenas será aquí en la pescadería. ¿A que alucinas? Pues agárrate porque lo más fuerte es que vamos a salir tú o yo en el anuncio. La agencia va a traer modelos para hacer de figurantes pero quieren que uno de nosotros sea el dependiente para darle mayor realismo al tema. A Fátima y Merce las han descartado por la edad, quieren que sea gente joven. —Luismi sonreía mientras veía el asombro en la cara de su amiga.

—¿El anuncio es para la tele? ¡Madre mía, qué fuerte! Pues seguro que te eligen a ti. Yo no daré el perfil seguro... —Míriam se rio. No se veía a sí misma en ningún anuncio. No encajaba para nada en las medidas de las mujeres «diez» que salían en televisión. Ella usaba una talla 44-46. Pesaba ochenta kilos (ochenta y dos en Navidad y en verano, cuando se pasaba con los dulces y los helados). Tenía los pechos voluptuosos, las caderas anchas y los muslos bien aprovisionados. Tampoco era excesivamente alta, medía poco más de metro sesenta. Pero se sentía feliz con su cuerpo y con sus curvas. Lo que más le gustaba era su rostro dibujado por pómulos altos, nariz pequeña, labios finos y dos grandes ojos verdes de mirada transparente que eran su mejor carta de presentación.

Luismi la miró de arriba abajo y con un gesto desmesurado la increpó:

—¿Pero tú te has visto? ¡Eres un bombón Ferrero Rocher y quien no lo vea es que está ciego! El problema lo tienen todos esos modistos amargados que se piensan que nos gustan las mujeres cadáver. Pero ¿a qué hombre le puede gustar eso? Nos gusta dónde tocar... —A Míriam le encantaban esos comentarios de Luismi, sobre todo porque sospechaba que su amigo era más gay que los Village People, pero se empeñaba en mostrarse ante todos como un «machoman». A veces pensaba que tal vez era bisexual, porque su tono convincente la desconcertaba.

Luismi cortó su animada charla cuando vio aparecer al encargado del centro.

—Se acabó el «Luismi News», que viene Al Capone a vigilar. Corta bien ese salmón que de ahí te salen tres rodajas.

Luismi se alejó con disimulo. Míriam sonrió al verle pasar cerca del jefe y saludarlo con zalamería. Su don de palabra le abría muchas puertas.

El día de trabajo fue agotador. Cuando llegó a casa pensando en un baño relajante de agua caliente y una copa de vino, vio una extraña llamada en el móvil. Tuvo que comprobar dos veces el número para dar crédito a quién la había llamado. Sin duda, era su ex novio «el innombrable». Aunque había borrado todos sus contactos de la agenda, sabía reconocer su número. De repente los recuerdos se agolparon en su mente y se le nubló la vista. Por más que quisiera olvidarlo, todavía no había logrado pasar página del todo. Su solo recuerdo le hacía daño.

Míriam nunca había querido tanto a nadie como a su ex novio Pedro.

Era una palabra prohibida en su casa. Ni sus padres ni su hermana Salu hablaban de él, ni de lo que pasó, bajo ningún concepto. Habían borrado el nombre «Pedro» de su vocabulario. De hecho, al pobre panadero que se llamaba Pedro lo llamaban el «panquemado» para no nombrarlo, y al alcalde Don Pedro de Alcázar lo llamaban «Don corrupto», por cuestiones que no vienen al caso, pero así evitaban también decir el nombre de Pedro.

La truculenta relación de Míriam con el famoso Pedro le costó una depresión de tres meses con ansiolíticos y seis meses de recuperación hasta que volvió a salir de casa y hacer vida normal. El susodicho personajillo era el dueño de varios *pubs* del pueblo. Moreno, guapo, alto, de mirada profunda y labios carnosos, siempre vestido impecable y con un don de palabra que encandilaba hasta las abuelas de ochenta años que hacían calceta en la Plaza Mayor. Siempre se quedaban ensimismadas mirándolo cruzar la plaza con su porte elegante y su aroma a perfume caro. A su madre Lolín nunca le gustó. Una madre tiene ese sexto sentido que sabe cuándo un novio no es trigo limpio y a Pedro lo caló nada más verlo. Demasiado perfecto, demasiado adulador, demasiado centrado en aparentar lo que no era. En varias ocasiones advirtió a su hija de que ese hombre le iba a hacer mucho daño. Pero el amor es ciego y tiene la virtud de hacer rebotar en los oídos cualquier advertencia que cuestione la relación. Así que Míriam aguantó los cuernos que el guaperas de Pedro le puso con la camarera de uno de los *pubs*, con la dueña de la droguería del pueblo, con la cartera que a él siempre «lo llamaba dos veces» y con la enfermera del ambulatorio que, curiosamente, tardaba media hora en pincharle una inyección, cinco veces más que a cualquier paciente.

La gota que colmó el vaso fue el día en que Pedro le tiró los tejos a su hermana Salu, dos años menor que ella. Fue en uno de sus *pubs* una noche en la que las dos salieron juntas. Salu se llevaba muy bien con su hermana Míriam y con su novio Pedro. Habitualmente salían a divertirse los tres. Cuando Míriam fue al baño, el caradura de Pedro aprovechó para coger a Salu de la cintura. Le dijo que lo ponía a cien, que ya no podía aguantar más su atracción por ella, y que podían pasar un buen rato juntos porque había notado que ella también le correspondía. La acarició de tal modo y la apretó contra sí de una forma tan sensual que, por unos segundos, Salu se olvidó de quién era. Pedro con sus formas y su palabrería era un auténtico encantador de serpientes. Salu se dejó llevar cuando la besó. Esa fue la maravillosa escena que se encontró su hermana Míriam al salir del lavabo. De su garganta no salió ni una palabra. Fue hasta ellos, le dio un puñetazo todo lo fuerte que pudo a la bonita cara de su amado Pedro y salió del local como alma que lleva el diablo. Estuvo llorando tres meses y se negó a hablar con su hermana durante todo ese tiempo, hasta que su madre, en su ardua misión de pacificadora, consiguió que aceptara las excusas de su hermana, destrozada por lo que había ocurrido.

Míriam apretó con fuerza el teléfono y lo lanzó al fondo del bolso con rabia. No iba a permitir que él volviera a colarse en su vida. Le había costado mucho esfuerzo sacarlo de su cabeza y de su corazón. Subió a su pequeño coche, un Lancia rojo al que le costaba arrancar de vez en cuando, y aceleró al máximo. Ahora era ella quien conducía su vida y no iba a volver a ser nunca más el copiloto de nadie. No podía estar más equivocada...

2

El revuelo a las puertas del supermercado presagiaba que no era un lunes cualquiera. Míriam no tenía muchas ganas de fiesta. Había pasado el domingo en casa de sus padres, apesadumbrada por los recuerdos que había despertado en ella la misteriosa llamada de su ex, «el innombrable».

Aparcó su Lancia y dudó sobre si dar la vuelta y huir de todo aquel embrollo. Su pueblo no era excesivamente grande, tenía unos diez mil habitantes. Se había corrido la voz de la presencia del famoso modelo Darío Mustakarena y nadie quería perderse el acontecimiento social de la década en un lugar donde nunca pasaba nada.

De repente alguien le abrió la puerta del coche.

—La niña de mis ojos, ¡¿qué haces ahí tan pensativa?! Venga afuera, que hoy es nuestro gran día. ¡Mira mi nuevo *look*! Me he hecho unas mechas californianas que mi peluquero dice que son lo más entre los futbolistas, última tendencia. ¿Qué te parece?

Míriam salió del vehículo y miró a su amigo con una sonrisa. Luismi siempre sacaba lo mejor de ella. Conseguía cambiarle el humor en unos segundos.

—Estás guapísimo. Seguro que te eligen para el anuncio.

Cogió su bolso y se encaminaron a la puerta de acceso para el personal, que gracias a Dios estaba lejos de la multitud. Nunca había entendido el fenómeno «fan».

—Toda esa gente, ¿no tienen nada mejor que hacer que esperar para ver al modelo? Si a lo mejor lo entran por la puerta de atrás y ni lo ven.

—Cari, no sabes nada de *marketing*. Esto es un gran *show*. Aquí el Mustakarena es la superestrella invitada y lo van a pasear para que todos lo vean bien, que la publicidad es muy cara y hay que amortizarla. Fíjate en la cantidad de televisiones que han venido para cubrir el evento. Si hasta hay un grupo de la prensa rosa. Seguro que van a preguntarle por su relación con la actriz Ana de Palacios, dicen que está embarazada de un director de cine... —Luismi era un acérrimo seguidor de los programas del corazón que Míriam apenas veía.

Cuando entraron en el supermercado vieron el espectacular despliegue que habían hecho dentro para grabar el anuncio. Había cámaras por todos lados, una de ellas enganchada a una especie de grúa. En un lado habían montado un set de maquillaje y peluquería. El trajín de técnicos que iban de un lado para otro era descomunal.

Al pasar por el lado de uno de los jefes este la detuvo cogiéndola del hombro.

—Míriam, te estábamos esperando. Pasa a aquella zona que van a explicarte lo que tienes que hacer. —El jefe apenas la miró mientras hablaba. Se le notaba nervioso y preocupado.

—Perdona, Javier, pero nadie me ha comunicado que tenga que hacer nada. —Míriam pronunció la frase en un inaudible hilo de voz.

—Oye, estoy muy liado. Por favor, habla con aquella chica de allí que va vestida de blanco. Ella es la productora. Te explicará tu función. —Javier se dio la vuelta y continuó su camino para seguir organizando al personal.

A Míriam le temblaban las piernas. De repente el corazón se le aceleró y buscó con la vista a Luismi, que había desaparecido de su lado. Al final decidió acudir en busca de la chica de blanco.

La productora se presentó al mismo tiempo que hablaba por teléfono, firmaba unos documentos y regañaba a un técnico por pasar los cables por donde no tocaba.

—Hola, soy Mari. Ya verás como esto es muy fácil. Ahora te vamos a maquillar y a peinar, una cosa sencilla, natural, pero que luzca para que te veas bien guapa por la tele. Tú tranquila que vas a salir un segundo, casi ni se te va a ver. Solo tienes que coger un pescado que te indicaremos y enseñarlo a la cámara como si se lo estuvieras dando al cliente, que es Darío. —La productora interrumpió la explicación para atender otra llamada de teléfono. Míriam cada vez estaba más nerviosa—. Perdona, ¿por dónde íbamos? Ah, sí, le ofrecerás a Darío un pescado en la posición que te indiquemos y ya está. No tienes que hablar ni nada. ¿Todo claro? Después te veo. Te dejo con la maquilladora.

La chica de blanco desapareció entre el enjambre de técnicos sin que Míriam pudiera replicar. No es que no le hiciera ilusión salir en el anuncio, pues desde que Luismi se lo había revelado, se había imaginado a sí misma vestida de Coco Chanel, con guantes blancos, paseándose del brazo del guapo Darío por el supermercado, en plan estrella de Hollywood. Su imaginación había modificado un pelín el papel que había que hacer. Su bonito sueño solo tenía dos inconvenientes, que ella era la pescadera, no la pareja del supermodelo, y que si ella era la elegida eso significaba que su gran amigo Luismi no. Le dolía en el alma pensar lo mal que lo estaría pasando, con la ilusión que le hacía ser el protagonista. Pidió que lo buscaran para hablar con él.

Cuando consiguieron localizarlo Míriam ya estaba peinada y maquillada para la grabación.

—¡Qué guapa mi chica! ¡Madre mía! Si es que donde hay buen material que se quiten los artificios y las cirugías. —Luismi le dio un pellizco.

—Pero ¿qué ha pasado? ¿Por qué salgo yo? Pensaba que ibas a ser tú.

Él respondió algo compungido.

—Sí, yo también pensaba eso, cari. Con mis mechas californianas estoy irresistible, pero el director ha decidido que sea una chica, y no me da tiempo a hacerme el cambio de sexo. —Luismi siempre tenía algún chiste para los momentos de tensión—. No te preocupes, si lo vas a hacer divinamente. Piensa en tu madre Lolín y tu hermana cuando te vean en la tele, y tu padre, el señor

Pepe. Madre mía, su hija en televisión. —Luismi le dio un abrazo y unas palmaditas en la cara—. Venga, vamos, y así te vas poniendo en situación que hay que ensayar.

A Luismi no le dejaron acercarse al puesto de pescado. La zona estaba reservada solo para figurantes y técnicos.

Las horas pasaban y Míriam cada vez estaba más impaciente. Su departamento era el último en grabar.

Cuando por fin la nube de técnicos y personal se trasladó a la pescadería comprobó que se sentía confiada y segura. En el fondo siempre le había gustado el mundo del espectáculo. De pequeña soñaba con ser actriz, cantante o bailarina. Ahora podía ver de cerca cómo funcionaba todo aquello.

La productora de blanco se acercó para darle algunas directrices.

—A ver, es tu turno. Ya verás qué bien que va a salir. Solo tienes que coger este mero cuando te hagamos la señal y lo enseñas a la cámara que tendrás aquí delante. Acuérdate de sonreír, que parezcas simpática y confiada pero sin reírte, solo una media sonrisa y natural, sobre todo natural.

Míriam hizo lo que le decía, pero la grabación resultó ser mucho más complicada de lo que parecía. Repitieron la escena unas veinte veces. Siempre fallaba algo, o la luz no le daba bien, o el pescado no parecía suficientemente fresco, o las manos no las movía como tocaba, o sonreía demasiado, o demasiado poco, o miraba al lado y tenía que mirar al frente... Míriam no imaginaba que aquel trabajo fuera tan duro, sobre todo porque después solo ponían un minuto en televisión. No entendía que un minuto costara doce horas de grabación.

Cuando por fin todo salió bien, el director pidió que trajeran a Darío para grabarle un plano de ellos dos juntos en la pescadería. A Míriam le pareció un poco insulso, muy guapo, pero soso. Solo se movía cuando se lo indicaban y no hablaba con nadie. Por la tele se le veía más corpulento. Estaba increíblemente delgado y se le marcaban los huesos de la cara. Se quedó decepcionada cuando lo tuvo tan cerca, aunque no se le podía negar un porte elegante y un gran atractivo.

De repente se montó un extraño revuelo entre los técnicos. La cámara de la grúa daba un fallo y tenían que repararla. El rodaje se tenía que interrumpir hasta que volviera a funcionar. En unos segundos desapareció gran parte del personal. Míriam observaba a Darío con su asistenta, que lo abanicaba sin parar. La productora Mari se acercó a ellos.

—Tenemos un pequeño problema, chicos. Falla una cámara. Esperamos solucionarlo en unos minutos. De todas formas, como veo que Darío tiene un poco de calor, podríais pasar adentro del almacén donde están las cámaras frigoríficas para que esté más fresco y así evitamos imperfecciones en el maquillaje.

Míriam pasó al almacén con Darío, su asistenta y la chica de maquillaje. Pensó que era su oportunidad para hablar con la gran estrella, pero él ni siquiera la miraba.

Al llegar al lugar encontraron a uno de los fotógrafos del equipo. Se encargaba de fotografiar el rodaje para ceder algunas fotos a la prensa y hacer el *making-of*. Estaba inspeccionando el interior de uno de los congeladores. Le gustaba la imagen, era poco usual y pensó que quedaría bien en la prensa y las redes sociales. El fotógrafo le pidió a Darío que entrara para posar a un lado. Como la escena quedaba muy vacía le pidió también a Míriam que pasara y se situara al otro lado sujetando una bandeja para hacer de atrezo.

Míriam cogió las chaquetas que usaban los trabajadores para entrar al congelador, pero el fotógrafo le pidió que no se las pusieran, que si no el modelo no lucía cuerpo, y total, era solo un minuto.

Mientras los dos pasaban frío posando para la instantánea, de repente se oyó un chasquido y se fue la luz. La puerta del congelador se cerró tan rápido que no les dio tiempo a reaccionar. Todos los congeladores de ese tamaño tenían un sistema de seguridad que los bloqueaba si saltaba la luz, para evitar que se rompiera la cadena del frío. A oscuras dentro del congelador del pescado, Míriam oyó por fin la voz del gran modelo internacional.

—¿Qué está pasando? ¿Por qué estamos a oscuras? ¿Por qué se ha cerrado la puerta? ¿Por qué nadie nos abre? ¡¿Por qué no oímos nada?!

Darío no paraba de hacer preguntas, cada vez más alterado. Míriam reconoció que el gran *star* estaba padeciendo un ataque de ansiedad e intentó tranquilizarlo.

—No te preocupes. Todos los congeladores se cierran y se bloquean cuando se va la luz, pero enseguida vuelven a la normalidad cuando se restablece la corriente. Nos ha pasado alguna vez. Ya verás como enseguida salimos de aquí.

Míriam intentó guardar las apariencias mientras su mente le mostraba apocalípticas imágenes de ellos dos muertos congelados, de ella congelada y él devorándola para poder subsistir al estilo del accidente aéreo de *¡Viven!* O incluso se colaba alguna imagen más delirante, de ellos dos enrollándose para poder mantener el calor en sus cuerpos. Esta última era sin duda la que más le gustaba, aunque con el cuerpecito de él, que seguro apenas pesaba cincuenta kilos, le tocaría a ella hacer todo el trabajo duro.

—¿Cuánto pesas? —le preguntó sin darse cuenta.

—¿Y eso qué importa ahora, cuánto peso? —Darío estaba perdiendo los papeles—. Como la luz no vuelva pronto vamos a tener un problema de verdad. Soy alérgico a las escamas de pescado. Me producen sarpullidos y puedo padecer una obstrucción respiratoria.

A Míriam su confesión hizo que le hirviera la sangre aun estando a varios grados bajo cero.

—¿¿¿¿Quééééé me estás diciendo????? ¿¿¿Alérgico???? ¡¿Y tú para qué cojones entras aquí si te puedes hasta morir?! ¡¿Es que a los modelos no os llega la sangre a la cabeza?! —Ahora era ella la que estaba fuera de sí.

—Eh, no te pases, tía, estoy bien, solo que si estamos aquí mucho rato puedo tener problemas. —Darío se tranquilizó al ver a su compañera de rodaje al borde de un ataque de nervios—. Al menos has entrado las chaquetas. Lo mejor es que nos las pongamos antes de que empecemos a congelarnos.

Darío se acercó a la entrada, cogió los abrigos y le tendió uno a ella.

—Gracias.

Era el primer gesto amable que tenía con ella desde que se habían conocido.

En ese instante volvió la luz. Míriam respiró aliviada.

—Uf, ya está. Voy a abrir y salimos.

Se acercó a la puerta y apretó el pulsador, pero no se abrió. Intentó forzar la apertura manual para casos de emergencia pero su intento fue en vano. La puerta no cedía.

—Qué raro, no puedo abrir. Holaaaaa, ¿alguien me oye ahí fuera?

Un compañero suyo respondió al otro lado.

—Sí, Míriam. No sabemos por qué no se abre la puerta. Parece que se ha quedado bloqueada. Vamos a llamar al técnico para que venga a mirar qué pasa.

Míriam se volvió y vio a Darío con la cara desencajada. Prefirió no decir nada hasta que el tema se solucionara. Se sentó encima de unas cajas de marisco y lo observó mientras él se movía de un lado a otro como un león enjaulado; aunque Darío inspiraba ternura y protección, era más bien como un gatito enjaulado.

Al rato oyeron cómo alguien golpeaba y forzaba la puerta desde fuera sin resultado. Aquello no se abría. Después de quince minutos de intentos el compañero paró.

—¡Holaaa! Míriam, tenemos algún problema y no podemos abrir. Vamos a subir la temperatura para que estéis mejor mientras lo solucionamos. —La voz sonó fuerte pero insegura.

A Míriam no le gustó la repentina decisión de subir la temperatura del congelador. Era un descalabro. Si hacían eso habría que tirar gran parte del género almacenado porque se podía estropear. Aquello no tenía buena pinta. Siguió callada para no asustar a Darío, que ahora se había sentado en un rincón acurrucado y se daba calor con el aliento en las manos.

Al rato notaron que la temperatura subía y se les descongelaba la nariz y las manos entumecidas por el intenso frío. La relajación duró poco. Darío profirió un grito que se escuchó en varios kilómetros a la redonda. Sus manos estaban llenas de ampollas de color rojo y el cuello se le había hinchado.

Míriam se acercó a verlo y un escalofrío le recorrió la espina dorsal. Estaba empezando la reacción alérgica de la que le había hablado. Sin poder controlar sus emociones se puso a gritar histérica.

—¡¡¡Por favooooor!!! Que alguien abra la maldita puertaaaa, es U-R-G-E-N-T-E. —Míriam aporreó la puerta sin resultado.

La productora que estaba fuera se alarmó.

—¿Qué ocurre? No pueden abrir todavía. No saben qué pasa. Han llamado a los bomberos que están de camino.

—Darío está mutando. Es urgente sacarlo. Está sufriendo una reacción alérgica. Puede quedarse sin respiración. Por favor, no sé qué hacer. —Míriam lloraba desconsolada. Las lágrimas le caían a borbotones mientras observaba el rostro de Darío deformándose.

—¡Espera, voy a llamar a un médico!

Mientras la productora llamaba a emergencias, uno de los empleados avisó a su hermano que era médico y vivía cerca del supermercado. Llegó antes que la ambulancia.

El edificio estaba rodeado de gente, cámaras de televisión y fotógrafos.

Alguien había filtrado la noticia que el supermodelo Darío Mustakarena estaba encerrado con una empleada en un congelador desde hacía más de media hora.

De repente una nube de micrófonos y periodistas se abalanzó sobre el médico y empezaron a bombardearlo con mil preguntas.

—¿Es usted técnico? ¿Viene a abrir la puerta? ¿Cuánto tiempo llevan encerrados? ¿Están sufriendo principio de congelación? ¿Qué ha pasado?

El médico logró escapar del revuelo con la ayuda de dos miembros de seguridad que lo acompañaron hasta la cámara frigorífica.

—Hola, buenos días, soy médico.

Para Míriam había llegado el Espíritu Santo. No iba mucho por la iglesia pero se había educado en la religión católica y llevaba diez minutos rezando todo lo que recordaba de su infancia, hasta el «Jesusito de mi vida» había recitado de carrerilla.

—¡Dígame qué he de hacer! Darío está todo hinchado. No puede ni hablar. Tiene la cara deformada. El cuello y las manos están llenos de ampollas.

—Lo primero tómele el pulso.

Míriam fue siguiendo las indicaciones del médico hasta que le contó qué debía hacer si Darío empeoraba.

Si dejaba de respirar tendría que hacerle una traqueotomía, ella que se mareaba cuando le pinchaban para hacerle análisis de sangre.

—No, doctor, yo soy incapaz de hacer eso. No puedo. Imposible. Por favor, abran la puerta. ¿Por qué no llegan los bomberos?

El doctor suavizó el tono de voz.

—Míriam, claro que vas a poder. En situaciones como esta no tienes elección. Tú eres la única que puede salvarle la vida a esa persona. Todo depende de ti. Busca algo puntiagudo y fino, como un bolígrafo, y déjalo cerca por si tuvieras que utilizarlo.

El médico siguió hablando en tono paternal mientras Míriam intentaba controlar su estado de *shock*. Allí dentro no encontraba ningún bolígrafo ni nada parecido. Al final cogió la pata de un bogavante y la dejó al lado de Darío.

Ambos temblaban, él de frío y malestar, ella de miedo y ansiedad.

Cuando vio que Darío empezaba a emitir unos extraños quejidos supo que se estaba ahogando. No le llegaba el aire. Empezó a sufrir pequeños espasmos. Míriam cogió la pata de bogavante, le sujetó el cuello a Darío y, al tiempo que gritaba, se la clavó con una fuerza que ni ella misma supo de dónde salía, porque las piernas le flaqueaban y el corazón se le salía por la boca. Le había perforado la garganta en el punto donde más o menos le había indicado el médico. Darío comenzó a respirar y su cuerpo se relajó. Cuando Míriam vio la sangre saliendo del pequeño agujero se desmayó.

Lo siguiente que vio al volver a abrir los ojos fue una habitación blanca y gente moviéndose de un lado para otro. Estaba en el hospital. Recordaba vagamente todo lo ocurrido. Enseguida preguntó por él.

—¿Dónde está Darío? ¿Está bien? Por favor, dígame que no ha muerto por mi culpa.

La enfermera le puso la mano encima de la suya y la apretó con fuerza.

—Tranquila. Has sido toda una heroína. Le has salvado la vida a ese chico. Está bien, ingresado en otra planta. Saldrá de esta y todo gracias a ti. Has sido muy valiente. Al desmayarte te has golpeado la cabeza y tienes un pequeño corte superficial. Avisaré a tus familiares de que pueden entrar a verte.

Cuando Míriam vio entrar en la habitación a su madre Lolín y a su hermana Salu empezó a llorar. Las tres se abrazaron durante un buen rato hasta que Salu habló.

—Joder, Miche, menudo susto nos has dado.

Salu y Míriam nunca se llamaban por sus nombres de pila para disgusto de su madre. Desde la adolescencia eran «Miche» y «Palo» en referencia al tamaño de sus cuerpos. Míriam era «Miche» por el muñeco Michelín que anunciaba las famosas ruedas y Salu era «Palo» por su extremada delgadez.

—Cuando llegamos al supermercado y vimos la ambulancia y los bomberos casi nos da un infarto. Y el cabrón de seguridad no nos ha dejado pasar hasta que ha salido tu jefe a por nosotras.

Su madre Lolín retomó el relato.

—Ay, cariño mío, qué susto. Menos mal que enseguida nos dijo que estabas bien y que solo te habías desmayado y sufrido un pequeño golpe.

Lolín abrazó a su hija con fuerza.

Míriam observó que su padre no había acudido al hospital.

—¿Dónde está papá? —preguntó con un hilo de voz.

Lolín suspiró antes de responder.

—Bueno. Ya sabes que últimamente no pasa por un buen momento. Ha preferido quedarse en casa. Ya le hemos llamado para decirle que estás bien.

Míriam se entristeció. Desde que su padre se había jubilado ya no había vuelto a ser la misma persona vivaracha de antaño. Era como si al dejar de trabajar hubiera perdido la ilusión por vivir. Se pasaba las horas sentado en el sofá frente al televisor, sin comunicarse con el mundo exterior.

Salu rompió el incómodo silencio.

—No te imaginas el revuelo que se ha montado por tu incidente, Miche. La noticia ha salido en todas las televisiones. A nosotros nos han llamado varios periodistas preguntando si teníamos imágenes de dentro del congelador, si por casualidad llevabas teléfono móvil y habías hecho algunas fotos o vídeo. ¡Qué cabrones los periodistas! ¡Van a saco!

Salu había recibido unas veinte llamadas en su teléfono móvil y sus padres otras cinco. Todos buscaban alguna foto del suceso e incluso les habían ofrecido dinero a cambio.

—Me han llegado a ofrecer dos mil euros por una foto tuya y de Mustakarena dentro del congelador.

Míriam no daba crédito a todo lo que estaba oyendo. Su madre se llevó las manos a la cabeza.

—¿¡Dos mil euros por una foto!? Esa gente está loca. Bueno, lo importante es que nuestra chica está bien y no ha pasado nada grave.

Mientras Lolín le acariciaba la mejilla, Salu le dio la información que más deseaba oír en aquel momento.

—Tu compi, el modelazo, también está bien. Nos han dicho que ya le han curado la herida y que está sedado. ¡De la que se ha librado, el tío! Por poco se va al otro barrio. Hubiera sido una lástima porque está como un queso. A ese le daba yo un buen revolcón.

Lolín cortó la perorata de su hija.

—Ya está bien. ¿Por qué tienes que hablar siempre así? Ese pobre chico ha estado a punto de morir. Un poco de respeto. Y deja de decir tacos que pareces una barriobajera.

Míriam sonrió al ver cómo su madre y su hermana se enzarzaban en una pelea que había presenciado mil veces. Desde luego su hermana y ella no se parecían en nada. Eran polos opuestos. A Míriam le gustaba leer novelas románticas, estar en casa y disfrutar del placer de comer. Salu era fan de *Mujeres y hombres y viceversa*, estaba obsesionada con el deporte y se pasaba la vida a dieta, a pesar de estar extremadamente delgada.

Cuando zanjaron la discusión, Lolín y Salu le contaron que su jefe había llamado y le había dado el resto de la semana libre para recuperarse del incidente.

Ya más calmada, Míriam decidió que lo mejor era dormir un rato. Tal vez cuando despertara se diera

cuenta de que todo aquello había sido una horrible pesadilla y volvería a su rutina en el supermercado. No
imaginaba que esto era solo el principio de una vorági-
ne que iba a cambiar su vida como el paso de un huracán.

3

Míriam pasó la noche en el hospital. A la mañana siguiente le dieron el alta. Antes de abandonar el edificio acudió a la habitación donde estaba Darío. El modelo lucía ya un aspecto normal, con su color bronceado y su sonrisa Profident. No había restos de ampollas ni hinchazón en la cara. Míriam se fijó en la venda que llevaba alrededor del cuello.

Él se alegró de verla.

—¡Qué bien que hayas venido! Quería darte las gracias por todo lo que hiciste por mí. Si no me hubieras hecho la incisión en el cuello me habría ahogado. Fuiste muy valiente. Te estaré agradecido toda mi vida. —Darío le dedicó una sonrisa encantadora.

—Hice lo que debía aunque no sé cómo. Cada vez que lo pienso me pongo a temblar del susto. Supongo que las situaciones límite aumentan tus capacidades. Me alegro de verte tan recuperado.

Míriam se acercó a la cama y ambos se dieron un cálido abrazo.

—Estoy en deuda contigo. No sé cómo agradecerte que me salvaras la vida. Debería hacerte un buen regalo. —Darío hablaba de corazón.

Míriam se emocionó.

—No hace falta, gracias. Yo estoy feliz de verte bien. Ese es el mejor regalo que me puedes hacer.

Volvieron a abrazarse. Tras intercambiar sus teléfonos se despidieron.

Su hermana Salu la esperaba fuera para acompañarla a casa.

—Joder, Miche, no te voy a perdonar que no me hayas dejado entrar contigo a conocer a ese modelazo. ¡Con lo bueno que está Mustakarena y encima le sobra la pasta! ¡Lo tiene todo!

—Cómo odio que hables así, Palo. Los hombres son algo más que su aspecto físico o su cartera llena... —Míriam detestaba lo interesada que podía llegar a ser su hermana con sus parejas. Su sueño era casarse con un hombre que cumpliera las tres «F»: fibroso, famoso y forrado.

De repente Salu detuvo a su hermana en el pasillo.

—No te asustes, pero la puerta del hospital está llena de cámaras y periodistas.

A Míriam se le aceleró el corazón.

—Te van a preguntar por lo ocurrido. Tú decides si quieres hablar con ellos o si nos vamos corriendo hasta el coche sin hacer declaraciones. Famosa por un día, ¿quieres aprovechar tu minuto de gloria? ¿Tú no has querido siempre ser artista? —Salu se reía divertida. No se imaginaba a su hermana enfrentándose a la nube de periodistas.

—Ahora mismo solo quiero irme a casa y descansar.

—Pues no se hable más. Salimos por la puerta lateral. Si nos descubren corremos hasta el coche, a lo Isabel Pantoja.

La prensa se concentraba en la puerta principal del hospital detrás de una valla que habían puesto los guardias de seguridad. Míriam y Salu salieron por un lateral sin levantar sospechas. Llegaron al coche sin sufrir ningún abordaje en el camino.

Al llegar a su casa Míriam se sintió feliz. Por fin podía tumbarse en su sofá y recuperar la tranquilidad de su vida.

Cuando encendió el televisor se sorprendió al ver que en todos los programas de la mañana salía su cara. Fotos del supermercado y del rodaje, entre ellas la que estaban Darío y ella posando dentro del congelador antes de que se cerrara la puerta.

Los periodistas parloteaban sin parar de lo ocurrido. Hacían conjeturas de cómo había salvado la pescadera al gran modelo. Las disertaciones iban seguidas de una sarta de mentiras sobre su persona, que si ella tomaba drogas y por eso había sido capaz de hacer la traqueotomía, que si en realidad estaba enamorada de Darío y era una fan perturbada que había urdido un macabro plan para quedarse encerrados en el congelador. La indignación de Míriam crecía por momentos. El sonido del teléfono la obligó a volver a la realidad.

—¿Quién es?

—*Cuore*, ¡qué preocupado me tenías! —Era su amigo Luismi—. No me dejaron acompañarte en la ambulancia, ni entrar al hospital a visitarte. Solo podía acceder tu familia. Qué fuerte todo lo ocurrido. ¿Estás bien?

Sin poder controlar de nuevo sus emociones Míriam volvió a llorar. Se alegraba tanto de escuchar su voz... Le contó con detalle todo lo ocurrido, su conversación con Darío antes de despedirse y su enfado al ver todo lo que estaban diciendo sobre ella en televisión. Luismi la tranquilizó.

—Querida, es el *show* de la tele. No te preocupes. Hoy estás en boca de todos y eres el foco de la noticia. Mañana pasarás al olvido porque una cabra se meará en los zapatos de Chabelita y tú serás agua pasada. —Como siempre, Luismi con sus ocurrencias la hacía reír—. ¿¡Sabes que se ha suspendido la grabación del anuncio?! Los jefazos están que trinan con todo lo ocurrido. Yo creo que en el fondo todo esto es publicidad gratis. La imagen del supermercado está en todos los medios. Ya me han dicho que no vas a venir a trabajar en una semana. Mejor, así descansas.

Míriam, sobrepasada por los acontecimientos, logró articular un escueto sí seguido de un largo suspiro. Luismi se despidió de ella y le prometió pasarse a visitarla. Cuando colgó el teléfono sonó el timbre de su casa.

—¡Es que no me van a dejar en paz! ¿Quién es?

—Buenos días, soy de la floristería Camelia. Le traigo un encargo.

Míriam alucinó al ver al repartidor con un enorme ramo de gardenias. No le hizo falta leer la tarjeta para saber quién las enviaba.

Habían pasado tres años desde la primera vez que

recibió una gardenia en casa. Fue el día después de conocer a su ex «el innombrable». Él le contó que la gardenia es una flor que representa la dulzura y la pureza, y que en algunas culturas simboliza un amor secreto que se revela al regalar la flor.

Míriam sonrió con amargura. Qué diferente era lo que había sentido la primera vez que tuvo una gardenia entre sus manos. Cómo una simple flor podía hacer aflorar en ella emociones tan dispares. Lanzó el ramo al suelo y al instante se agachó a recogerlo. Al fin y al cabo, las pobres flores no tenían la culpa de que su dueño fuera un auténtico capullo. Las puso en un bonito jarrón en la mesa del comedor y se tumbó en el sofá con la tarjeta en la mano. Sabía que debía tirarla a la basura pero su curiosidad pudo más que el sentido común. La perfecta caligrafía del «innombrable» ponía solo dos palabras: «Estoy contigo.» Míriam rompió la tarjeta en mil pedazos. Lo último que le faltaba era una hipotética reconciliación con el hombre que más daño le había hecho en su vida. Le había costado mucho abrir los ojos y no pensaba volver a cerrarlos.

El susodicho Pedro no solo le destrozó el corazón, sino que transformó por completo su personalidad. La volvió una persona insegura que necesitaba de su aprobación para todo. La fue transformando poco a poco. Primero hizo que dejara de acudir a las cenas de sus amigas, después dejó de visitar a su familia todos los fines de semana. A la única persona que le permitió acercarse fue a su hermana Salu. Los tres encajaban a la perfección. Solían comer y cenar juntos a menudo. Los fines de semana salían a los *pubs* de él, a bailar y tomar una copa tras otra, porque en eso también la había cambiado. Míriam había pasado de no beber más que refrescos a beber todo tipo de sofisticados *gin-tonics* sin límite de cantidad. Más de una noche habían vuelto a casa tan borrachos que se habían quedado los tres dormidos en la cama de matrimonio de él.

Pedro tenía una impresionante cama redonda donde cabían hasta cuatro personas. Toda su casa en sí era una provocación. Vivía en un chalet a las afueras del pueblo. Tenía una enorme parcela con jardín y una piscina climatizada al aire libre que era la envidia de todos. Sus fiestas eran conocidas por el exceso de alcohol, drogas y excentricidades, como contratar a travestis metidos en enormes jaulas para animar la fiesta o a camareras *stripper* que servían las bebidas desnudas. Fiestas a las que Míriam y Salu no acudían, ya que él siempre se disculpaba diciendo que eran asuntos de trabajo y no quería que ellas pudieran sentirse incómodas ante lo que les debía ofrecer a los políticos de turno a cambio de su beneplácito.

Aunque Míriam oyó mil habladurías sobre las juergas de su ex novio, nunca creyó nada. Ella aprovechaba esos días para estar en casa de sus padres y disfrutar de la vida en familia que él le negaba.

Míriam notó cómo dos enormes lágrimas resbalaban por sus mejillas. El aroma de gardenias que inundaba el comedor había evocado en su mente todo tipo de recuerdos dolorosos. Con la yema de los dedos se masajeó la cabeza. Necesitaba desconectar de todos y de todo. Y para ello tenía un remedio infalible: Miguel Bosé. Su cantante favorito la relajaba en cuestión de segundos. Accionó su iPod y se quedó dormida.

Cuando despertó eran más de las seis de la tarde. Los rugidos de su estómago le recordaron que no había comido nada. Se preparó un sándwich. Antes de poder dar un bocado su teléfono volvió a sonar.

—¿Diga?

—Hola, buenas tardes, ¿eres Míriam Salas? —Míriam asintió sin reconocer aquella voz dulce y acogedora—. Hola, encantada de saludarte. Espero que ya estés recuperada del susto. Mi nombre es Nina. Te llamo del programa de las mañanas de Antena 6. Queremos invitarte a que vengas para entrevistarte en directo y que nos cuentes un poco todo lo ocurrido.

Míriam no daba crédito a lo que acababa de escuchar. Querían que ella fuera a la televisión, al programa ese de las mañanas que veía siempre su madre Lolín en casa. El corazón le dio un vuelco.

—¿Yooooo? ¿A la televisión? Si no hacen más que contar mentiras sobre mí. Además no creo que a Darío le guste que vaya a la tele a contar su desgracia.

La periodista enseguida interrumpió su discurso. No había obtenido un «no» de primeras, así que su misión de convencerla no parecía difícil.

—Qué va, tú no te preocupes que a Darío no le importa en absoluto, si él está muy acostumbrado a todo esto. Y tú podrás defenderte de todos los rumores que se cuentan y aclarar la verdad. —Su voz sonaba segura y amistosa—. Nosotros te ponemos un vehículo que irá a por ti y te traerá. Aquí te maquillamos y te peinamos para ponerte bien guapa. Solo será una mañana, todo muy rapidito. Te recogemos a las siete y te devolvemos cuando acabes. —La voz continuó insistente y persuasiva para que aceptara—. Piensa que esto puede ser una oportunidad para ti. La gente te verá por la tele. Nunca se sabe qué puede surgir. La fama trae nuevas oportunidades.

Míriam guardaba silencio.

—Mira, si te parece bien, para que tengas una compensación, puedo hablar con mis jefas a ver si me dejan que te paguemos a cambio, algo simbólico, unos trescientos euros o quinientos.

Enseguida Míriam pensó en su viejo coche, que a veces no arrancaba. Con ese dinero podría pagar la reparación y evitar quedarse tirada en pleno invierno en mitad de la carretera, como ya le había ocurrido en dos ocasiones.

—No sé, déjame pensarlo y te digo algo.

De nuevo la voz la interrumpió.

—Está bien, te damos mil euros por que vengas a contarnos qué pasó y si nos traes alguna foto te la pagamos aparte, quinientos euros más.

Míriam no tenía ninguna foto y además le hubiera parecido de mal gusto llevar una foto de Darío deformado, desangrándose en el congelador.

—No tengo ninguna foto. Y necesito pensarlo. Llámame en media hora y te contesto. Gracias.

Míriam colgó antes de que la periodista pudiera re-chistar. Enseguida llamó a su madre y a su hermana. Las dos coincidieron en que no pasaba nada por que fuera a contar lo ocurrido, que encima le pagaban mil euros que es lo que ganaba en un mes en la pescadería. Parecían ilusionadas con que ella fuera a la televisión. Su madre le pidió que le trajera un autógrafo de la presentadora Bárbara Aribarri, a la que admiraba desde hacía años.

Nina, la periodista, se alegró muchísimo cuando Míriam aceptó ir al programa. Había cerrado una buena exclusiva y lo había conseguido por mucho menos de lo que estaban dispuestos a pagar, hasta tres mil euros por que la pescadera visitara el plató. Lo concertó todo para el día siguiente.

4

A las siete de la mañana una furgoneta Mercedes Benz con el logo de la cadena Antena 6 acudió a recogerla. Se había probado todos los vestidos de su armario. Al final se había decidido por un pantalón negro que la hacía más delgada y una blusa turquesa que resaltaba el color de los ojos.

El conductor resultó ser un chico joven muy simpático que la entretuvo con una agradable conversación hasta llegar a los estudios.

Cuando llegaron vieron un revuelo enorme en la puerta de acceso. El chófer le aclaró que era un grupo de fans que esperaban la llegada de un famoso piloto de Fórmula Uno. Míriam se asombró al ver la gran cantidad de mujeres que había. La mayoría eran jovencitas de poco más de veinte años, pero también había señoras mayores que bien podrían ser su madre.

La periodista con la que había hablado por teléfono, Nina, la esperaba en la puerta.

—Bienvenida, Míriam. ¡Qué alegría que hayas aceptado nuestra propuesta!

A Míriam no le gustaron ni su sonrisa forzada ni su pose altiva. Mientras la conducía a la sala de maquillaje y peluquería aprovechó para estudiarla.

Era excesivamente delgada. Vestía una falda de tubo de color blanco y una camiseta negra ajustada. Apenas tenía pecho y estaba estratégicamente cubierto por un collar largo de cordones plateados. Caminaba rápido a pesar de ir subida en unos zapatos de tacón de más de doce centímetros. A Míriam le daba vértigo solo mirarlos. Cuando llegaron a la sala, le dio una revista y la dejó en manos de las profesionales. Le maquillaron el rostro, el cuello, el escote y hasta las manos por no sé qué demostración que tenía que hacer. Nadie le había hablado de que tuviera que hacer ninguna demostración. Era solo una entrevista corta. La peluquera le contó mientras le cardaba el pelo que esa mañana habían traído una caja de pescado y dos bogavantes para que ella enseñara en directo cómo había actuado para salvarle la vida al guapo Darío.

Cuando Nina acudió a recogerla, media hora después, le preguntó enfadada por la sorpresita que le tenían guardada.

—Pensaba que te lo había comentado. Es parte de la entrevista. Solo tienes que coger el bogavante y quitarle la pata para mostrar lo que hiciste.

En la mente de Míriam apareció su imagen cogiendo del cuello a aquella embaucadora y ahogándola con su collarcito plateado hasta que sus ojos se le salieran de las órbitas como los del bogavante. Apartó de sí los malos pensamientos.

—No me habías dicho nada. No sé si seré capaz de

repetir lo que hice. Me parece fatal que no me avisaras. Parece una encerrona.

Nina se volvió y la fulminó con la mirada.

—Oye, aquí no preparamos encerronas a nuestros invitados. Voy muy estresada y se me ha olvidado comentártelo. No creo que sea un problema que cojas el bogavante y hagas el paripé.

Míriam pensó que, al fin y al cabo, aquella estirada tenía razón. Estaba ya allí preparada para entrar en directo, no iba a echarse atrás.

—Está bien, lo haré.

Nina recuperó su sonrisa y la acompañó hasta el plató.

Cuando entró no pudo más que maravillarse por todo aquel espectáculo. Cámaras por todos los lados, una que subía y bajaba en una grúa, dos gradas llenas de público, un montón de personal técnico uniformado y con cascos, un señor que se dedicaba a levantar las manos cada vez que el público tenía que aplaudir.

Pero lo que más llamó su atención fue la presentadora, Bárbara Aribarri. Era una auténtica escultura de porcelana, una muñeca de metro setenta de altura, esculpida con una cinturita de abeja minúscula, unas piernas esqueléticas pero contorneadas y un pecho perfecto antigravedad, obra de un renombrado cirujano de la ciudad. Llevaba un ajustado vestido de Calvin Klein, con corte en la cintura y encaje en los brazos y el escote, y unos altísimos zapatos de tacón a juego de color blanco y negro. Su pelo rubio caía con gracia a los dos lados de su rostro con unos grandes bucles que no osaban moverse ni un milímetro e iba maquillada como una estrella de cine.

Míriam estaba tan absorta observándola que no se dio cuenta de que la estaban llamando.

—Hola, soy Eli, la productora. Te hemos traído esta caja con pescados y dos bogavantes. No están congelados para que así puedas arrancar la pata con más facilidad. Lo que queremos es que hagas exactamente lo mismo que hiciste para salvar a Darío. Tú dale dramatismo al asunto que en la tele hay que dar un poquito de espectáculo. Y si te quedas en blanco o te pones nerviosa no te preocupes que Bárbara te ayudará. Ahora te la presentaremos para que os conozcáis antes de entrar en directo.

A Míriam, Eli le cayó mucho mejor que Nina. Hablaba serena y transmitía confianza. Vio cómo llamaba a Bárbara para que se acercara un momento.

La presentadora andaba con un porte elegante, pisando fuerte, como si el mundo se detuviera para que ella pasara. Míriam se adelantó para darle dos besos, pero Bárbara le tendió la mano.

—Hola, Míriam. Encantada de conocerte. Bueno, lo que hiciste por Darío es épico. Eres toda una heroína. Supongo que estarás muy orgullosa.

Míriam se sintió intimidada por su presencia.

—Sí. Bueno, no sé ni cómo lo hice.

—En la entrevista te haré dos o tres preguntas para que me cuentes lo que pasó, cómo actuó Darío, y cuando te pregunte cómo actuaste para salvarlo, nos levantaremos e iremos a una mesa que habrá a un lado para que nos muestres lo que hiciste con el bogavante.

—Vale.

Un creciente temor al ridículo comenzó a apoderarse de ella. Y si se quedaba muda cuando le preguntara en directo, y si se le nublaba la vista, y si se desmayaba o y si le daba por vomitar el desayuno... Se le estaba revolviendo la tripa.

Alguien llamó a Bárbara y esta se despidió con cordialidad.

—Mucha suerte. Lo harás muy bien.

A Míriam le había causado una grata impresión. No entendía por qué las maquilladoras y las peluqueras hablaban tan mal de aquella mujer, la Barbie Silicona la llamaban. Se habían pasado veinte minutos criticándola y diciendo que era la peor arpía que habían conocido en su vida, que las trataba fatal y que era una interesada que solo se relacionaba con quien podía sacar provecho. Había dejado a su segundo marido hacía unos meses para liarse con uno de los directivos de la cadena, y ahora se rumoreaba que se veía con un famoso piloto de Fórmula Uno. A Míriam no le extrañaba que cualquier hombre cayera rendido a los pies de aquella diosa griega.

Nina se acercó a Míriam y la condujo a una salita de espera junto al plató. Le ofreció café y bollos.

—Mientras esperamos vamos a ensayar lo que tienes que decir para que estés más tranquila.

Estuvo casi media hora aleccionándola sobre lo que debía y no debía contar. Míriam se sintió como una marioneta. Todo lo que decía le parecía mal, «esto más breve», «esto cuéntalo con más dramatismo y si te nace en ese momento llora que a la gente le gusta emocionarse», «de Darío habla siempre bien y déjalo en un pedestal, que es el modelo más importante de España y tenemos una excelente relación con su mánager. Probablemente seamos la primera cadena con la que hable al salir del hospital y no queremos estropear la exclusiva».

Llegado el gran momento a Míriam le temblaba hasta el alma. Le gustaba aquel clima de tensión y glamur, pero al mismo tiempo se sentía intimidada por toda la parafernalia.

Eli y Nina estaban junto a ella. Le dieron ánimos al salir al plató. El público aplaudía con entusiasmo y por un momento se sintió como una gran estrella. Ella que siempre había querido ser artista, aquella iba a ser la gran actuación de su vida. De repente fue como si emergiera de lo más profundo de su ser una personalidad oculta. Todas sus inseguridades se esfumaron al sentarse junto a Bárbara. Respondía las preguntas de forma desenfadada y divertida. Cuando llegó la parte más emocional, derramó unas lagrimitas que encantaron al público, que aplaudía sin parar. Míriam se sentía viva, llena de fuerza y energía. Se sentía como la protagonista de una película.

Bárbara le pidió que se levantaran para hacer la demostración y aquí fue cuando todo se torció hasta convertirse en una pesadilla.

Cogió el bogavante y cuando intentaba arrancarle la pata, el animalito resbaló de sus manos y fue directo a impactar en la preciosa cara de la gran diva de la televisión. Bárbara comenzó a gritar. El público se contagió y también empezó a chillar pensando que la presentadora había sufrido un grave accidente y se había quedado ciega de por vida. Enseguida los colaboradores y

los técnicos acudieron al auxilio de la bella transforma-
da en bestia durante unos minutos, hasta que logró recobrar la compostura y anunciar a su fiel audiencia que
estaba bien y que solo había sido un pequeño incidente. Rápidamente dio paso a publicidad y desapareció
para encerrarse en su camerino seguida de un séquito
del programa. Estaba hecha una furia.

—¡Acabo de hacer el ridículo más grande de mi carrera por culpa de esa pescadera torpe! Espero que los
directores no me hayan visto. ¡Por Dios, qué vergüenza! —Bárbara se puso las manos en la cabeza y se dejó
caer derrotada en su cómodo sillón de piel blanco, traído desde Italia expresamente para ella. Su asistenta la
intentó consolar.

—No te preocupes. Al público le gusta ver que las
presentadoras sois de carne y hueso y reaccionáis como
cualquier persona ante un accidente. Seguro que esto
sirve para subir la audiencia.

La asistenta omitió que en las redes sociales la diva
ya era *trending topic* con el *hastag* #BarbieBogavante y
que los comentarios no eran nada favorables, sino más
bien ofensivos y humorísticos.

—Lo peor es que tengo que seguir. Todavía queda
una hora de programa. —Bárbara se levantó y se acercó
al espejo. La pata del bogavante le había provocado un
pequeño rasguño en la mejilla que cada vez estaba más
roja. La maquilladora se apresuró a cubrirla y dejarla
perfecta.

Cuando volvió al plató retomó el programa como
si nada hubiera pasado. Míriam todavía estaba paralizada al lado de los monitores. Eli, la productora, le ha-

bía llevado una silla para que pudiera recuperarse del sofoco. Ella también había hecho un ridículo espantoso. Una oleada de calor le subía por todo el cuerpo y le quemaba el rostro. Quería disculparse con Bárbara, pero tras ver su desproporcionada reacción, lo mejor era esperar a que acabase el programa.

A la una del mediodía, después del debate político, la guapa presentadora despidió la emisión y salió disparada hacia su camerino. Nina acompañó a Míriam hasta allí para que pudiera hablar con ella. Bárbara estaba sentada en su sillón mientras la desmaquillaban. No se levantó para recibirla.

—Hola, Bárbara. No quería marcharme sin pedirte disculpas por lo que ha pasado. El bogavante se me ha resbalado sin querer. Lo siento mucho. Menos mal que solo ha sido un susto. —Míriam la miró compungida.

La diva abrió un ojo y sin moverse un ápice, mirándola a través del espejo, le dijo con altanería:

—Ha sido un desafortunado incidente. Ahora, si me disculpas, desaparece de mi vista y olvidemos cuanto antes lo ocurrido.

Míriam se sintió tan insignificante como un diminuto guisante aplastado por la frialdad y el menosprecio de la presentadora. No le hizo falta ver más para comprender todo lo que le habían contado las peluqueras sobre la gran diva.

Nina la acompañó al departamento de Producción donde firmó el cobro del cheque por valor de mil euros. Después la condujo a la salida. Allí la esperaba el vehículo que la había traído para devolverla a su casa. Se alegró de ver al mismo conductor. Como si se tratara

de su confesor, Míriam se vació de pensamientos, palabras y omisiones y le contó con todo lujo de detalles su
desastroso paso por el programa. Estaba segura de que
nunca más volvería a pisar un plató de televisión. No
sabía que el *show* no había hecho más que comenzar.

5

Míriam inspiró el perfume de gardenias que inundaba la cocina y pensó en «el innombrable». Seguro que la había visto el día anterior por televisión. Todo el pueblo había estado pendiente de su aparición. A su madre Lolín, varias personas la habían parado en el mercado para decirle que habían visto a su hija. Míriam había pasado de ser una pescadera invisible a estar en boca de todos. Su madre se había recluido en casa, harta de los comentarios malintencionados de sus vecinos. Por si eso fuera poco, todos los programas y las redes sociales se habían hecho eco del incidente y repetían una y otra vez la imagen de ella lanzando el bogavante a la cara de la preciosa Bárbara Aribarri.

Míriam estaba agotada física y emocionalmente. Su apacible vida se había convertido en una montaña rusa en apenas cuarenta y ocho horas. Al menos había conseguido dormir de un tirón toda la noche.

Se preparó el desayuno y pensó que el terremoto que agitaba su vida se calmaría en cuestión de días.

En los estudios de Antena 6 la gran diva de la televisión realizaba su programa con una presión adicional. Esa misma mañana le habían comunicado que el incidente del bogavante había subido la audiencia cinco puntos. Los directivos querían mantener ese nivel para aumentar los ingresos por publicidad. Hacía tiempo que el equipo del programa buscaba un gancho para subir la audiencia. La propuesta que había encima de la mesa era realizar un pequeño *reality* de superación personal y salud, donde una persona con sobrepeso consiguiera adelgazar varios quilos en poco tiempo y cambiar completamente su aspecto y su modo de vida. En realidad era un programa que ya se estaba haciendo en la televisión de Estados Unidos con un gran resultado de audiencia, *The Biggest Loser*. Para que el *reality* fuera más atractivo, Bárbara había propuesto la contratación de la hija de una buena amiga suya, una conocida cantante folclórica, cuya hija sin oficio ni beneficio buscaba un trabajo fácil, donde obtener unos buenos ingresos sin tener que demostrar una valía especial. La joven tenía tirón en la prensa del corazón. Sus salidas nocturnas y excesos eran continuamente noticia. Además cumplía el requisito principal, ya que medía poco más de metro y medio de altura y pesaba setenta y cinco kilos.

Ese mediodía, al acabar el programa, tenían una importante reunión con Dirección para cerrar el tema. Bárbara acorraló a Nina en un rincón antes de subir a la reunión. Desde el día anterior, estaba deseando hablar a solas con ella.

—Me han dicho que ayer disfrutaste con el incidente de la pescadera. Qué casualidad que precisamente fueras tú la periodista encargada de estar con ella y prepararla para el programa.

Todos los músculos de Nina se pusieron en tensión. Sabía que no había que retar a Bárbara. Era capaz de conseguir que la despidieran con solo un comentario. Sus insinuaciones no presagiaban nada bueno.

—No sé qué estarás pensando, pero te aseguro que yo solo le dije lo que tenía que responder en la entrevista. Nunca se me ocurriría hacer nada contra ti. —Nina le aguantó la mirada. Aquello era un desafío. Tenía que mostrarse segura de sí misma—. Bárbara, aquí todas te respetamos y te admiramos, eres nuestro referente.

La diva se relajó. Estaba acostumbrada a recibir elogios, pero sus oídos siempre se alegraban al escucharlos. Nina también se calmó al ver cómo cambiaba la expresión de la presentadora.

—Menuda paleta de tres al cuarto la pescadera. Me hizo pasar un mal trago. Al menos todo lo ocurrido ha servido para subir la audiencia, que buena falta nos hacía. Aunque hay que reconocerle que en la entrevista tuvo gancho. Se defendía bien ante las preguntas. Supongo que en eso sí tendrás algo que ver.

Nina sonrió con astucia. Era su oportunidad para confraternizar con la diva.

—Mi trabajo me costó, pero creo que la pescadera tiene algo especial. Parecía tan desvalida cuando hablé con ella antes de entrar en plató... y después fue como si se transformara en otra persona, atrevida, divertida, emotiva. Creo que tiene chispa. Enseguida se metió al público en el bolsillo. La cadena debería plantearse contratarla como gancho. De hecho, creo que todavía no han encontrado protagonista para el *reality* de perder peso. Ella sería perfecta. Es una apuesta arriesgada pero mi instinto me dice que funcionaría.

Bárbara la miró escéptica.

—Por Dios, esa merluza no tiene cabida en este programa. Tenemos un prestigio que mantener. Además, yo sería incapaz de trabajar con ella. Después de lo que me ha hecho no quiero volver a verla nunca más, ni en pintura.

Bárbara dio por zanjada la conversación y subió al ascensor. Tenía una importante cita a la que acudir. Nina se quedó pensativa sin moverse del lugar. Tenía que encontrar a su jefa y comentarle su idea de contratar a la pescadera. De hecho les habían pedido que hicieran propuestas. Sin duda, eso le haría ganar puntos para ascender. Recorrió todos los pasillos en su busca pero no la encontró. Pensó que ya habría subido a la reunión.

En ese mismo edificio, cinco plantas más arriba, su jefa conversaba con Bárbara y la productora antes de entrar al despacho del directivo de la cadena. Carmela era una «perra vieja» en el oficio. Había dirigido más de veinte programas. Tenía intuición y olfato periodístico y nunca le fallaba. Siempre apostaba al caballo ganador. Se puso sus gafas de montura de Armani y las miró con un gesto sombrío.

—Bueno, hoy nos la jugamos. Ya sabéis que estamos en un 15 % de audiencia, un punto más que nuestra competencia. La cadena quiere que mantengamos este nivel cueste lo que cueste. La propuesta de Bárbara de contratar a Isabelita Flores para el *reality* es perfecta pero hay que ofrecer más. Aquí traigo otras aportaciones del equipo.

Bárbara la miró con desdén. No estaba dispuesta a dejarse arrinconar. Ella siempre tenía que destacar en las reuniones con el director del canal. Tenía que aprovechar para hacerse valer y asegurarse su futuro. Mientras esperaban en una salita contigua Bárbara ojeó su móvil. No había podido mirarlo en toda la mañana. Se extrañó al ver cinco llamadas perdidas de su gran amiga, la folclórica. Le había dejado varios mensajes en el buzón de voz. Se preocupó por si le había ocurrido algo. También le había enviado un whatsapp: «No puedo hacerme contigo y es urgente. Sé que hoy tienes la reunión. Isabelita se va al extranjero con su padre, que le ha conseguido un papel de actriz para una película. Mañana se va a Miami. No cuentes con ella para el programa. Lo siento. Llámame cuando leas esto y te cuento. Un beso.» Bárbara se puso tan blanca como el sofá de diseño sobre el que descansaban sus pequeñas posaderas. Levantó la vista y vio a Carmela en una distendida conversación con la productora del programa. Necesitaba un plan B urgente. Su candidata era la mejor que tenían y ahora iba a quedar en ridículo delante del gran jefe. El mérito tenía que ser suyo. La puerta del despacho se abrió y una educada secretaria las invitó a pasar. Bárbara tenía clara su nueva propuesta.

La noticia llegó rápidamente a la redacción del programa. Iban a contratar a la pescadera para protagonizar el nuevo *reality*. Nina no daba crédito a lo que oía. Esa era su proposición y sospechaba quién se la había robado. Había sido una estúpida al confiarle su idea a la competitiva de Bárbara. Sabía que ella iba a por todas, sin escrúpulos ni miramientos, caiga quien caiga. Lo que no entendía era por qué había renunciado a colocar a la hija de su amiga.

Carmela, la directora del programa, reunió a todo el equipo para comunicarles la buena nueva. Les explicó que querían convertir a la pescadera en la nueva «princesa del pueblo» con veinte quilos menos. Nina sería la encargada de tramitar el contrato y de llevar el nuevo espacio del programa.

—Tendrás a tu disposición un equipo con una productora para realizar todos los trámites, un redactor y un cámara. A Míriam le pondremos un *coaching* personal para que la ayude a perder peso y meterse en una talla 38. La seguiremos en su día a día, sufriremos con ella cuando haga deporte, cuando deje de comer todo lo que le gusta, cuando tenga momentos de debilidad, cuando pise por primera vez una alfombra roja embutida en un Chanel y rodeada de famosos. ¡Va a ser un bombazo! «De pescadera a *celebrity*», un éxito seguro. Tendrá un pequeño espacio todos los días y haremos cinco minutos de debate sobre su evolución. Ya tenemos un patrocinador interesado.

A Nina le gustó la idea de estar al mando de un equipo. Pero había algo que no le cuadraba.

—Todo esto me parece genial salvo el detalle que ella no ha aceptado todavía. ¿Por qué estás tan segura que va a decir que sí?

Carmela sonrió con la superioridad de quien lo tiene todo controlado.

—Porque le vamos a hacer una propuesta que no va a poder rechazar.

Míriam dormía plácidamente la siesta en casa de sus padres. Habían comido juntos, aunque ella apenas había probado bocado respondiendo a todas las preguntas de su madre y su hermana Salu. Su padre Pepe había estado como ausente. El teléfono móvil sonó tres veces hasta que lo escuchó. Medio dormida respondió sin mirar la pantalla.

—¿Diga?

—Hola, Míriam, ¿qué tal? Soy Nina de Antena 6. Te llamo porque necesito hablar urgentemente contigo y en persona. —Míriam salió rápidamente de su estado de ensoñación.

—¿Hablar conmigo urgente para qué? ¿Ha pasado algo? —No entendía qué querían ahora los de la tele.

—No puedo comentarte nada por teléfono. Pero te avanzo que te va a interesar. Es una propuesta de trabajo irrechazable.

Míriam respondió escéptica.

—¿Un trabajo? No entiendo nada.

Nina comenzó a desesperarse, pero aguantó las apariencias.

—Mira, quedemos esta tarde allí en tu pueblo. Yo me acercaré y hablamos. Podemos vernos en algún bar o donde tú quieras.

Eso le faltaba a ella, que la vieran en un bar con la estirada de la periodista que precisamente no pasaba desapercibida.

—Mejor en mi casa. Ya tienes mi dirección. A partir de las siete estaré allí.

Cuando colgó el teléfono mil pensamientos acudieron a su cabeza. ¿Un trabajo en la tele? Sentía una enorme curiosidad por saber lo que querían ofrecerle. Decidió no contar nada a su familia hasta conocer los detalles de la propuesta.

La espera se le hizo eterna. A las seis y media se despidió de su madre que planchaba la ropa frente a la telenovela de la tarde, mientras su padre dormía en el sofá.

Su casa estaba a unos quince minutos de la de sus padres. Mientras que ellos vivían en una antigua vivienda de dos plantas en el centro del pueblo, Míriam había tenido que emigrar a las afueras en busca de un minúsculo pisito de nueva construcción por el que pagó un precio desorbitado antes de que estallara la burbuja inmobiliaria.

Aunque echaba de menos tener más espacio, se sentía feliz de tener su propio hogar, que había decorado con mimo. Le encantaban sus muebles *vintage* de madera que había comprado en mercadillos de antigüedades.

Nina llamó al timbre con puntualidad británica. A diferencia de su anterior encuentro, iba vestida informal con unos vaqueros desgastados y una camisa negra. Le pareció más joven. Tras ofrecerle un café se sentaron en el sofá. La periodista fue al grano. Había preparado a conciencia su discurso.

—Bueno, ya sabes que las oportunidades se presentan una vez en la vida. Voy a ser totalmente sincera. Tienes algo que le gusta a la audiencia, se sienten identificados contigo. Les gustó tu entrevista y tu incidente. Los jefes quieren aprovechar el filón para subir la audiencia y por eso queremos convertirte en nuestra colaboradora. Queremos hacer una sección nueva sobre salud y superación personal y queremos que tú seas la protagonista.

»Tu trabajo sería como el de una actriz. Nuestro equipo te facilitaría los guiones, desplazamientos, vestuario y todo lo necesario. Tendrías que vivir en la ciudad porque te haríamos un seguimiento de casi veinticuatro horas, pero la cadena te pondría un piso de alquiler costeado al cien por cien por nosotros. Lo mejor es el sueldo, siete mil euros brutos al mes. Si la sección tiene éxito se te revisaría la nómina en un período de tres meses y si no funciona pues se rescindiría el contrato y percibirías una indemnización en el despido.

Nina miró el gesto perplejo que se dibujó en la cara de Míriam al oír las condiciones del contrato. Durante unos segundos que parecieron eternos las dos se observaron en silencio.

—¿Dónde está el truco? Nadie paga ese dineral a cambio de nada.

A Míriam aquella propuesta le pareció totalmente inverosímil, ¿por qué querían contratarla precisamente a ella? Se sintió como Demi Moore en la película *Una proposición indecente*. Estaban intentando comprarla con dinero, aunque no para acostarse con el guapo de Robert Redford sino para algún retorcido propósito que a ella se le escapaba. Míriam siempre había soñado con ser actriz, un deseo pueril y utópico que nunca había tomado en serio. Su aparición en televisión le confirmó que disfrutaba con el espectáculo. Pero aquello era una locura. Tenía que poner los pies en el suelo.

—Hay un pequeño detalle. Una condición importante. Tendrás un reto: entrar en una talla 38 antes de cinco meses. Para ello seguirás un entrenamiento personal todos los días y nosotros iremos grabando la evolución.

Míriam rompió a reír a carcajadas.

—¡¿Una talla 38?! Vosotros en la tele estáis fatal. En mi vida he tenido esa talla, ni cuando era adolescente. ¿Me puedes explicar cómo vais a conseguir eso en cinco meses?

La periodista sacó la artillería pesada de su enorme bolso. Un dosier con un plan estratégico para adelgazar en ese período. Se especificaba todo, desde lo que tenía que desayunar, comer y cenar, hasta las sesiones deportivas, de radiofrecuencia y de belleza. Ahora sí que entendía su interés en ella. Querían convertir su imagen de «patito feo» con sobrepeso en una «barbie pasarela».

—Sinceramente, no creo que pueda seguir este plan, ni comer lo que me digáis, ni hacer deporte. Si hace años me compré una cinta para correr y acabó de soporte para dejar la ropa de la plancha.

Nina no se amilanó, aún le quedaban cartuchos por sacar.

—Míriam, ¿has oído hablar del *coaching*? El *coach* es un entrenador personal que te ayuda a conseguir un objetivo aunque te parezca imposible. Te dirige y entrena tu cuerpo y tu mente para que consigas lo que quieras. Nosotros te pondremos un *coach* para que esté a tu lado, te motive y no te rindas. Imagínate cómo serías con veinte kilos menos. No lo hagas por tu aspecto, hazlo por tu salud.

Nina dio en el clavo. Míriam nunca se había propuesto adelgazar. Le gustaba demasiado comer como para renunciar a ese placer. Pero sabía que su salud mejoraría con unos kilos menos. Nunca lograba hacer deporte. Tal vez con ayuda de un superespecialista lo consiguiera.

—Tendría que dejar el trabajo en el supermercado por otro que no sé cuánto tiempo va a durar. Es demasiado arriesgado.

—La cadena te hará el contrato por tres meses, aunque la sección no triunfara y se eliminara del programa te pagaríamos el sueldo completo de todo ese tiempo, es decir, veintiún mil euros más una indemnización que se establecerá en el contrato.

—Déjame pensarlo.

Quería consultarlo con su familia y su amigo Luismi.

—Te doy un día para que lo pienses. No eres nuestra única propuesta. Tenemos otras posibles candidatas.

Nina vio cómo su farol surtía el efecto deseado.

—Está bien. Mañana tendrás la respuesta.

Cuando Nina se marchó, Míriam llamó a sus padres, después a su hermana y por último a Luismi. Tenía dos votos a favor y dos en contra. A sus padres les parecía un disparate dejar la pescadería para protagonizar una aventura televisiva que tenía los días contados, por no hablar del sacrificio que iba a suponer someterse a la estricta dieta para lograr entrar en la talla 38. Sin embargo, su hermana Salu y Luismi le dijeron que era una buena oportunidad, que ella siempre había querido ser actriz y eso era como cumplir su sueño, que además dejar el trabajo en la pescadería tampoco era una pérdida irreparable. Al final el mejor consejo se lo dio su madre antes de dormir. La volvió a llamar a sabiendas de que estaba indecisa y le dijo las palabras mágicas: «Sigue tu instinto. Eso nunca falla.»

6

A primera hora de la mañana Míriam llamó a la tele para aceptar el trabajo. Después acudió al supermercado para comunicarle a su jefe la noticia. Luismi salió a saludarla.

—Mi *celebrity* favorita. Qué envidia me das. Menuda suerte, lástima que no fuera yo el que me quedara encerrado en el congelador con Darío. Aunque yo hubiera sido noticia porque el modelazo se me habría muerto. Ni borracho me hubiera atrevido a agujerearle su bonita garganta.

Los dos se fundieron en un cálido abrazo. Quería mucho a su amigo. Lo iba a echar de menos.

—¿Qué voy a hacer yo allí sin ti?

—Tú pregunta si quieren un pescadero dicharachero y que me contraten también.

Míriam le prometió enviarle su nueva dirección para que fuera a visitarla. Le dolía dejar a su familia, a sus amigos y su dulce hogar, pero la decisión ya estaba tomada. En dos días hizo las maletas y se despidió de todos.

Mientras viajaba en tren hacia la gran ciudad recibió un mensaje en el móvil. Era su ex «el innombrable»: «Mucha suerte. Te la mereces.» Míriam estaba desconcertada. ¿Cómo sabía él que se iba del pueblo? ¿Sabría también lo del nuevo trabajo en televisión? Por un momento sintió un escalofrío. Tal vez su ex tenía algo que ver con aquella disparatada oferta laboral. Siempre había tenido muy buenos contactos gracias a sus negocios. Aunque aquello no tenía ningún sentido. Míriam sintió que la cabeza le iba a estallar. No entendía por qué Pedro se empeñaba en volver a su vida. Para ella estaba muerto y enterrado.

Nina la recibió en la gran ciudad y la acompañó a su nueva casa. El piso de alquiler era un pequeño loft moderno con suelo de madera y paredes y muebles blancos. Tenía muchísima luz ya que una pared era toda acristalada con vistas a la ciudad. A Míriam le encantó la decoración.

—Uauuu. Es tamaño playmobil pero el diseño es una pasada. Se parece a los pisos que sacan por la tele en los programas de casas de ricos.

Nina se rio.

—Lo hemos elegido adrede para que quede bien por televisión. Algunas de las grabaciones se harán aquí.

Esa noche apenas pudo dormir. Echaba de menos su confortable cama y su hogar. Miró con nostalgia la foto de su familia que había colocado en la mesita. Sus padres y su hermana posaban alegres en las fiestas del pueblo. Ella había hecho la fotografía. Todos parecían felices. Eran otros tiempos. Míriam pensó en la mala racha que atravesaba ahora su padre y se entristeció. Se puso los auriculares del iPod y la voz de su otro «Papito», Miguel Bosé, la condujo al mundo de los sueños.

Su descanso duró poco. A las siete y media de la mañana Nina se presentó en su casa. Tenía una copia de la llave. Míriam sintió invadida su intimidad. Pronto descubriría que en su nueva vida la palabra «intimidad» no tenía mucho significado.

—¡Buenos días, Míriam! Tienes quince minutos para ducharte y vestirte mientras preparo el desayuno. A las ocho vendrán a recogernos para ir a la tele, así que ánimo.

La periodista le dedicó una de esas sonrisas forzadas que Míriam detestaba. Aquella mujer le desagradaba, pero no tenía más remedio que acostumbrarse a ella puesto que iba a ser su jefa.

A las ocho en punto un coche de Antena 6 las recogió. Durante el trayecto Nina aprovechó para explicarle cuál iba a ser su rutina a partir de ese día.

—Tu jornada laboral empezará a las ocho y media. A esa hora acudirá a tu casa Mario Quiroga. Es un *coach* muy solicitado entre los famosos. Será tu entrenador personal. Él se encargará de vigilar tu dieta desde el desayuno hasta la cena y te acompañará al gimnasio. A las nueve y media tendrás una hora de deporte. Después veinte minutos de *spa*, masaje o máquinas para adelgazar según el día, presoterapia, radiofrecuencia, cavitación...

A Míriam toda aquella retahíla le sonaba a chino. Nina hablaba rápido y en tono autoritario. Se sintió como si acabara de ingresar en el ejército.

—Después de comer tendrás tiempo libre. Y por la tarde retomarás la agenda con actividades culturales o sociales, según lo que cerremos para cada semana.

El plan de las tardes le gustó mucho más que el de las mañanas, parecía más de campamento de verano.

—Durante la mayor parte del tiempo estarás acompañada de tu entrenador Mario, un periodista y un cámara que te grabarán para los reportajes. Al plató solo acudirás algunos viernes para que Bárbara te entreviste en directo. El resto de días de la semana se emitirán tus vídeos y los tertulianos comentarán cómo va tu evolución. ¿Tienes alguna duda?

Míriam la miró perpleja. No tenía una duda, tenía un montón. Pero no tuvo tiempo de formularlas. El coche se detuvo en el párquing de la tele. Ya habían llegado.

Entrar de nuevo en los estudios de Antena 6 le produjo el mismo respeto que la primera vez. Había técnicos y periodistas por todas partes. Se movían de un lado a otro, algunos corriendo con cintas en la mano, otros con cajas llenas de material, aquello era una auténtica jungla.

El programa de las mañanas estaba en riguroso directo. Míriam pudo ver desde la distancia a la perfecta Bárbara Aribarri entrevistando al invitado del día, un conocido político acusado de defraudar más de cien millones en contratos falsos. No podía dejar de admirar el porte majestuoso de aquella mujer que movía las manos con elegancia mientras formulaba preguntas incómodas a su invitado. Era como una mantis religiosa cortejando a su víctima antes de devorarla.

Nina la condujo por un pasillo interminable hasta la redacción. Allí decenas de periodistas tecleaban velozmente frente a sus ordenadores. En un lateral había una gran sala acristalada que permitía ver todo lo que ocurría en el exterior. Dentro les esperaba la directora del programa, una mujer de unos cincuenta años con cara de pocos amigos y de saberlo todo en esta vida. Las invitó a sentarse.

—Buenos días, Míriam. Me alegro de que hayas aceptado trabajar con nosotros. Va a ser una experiencia única en tu vida, ya lo verás.

Su voz sonaba ronca, castigada por el exceso de tabaco y alcohol. Imponía respeto. Míriam asentía a todo lo que decía, sin pestañear.

—Espero que Nina te haya explicado cuál va a ser tu rutina y qué esperamos de ti. Esta es una apuesta importante para la cadena. No podemos fallar. Necesitamos ver resultados rápidos.

La directora la observaba inquisitoriamente por encima de sus gafas de montura de pasta. Transmitía seguridad, fortaleza e indestructibilidad. A Míriam le recordó a Cruella de Vil.

Nina captó su inquietud. Entendía lo que su jefa podía provocar en los demás. Por un instante sintió lástima de aquella pobre pescadera que no sabía dónde se metía.

Cuando salieron del despacho fueron a una pequeña sala para conocer al resto del equipo. Había tres chicos sentados ante un pequeño televisor.

—Buenos días. Esta es Míriam. Ellos son: Teo, el redactor; Rafa, el cámara, y Mario Quiroga, tu *coach* personal.

Durante una hora estuvieron reunidos mientras Nina desgranaba todos los detalles de la rutina que iban a seguir. Cuando finalizaron, Teo se acercó a Míriam. Su mirada transparente le recordó a su gran amigo Luismi.

—Supongo que estarás un poco asustada por ver cómo funciona todo esto de la tele ¿no?

Ella sintió que con él podía relajarse.

—La verdad es que sí. Me da miedo no cumplir las expectativas.

Teo sonrió.

—No te preocupes. Mario es muy bueno en su trabajo y te ayudará en los momentos duros. También puedes contar con Rafa y conmigo. Formaremos un buen equipo. Somos buena gente, ya lo verás.

Míriam dejó escapar un suspiro. Con tanta tensión se había olvidado hasta de respirar.

Comieron todos juntos en el restaurante de Antena 6 junto a periodistas, técnicos y famosos. A Míriam la comida no le sentó bien de tanto volverse para un lado y para otro para cotillear quién entraba y quién salía. Había muchas caras conocidas de la tele, presentadores de Informativos, del Tiempo, de Deportes, tertulianos famosos, etc.

De repente comenzó un fuerte murmullo en la mesa y todos miraron hacia la puerta. Acababa de entrar la gran diva Bárbara Aribarri. Rafa le dio un codazo a Teo.

—¡Cada día está más cañón! Dicen que es una fiera

en la cama. Ahora se trinca a Tony Denmarck, el piloto de Fórmula Uno.

Míriam miró hacia donde estaba la presentadora. La vio conversando con un chico que estaba de espaldas. No podía verle la cara, pero le llamó la atención su cuerpo. Tenía una espalda ancha y un perfecto trasero que se dibujaba bajo unos vaqueros oscuros.

Mario reprendió a Teo y a Rafa.

—Dejad ya de babear. Bárbara está fuera de vuestro alcance. ¡Menuda es!

A pocos metros de distancia, ajenos a las miradas indiscretas, la guapa presentadora y el piloto conversaban en voz baja.

—Anoche lo pasamos muy bien —susurró Bárbara mientras le pasaba la mano por el musculado brazo.

Tony reaccionó a su provocación.

—No sé... Necesitaría repetir para poder hacer una evaluación más precisa.

Ella sonrió pícara. Se mordió el labio superior de forma insinuante.

—Esta semana estoy bastante liada con eventos de la tele, pero quién sabe, tal vez encuentre un hueco para hacerte una visita.

Tony le dedicó una de sus miradas felinas. Era puro fuego. Las mujeres lo volvían loco. Eran su debilidad. Le encantaba disfrutar del sexo sin compromiso.

—Ya sabes dónde vivo y todo lo que puedo ofrecerte.

Bárbara notó la excitación en su cuerpo. Acostarse con Tony era lo mejor que había hecho en mucho tiempo. Después de dos fracasos matrimoniales y varios amantes fallidos, el piloto había sido su mejor medicina para recuperar su apetito sexual. Solo se habían acostado una vez pero él la había hecho gozar como nadie. Se sentía como una adolescente con las hormonas alteradas. Bárbara miró a su alrededor y vio que la gente los miraba. Tenía que poner fin a aquel encuentro si no quería ser la comidilla de la televisión.

—Está bien. Te llamaré pronto.

Bárbara se despidió de él con una coqueta inclinación de cabeza y desapareció por la puerta del restaurante moviendo las caderas de forma provocativa. Tony se pasó la mano por el pelo y sonrió. Desde que formaba parte del exclusivo mundo de la Fórmula Uno se le habían abierto muchas puertas. Entre ellas, podía tener a cualquier mujer que deseara. Había aprendido a exprimir al máximo las ventajas de su nueva posición.

La cadena de televisión estaba a punto de firmar un acuerdo millonario con su escudería. Parecía que la vida le sonreía.

Mario vio que estaba solo y aprovechó para ir a saludarlo. Había sido durante un tiempo el *coach* del famoso piloto.

—¡Hola, Tony. Qué alegría verte!

Se chocaron la mano amistosamente. Mientras conversaban, Míriam los observó desde la distancia. Pensó que ella no encajaba para nada en todo ese mundo de famoseo y gente rica. Mario estaba acostumbrado a ser el *coach* de la *high class*. Por un instante dudó sobre qué hacía allí.

El día fue agotador. Míriam regresó al loft pasadas las once de la noche. Por fin tuvo tiempo para mirar su móvil. Tenía cinco llamadas perdidas de su madre y dos de su hermana. Querían saber cómo le había ido su primer día. Su hermana Salu le había escrito un whatsapp: «Miche, ¿que no oyes el puto teléfono? Llama a mamá o mandará a la Guardia Civil a buscarte. Por cierto, te quiero mucho. Suerte.»

Un sentimiento de amargura se apoderó de Míriam. Ella también quería a su hermana pero no había logrado perdonarla. Aquel maldito beso con «el innombrable» lo había cambiado todo. Su corazón se resistía a olvidar. No podía comprenderlo. Ella nunca le habría hecho algo así.

Pensó en la frase que le repetía una y otra vez su madre: «El corazón tiene razones que la razón no entiende.» Míriam no sabía que muy pronto iba a comprobar ella misma cuánta razón tenían Lolín y el gran filósofo francés que regaló a la posteridad la célebre cita, un tal Blaise Pascal.

7

—Croac, croac, croac, croac.

Míriam se despertó sobresaltada. ¿Qué demonios era aquel odioso sonido? Parecían sapos o ranas. Enseguida se percató que era el despertador de su móvil. Lo apagó y leyó un whatsapp que le había enviado su hermana Salu: «Hola, Miche. ¿Te gusta el tono de despertador que te he puesto? A ver si mueves el culo y me buscas un príncipe buenorro de la tele pero que no se convierta en rana.»

Míriam miró la hora. Eran las siete de la mañana. Cuando pillara a su hermana se la iba a devolver. Adormilada se duchó y se puso la ropa deportiva que le habían traído de la televisión.

Mario llegó a las ocho con dos bolsas de la compra donde traía lo que ella debía comer durante todo el día. Para desayunar un cortado, una tostada de pan integral con queso blanco, miel, y unas nueces. Mientras ella desayunaba le explicó en qué iba a consistir su régimen.

—Vas a hacer la dieta del Paleo.

—¿Y eso qué demonios es? ¡Suena fatal!

—Pues comer lo mismo que en el Paleolítico: plantas, animales y frutos de la tierra.

—¿Estás de coña?

—Tranquila que no te lo vas a comer crudo. Me refiero a verduras, carnes y pescados cocinados. Están prohibidos todos los alimentos procesados y, por supuesto, nada de dulces, azúcares, hidratos de carbono y grasas. Aunque podrás comer un poco de pan integral en el desayuno y una cucharada de miel.

—Uffff. No sé si voy a ser capaz. Para mí comer es uno de los mayores placeres de la vida.

Mario la animó.

—No te preocupes, solo necesitamos 21 días para que tu cuerpo cambie la rutina. A partir de ahí te costará menos. Además haremos que la comida esté sabrosa a base de especias, hierbas o soja. Que sea de dieta no significa que no deba tener buen sabor. Utilizaremos esencias para recrear sabores como el de la mantequilla pero con cero calorías.

Míriam asintió mientras apuraba el último bocado de la tostada.

—A media mañana podrás tomar una pieza de fruta o un zumo.

—¡Qué suerte la mía!

Mario se rio.

—Me gustan las personas que se levantan con buen humor. ¿Preparada para tu debut en el gimnasio?

A las nueve un coche de la televisión los llevó al gimnasio. A Míriam se le desencajó la mandíbula cuando vio el lugar. No era un gimnasio de barrio. Era un impresionante club deportivo con jardines, fuentes espectaculares, pistas de pádel, tenis, piscina climatizada, servicios de belleza y masajes. El pomposo nombre del lugar lo decía todo: Health and Sport Deluxe Club. Estaba situado en la urbanización de chalets más lujosa de la ciudad. Mario sonrió al verla fascinada.

—¿Qué te parece? ¿Sorprendida? Pues aún no has visto el interior. Aquí es fácil encontrarte a cantantes famosos, deportistas de élite, actores, directores de cine, empresarios, políticos, la *crème* de la *crème*. La TV ha firmado un contrato especial para poder grabar en las instalaciones. Tenemos prohibido sacar a ninguna persona sin su autorización.

Como Mario le había avanzado, el *hall* era deslumbrante. Parecía un palacio con las paredes de mármol blanco, el suelo de mosaico en blanco y negro, las enormes lámparas de araña que colgaban del techo con diminutas lágrimas de cristal que caían en forma de cascada... Míriam se sintió hipnotizada ante tanto brillo y belleza. Los sofás de piel, también de color blanco, tenían cojines con el nombre del club bordado en dorado y negro.

Míriam se acercó a una pared acristalada que daba al exterior. Había un jardín zen con bonsáis gigantes, piedras y delicadas fuentes. Pensó en la suerte que tenía la gente rica, ¿cómo no iban a ser felices con todo aquello a su alrededor?

Mario la devolvió a la realidad. Habían llegado Teo y Rafa. Les explicó lo que iban a hacer durante la sesión de deporte.

—Hoy quiero que Míriam suelte un poco el cuerpo.

Vamos a ver cuál es su resistencia y a evaluar sus puntos fuertes y sus puntos débiles.

Teo les puso dos micros inalámbricos para grabar el entrenamiento.

El gimnasio estaba bastante lleno a las nueve y media de la mañana y eso complicó el trabajo del equipo, ya que no podían grabar a nadie sin autorización. Iban cambiando de una máquina a otra, según se quedaba vacío el espacio de alrededor. Primero la elíptica, donde Míriam casi muere en el intento de coordinar piernas y brazos al mismo tiempo, después un poco de bicicleta, que gracias a Dios se le dio mucho mejor, aunque enseguida se cansó de pedalear, acto seguido probaron varias máquinas de musculación de brazos y piernas para acabar la jornada con una intensiva tabla de abdominales que acabó de rematar a la pobre Míriam. Cuando logró recuperar el aliento consiguió hablar.

—Ya sé por qué nunca he pisado un gimnasio. Esto es una tortura. Seguro que lo inventaron durante la Inquisición. Y encima hay que pagar. Esto se lo explicas a las tribus esas que viven en la selva alejadas del mundo y alucinan.

Mario se rio por la ocurrencia. Estaba claro que no estaba en forma. Tenían mucho trabajo que hacer.

Después del duro esfuerzo, el *spa* le supo a gloria. Decenas de chorritos de agua le masajearon las piernas, el abdomen, la espalda, los hombros, el cuello... Mario le iba dando instrucciones de lo que debía hacer en cada momento: el cuello de cisne primero, después el *jacuzzi* para la parte inferior del cuerpo, un poco de sauna turca, ducha escocesa para tonificar...

Al final la experiencia no había sido tan mala. Así lo contó en la entrevista que le hicieron a ella y a Mario en los jardines. Cada uno tenía que evaluar el trabajo y responder a las preguntas de Teo.

Con el material montarían el primer reportaje del *reality*. Míriam fue la primera en responder.

—No estoy hecha para el deporte pero creo que podré con ello. Lo peor ha sido la elíptica. Me sentía como un pato mareado. Y los abdominales ¡horrible!, ¡qué dolor! Si es que no entiendo cómo a la gente le gusta ir al gimnasio, si van a sufrir. Eso sí, el *spa*, qué gusto. Me quedaría a vivir ahí con los chorritos. Sales como nueva. Hay que ver lo bien que vive la gente rica.

Míriam gesticulaba y se reía mientras hablaba. Tenía una naturalidad que atraía. Hablaba sin tapujos, con claridad y desenvoltura. Teo empezó con la batería de preguntas.

—¿Y qué opinas de este lugar? ¿Es uno de los clubs más exclusivos de la ciudad y del país?

—En mi vida he visto nada igual. Es como un palacio de esos árabes que salen en las películas. Precioso. Hasta me ha dado pena ir al baño. Está limpísimo y brilla más que la encimera de mi cocina. Se podrían comer sopas en la taza del váter.

Cuando terminó Teo la felicitó por la entrevista. Mario fue mucho más correcto en sus apreciaciones.

—Míriam es una alumna con grandes posibilidades, pero debe ponerse las pilas. Tiene voluntad, pero una forma física nefasta y cero disciplina deportiva. El camino va a ser duro pero no se va a arrepentir de recorrerlo. Vamos a transformar su cuerpo. Ni ella misma se va a reconocer. —Mario hizo un gesto pícaro y guiñó un ojo a la cámara.

Se notaba su experiencia en televisión. Había protagonizado decenas de reportajes y era un excelente orador. No hacía falta darle instrucciones. Tras grabar, Teo y Rafa se fueron a los estudios de Antena 6 para montar el primer reportaje. Mario y Míriam acudieron al loft.

Después de comer una ensalada y un escueto pescado a la plancha, Mario la dejó descansando y ella aprovechó para llamar por teléfono a su madre. Lolín saltó de alegría al oír la voz de su pequeña.

—¡Cariño, ya era hora! Menos mal que has llamado porque ya estaba preguntando por el tren que va hasta allí para ir a ver si te había pasado algo.

Míriam imaginó a su madre con las maletas de los años cincuenta que guardaba en el armario con olor a naftalina, preparada en la estación para coger el primer tren en dirección a la gran ciudad. Lolín que no había viajado ni conocido más mundo que los pueblos de alrededor.

—Mamá, tranquilízate. Estoy bien. Bueno, un poco cansada, pero es que hoy me han dado una paliza en el gimnasio.

—¿Que te han pegado, cariño? ¿Quién? ¿Por qué? ¿Estás bien?

—No, mamá. No me ha pegado nadie, que me han hecho hacer mucho ejercicio y estoy agotada, nada más. No te preocupes. Por cierto, la casa en que vivo es muy bonita. Quiero que vengáis a verme Salu, papá y tú.

—¿Tu padre? Ay cariño, si no traigo una grúa para

que lo levante del sofá no creo que pueda moverlo de ahí. A veces pienso que se le ha quedado pegado el culo de tantas horas que pasa ahí sentado frente al televisor. Si llaman al timbre y él hace como que no lo oye para no levantarse. Le he dicho que si sigue así lo llevo al médico del oído para que lo mire, no vaya a ser que esté sordo de verdad y por eso no se mueve. —Lolín y Míriam rieron a la vez.

En el fondo, las dos estaban preocupadas por el cambio que había experimentado su padre en poco tiempo.

Se pasaba las tardes sentado frente al televisor. Desde que unos señores tuvieron a bien inventar la TDT con más de cien canales temáticos, era imposible levantar a su padre del sillón porque cuando no veía una película del Oeste, estaba enzarzado en un documental de cocodrilos africanos o un interesantísimo programa de vender los objetos más absurdos que acumulamos en casa.

A Míriam le daba pena verlo tanto tiempo frente a la tele aislado del mundo y de todos. Hacía unos años que había dejado de ser el hombre vivaracho y bromista de antes. La jubilación no le había sentado bien. Pepe había trabajado toda su vida en la misma empresa, una fábrica de chocolates pionera en España que abrieron en su pueblo en los años sesenta. De hecho, el pueblo tenía notoriedad a nivel nacional por su fábrica de chocolates, que recibía visitas de turistas durante todo el año.

Cumplidos los sesenta y cinco años se jubiló. Al principio pasaba por la fábrica para saludar a algunos compañeros. Pero el tiempo fue pasando y empezó a quedarse más en casa. Nunca le había llamado la atención el Hogar del Jubilado, donde se reunían muchos de sus amigos para pasar las tardes jugando a las cartas o a la petanca. Así que Pepe encontró en el televisor a su gran aliado y compañero para huir de la rutina del día a día y hacer su vida más interesante.

Míriam y Lolín estuvieron una hora pegadas al teléfono poniéndose al día de sus vidas. Cuando colgó decidió llamar a su hermana Salu.

—¡Coño! Ya era hora, Miche. ¡Por fin das señales de vida! ¿Has hablado con mamá? Está como loca. Quiere coger un tren e irse a la ciudad a verte porque dice que seguro que te ha pasado algo.

—Acabo de hablar con ella. Es que estoy bastante liada. No me dejan sola en todo el día. Ahora es el primer rato que tengo para mí. Tengo un *coach*, un entrenador personal.

—Hostia, como las famosas de verdad.

—Se llama Mario. Te gustaría. Es muy cañero con el tema del deporte. Ya he empezado el gimnasio y el régimen. No sé cómo voy a poder aguantar esto.

—Podrás seguro, Miche. El gimnasio es cuestión de entrenar y a tu cuerpo cada vez le costará menos esfuerzo. Y lo del régimen es genial, porque si te vigilan no vas a caer en tentaciones, que nos conocemos. ¡No te imagino sin comer ni una chocolatina en todo el día!

Salu sabía que el chocolate era la debilidad de su hermana. No podía pasar un día entero sin tomar una onza. Le gustaban todos: negro, con leche, blanco, con almendras, con avellanas... Y en parte, la culpa la tenía su padre Pepe. Como toda su vida había trabajado en

la fábrica de chocolates del pueblo, desde muy pequeñas les traía pastillas enteras de diferentes sabores. De
hecho, eran las primeras en probar todas las novedades.
A su padre le encantaba conocer la opinión de las pequeñas para después transmitírsela a su jefe. Siempre
les decía que el bombón relleno de fresa había sido un
éxito gracias a ellas, porque el jefe no quería producir-
lo, pero él lo convenció por lo mucho que le gustaba a
sus hijas. Míriam no quería pensar en que ahora no
podía comer ni un pedacito.

—Ufff, tendré que hablarlo con Mario porque no
sé si podré vivir sin el chocolate. Es como una droga.
¿No dicen que el puro no engorda?

Salu y Míriam también hablaron de sus padres y de
la nueva pareja de su hermana.

—¿Sabes que salgo con un juez?

—¿Ah, sí? ¿Desde hace mucho?

—Llevamos un mes saliendo pero no quería contaros nada hasta que no fuera algo más serio. Es muy
educado y tranquilo.

—¿Educado y tranquilo? ¿Y qué hace contigo? ¿No
se asusta cuando te oye hablar?

—Gilipollas, que yo cuando quiero soy toda una
señorita.

—Si tú lo dices... Yo creo que el juez es sordo y no
escucha tus tacos —bromeó—. Bueno, me alegro de
que hayas encontrado a alguien.

Salu agradeció sus palabras. Sabía que a su hermana
le costaba hablar con ella sobre el tema de amores.

Esa tarde la tuvo libre y no se le ocurrió mejor forma de pasarla que viendo pelis de miedo en el ordenador. Le encantaban aunque echó de menos las palomitas y el refresco.

Por la noche, Mario, Teo y Rafa aparecieron de nuevo en su casa con la cena. Tenían que grabarla comiendo un delicioso hervido de verduras y una tortilla francesa. El estómago de Míriam no paraba de rugir desde hacía horas. Devoró la comida en cuestión de minutos.

—¿Esto es todo? ¿No puedo comer nada de postre? Tengo tanta hambre que me comería una vaca.

Teo y Rafa se rieron. Mario la tranquilizó.

—Un truco para quedarte más saciada es masticar unas diez veces cada bocado. Y si quieres podemos aumentar la cantidad de las raciones.

Míriam le preguntó por el delicado tema del chocolate.

—Ya sabes que no debes tomar nada fuera de la dieta. Hay que hacerla bien para ver resultados rápidamente. Lo único que puedo hacer es conseguir chocolate puro desgrasado que se vende en polvo. Pero solo podrás tomar un poco en el desayuno. Nada más.

Aceptó encantada.

Esa noche antes de dormir recibió en su móvil un SMS inesperado: «Ya me he enterado de tu nuevo trabajo en TV. Me alegro por ti. A ver si quedamos un día y te compenso, que te debo la vida, nunca mejor dicho. Darío.»

Sonrió. Pensó en lo que diría su hermana si leyera el mensaje del gran modelo internacional. Decidió responder: «No me debes nada. Solo hice lo que debía. Te tomo la palabra. Un abrazo. Míriam.»

Antes de apagar el móvil pensó en cómo le había cambiado la vida en tan poco tiempo. Y eso que no sabía que lo mejor todavía estaba por llegar.

8

—¡Hummm! ¡Qué placer!

Míriam inspiró el aroma del cacao puro. Las mañanas con leche y un poco de chocolate desgrasado le
hicieron más llevadera la rutina.

El tiempo pasó tan rápido que apenas se dio cuenta.
En un mes se había adaptado a su nueva vida y había
perdido seis kilos.

El entrenamiento en el gimnasio cada vez era menos
duro aunque siempre acababa exhausta. Mario y ella
habían descubierto que lo que más le gustaba era el
ejercicio aeróbico que introducía algo de baile, así que
empezó a practicar zumba, step y aerobic. El deporte
se combinaba con *spa*, masajes y sesiones de radiofrecuencia o cavitación para eliminar grasa.

Teo y Rafa se convirtieron en una compañía habitual. A veces incluso olvidaba que la estaban grabando.
Teo era como ella había imaginado: tranquilo, reflexivo,
práctico, muy inteligente y honesto. Podía sincerarse
con él y contarle lo que quisiera. En cambio con el cámara Rafa no acababa de congeniar. No le cogía el pun-

to. Era demasiado nervioso, actuaba atropelladamente y le gustaba imponer sus criterios por encima de todo. Además tenía cierto cariz maleducado y autoritario a la hora de pedir las cosas que Míriam detestaba.

Pero el cambio más importante de todo ese tiempo era su cuerpo. Había bajado una talla, casi dos, y se encontraba distinta. La cara se le había hecho más angulosa y se le marcaban los pómulos. Había perdido tripa, culo, pecho y muslos. Podía ponerse ropa más ajustada. Eso le daba fuerzas suficientes para continuar con la dieta, que era lo que peor llevaba con diferencia. Se moría de ganas de comer dulces y tenía que superar los momentos de ansiedad a base de masticar chicles sin azúcar y haciendo sesiones de terapia con Mario.

—Míriam, tú puedes. Has pasado lo peor. El primer mes es el más duro. A partir de ahora todo será mucho más fácil. Ya tienes las rutinas marcadas. Estamos logrando nuestro objetivo. Tienes la capacidad suficiente para conseguirlo. Lo vas a lograr.

A Míriam las palabras de aliento de Mario le daban fuerzas, pero había momentos en que tenía ganas de dejarlo todo y volver a su pueblo con su familia y con su despensa llena de chocolates, papas y dulces.

En todo ese tiempo había recibido tres visitas sorpresa que la habían hecho inmensamente feliz, dos de su madre y Salu, y una de su amigo Luismi.

El día en que Lolín y Salu aparecieron en la puerta del edificio del loft cargadas con sus maletas, Míriam sintió que el corazón le daba un vuelco. Las tres se abrazaron durante varios minutos en silencio. Lolín la miró emocionada.

—Cariño, como sigas así te vas a quedar en los huesos. Si casi no te reconozco. Te veo todos los días por la tele, en lo poquito que sacan, eso que te graban por ahí haciendo deporte y comiendo. Hay que ver qué mal comes, cuatro lechugas y un pescado mal hecho. Donde estén mis pucheros y lentejas...

Míriam comenzó a salivar pensando en las comidas caseras de su madre.

El loft le encantó a Salu. Lolín lo bautizó como «un cuchitril mono».

—Con todo el dinero que tienen en la tele ya te podían haber cogido un piso más grande. ¡Menudos tacaños!

Fue un fin de semana perfecto. Aprovecharon para hacer turismo y comer en los restaurantes más chics.

Mientras esperaban el postre en uno de los locales de moda su madre fue al baño. Míriam aprovechó para preguntarle a su hermana por su novio, al que todavía no conocía.

—¿Cómo os va? Dice mamá que Jorge es muy correcto.

—Joder, Miche, dirás serio y aburrido. Es juez y con eso lo digo todo. Vive muy centrado en su trabajo. Nos conocimos jugando al pádel. Y me pareció un tío interesante, pero en un mes no sé cómo hemos acabado comiendo puchero en casa de los papás. Creo que las cosas han ido demasiado rápido. —Salu hablaba con pesadez, como si una losa la aprisionara.

—¿Pero estáis viviendo juntos?

—No, aunque muchos días se queda a dormir en mi casa. Ha traído su cepillo de dientes y su pijama. Pero no sé, Miche. Falta esa chispa de pasión de cualquier relación cuando empieza. Hasta en la cama es un tío soso de cojones.

A Míriam le costaba imaginarse a su hermana atrapada en una relación sosa. Siempre se liaba con tíos mayores que ella, normalmente vividores o bohemios. La seriedad no era una cualidad habitual en sus parejas.

—Oye, Palo, si no estás convencida, pues lo dejas y ya está. Si en un mes ya estás cansada de él es porque no lo quieres.

—Coño, si fuera todo tan fácil... Realmente es un buen partido. A diferencia de mis ex novios, este tiene conversación, es educado y está forrado.

Míriam le dio un empujón a su hermana. Era incorregible. Sabía que el tema del dinero estaba de por medio. Detestaba que fuera tan materialista.

Esa noche decidieron no salir. Estaban agotadas. Mientras Salu se duchaba, Lolín aprovechó el momento a solas con Míriam para hablar sobre su padre.

Desde que se había jubilado se había convertido en un mueble más de la casa. Lolín había intentado buscar ayuda en un psicólogo pero fue en vano. La tristeza se había instalado entre los dos y apenas se dirigían la palabra. Nunca habían estado tan lejos y a la vez tan cerca, ya que pasaban prácticamente las veinticuatro horas del día bajo el mismo techo.

Lolín no había imaginado que la jubilación de su marido sería tan dura. Ella pensaba que aprovecharían todo el tiempo que no habían tenido para estar juntos, salir a pasear, hacer excursiones o incluso algún viajecito. Pero Pepe estaba cada vez más lejos del hombre del que ella se enamoró. A Míriam le partía el alma verlos así.

—Siempre habéis estado tan unidos... Supongo que está atravesando la crisis de la jubilación. Espero que no dure mucho y vuelva a ser el de antes.

Lolín se acercó a su hija y la cogió de la mano.

—Nos hacemos mayores. Así es la vida. Si no fuera tan cabezota y aceptara ayuda..., pero no quiere y no puedo hacer nada por cambiarlo. Solo necesita tiempo, ya lo verás. Confío en él. Nunca me ha defraudado y sé que él también sufre por esta situación.

Míriam abrazó a su madre. Admiraba la entereza que demostraba aquella mujer ante las adversidades de la vida. No era excesivamente culta, nunca había tenido acceso a los estudios y solo sabía bordar y coser, pero poseía una gran sabiduría sobre la vida y sus lecciones eran, a menudo, mucho más valiosas que las que se aprendían en la escuela.

La despedida fue un trago amargo. No querían separarse. Prometieron volver pronto a visitarla.

9

El *reality* había resultado ser un éxito. La sección de Míriam era la más vista del programa y los viernes que ella acudía al plató alcanzaban la cuota de audiencia más alta de la semana.

A Míriam le gustaba ir a los estudios. En vestuario le ponían ropa cada vez más bonita y la maquillaban y peinaban como una estrella. Cuando se veía por la tele ni ella misma se reconocía.

La tensión entre ella y la guapa presentadora Bárbara Aribarri era creciente y eso atraía al público, que disfrutaba viendo cómo las dos se tiraban pullitas durante la entrevista. Míriam sabía cómo entrar en el juego de la presentadora y no se dejaba ningunear, aunque esta intentara dejarla mal siempre que podía.

—Bienvenida un día más al programa. Hay que ver el gran trabajo que hacen contigo los de maquillaje, querida, si casi no te reconocemos. —Bárbara soltaba sus ataques con la mejor de sus sonrisas y Míriam le respondía con su misma medicina.

—Sí, la verdad es que hacen milagros. Tú lo sabes mejor que nadie. Es que no somos las mismas recién levantadas que con cuatro capas de maquillaje y bien peinadas, ¿eh, Bárbara?

Había sido el propio Mario quien la había aconsejádo sobre cómo lidiar con sus adversarios para que no la hundieran con comentarios ácidos y críticas destructivas.

—Bueno, cuéntanos, ¿qué tal esta semana? Sufrimos mucho cuando te vimos en la clase de *spinning*. Casi mueres en el intento. —Bárbara volvía a la carga.

—Sí, fue muy duro, pero logré aguantar hasta el final. Solo hace falta voluntad. Si tú crees que puedes lograr algo, lo logras. Mario tiene razón. No debemos ponernos tantos límites a nosotros mismos. Podemos superar todo lo que nos propongamos si tenemos la actitud adecuada.

Míriam se sentía orgullosa de todo lo que estaba aprendiendo y, sobre todo, de poder compartirlo con los demás a través de la televisión.

—Esta semana no has bajado tanto de peso como se esperaba. ¿No te sientes mal por haber fracasado y no haber cumplido el objetivo marcado? —Bárbara preguntaba con astucia.

Míriam se había dado cuenta de que realmente era una mala persona, competitiva y arrogante. Siempre quería estar por encima de los demás.

—Estoy contenta porque sé que me he esforzado. He dado todo de mí sin restricciones. Hay semanas en que va mejor y otras peor, pero estoy feliz. Además, en el fondo nunca me ha preocupado excesivamente mi físico. Creo que hoy en día la gente está demasiado preocupada por su cuerpo, por estar anoréxicas a base de no comer para parecerse a las modelos que salen por la tele. ¿Tú crees, Bárbara, que ese es el mensaje que deberíamos dar a las adolescentes? —Míriam la miró con especial interés. Sabía que Bárbara pesaba cuarenta y ocho kilos y estaba extremadamente delgada. No se permitía engordar ni un gramo. Su obsesión con el peso era tal que prácticamente no comía nada en todo el día, solamente barritas dietéticas y batidos.

Mario felicitó a Míriam cuando acabó del programa. Él tampoco tragaba a la estirada de Bárbara Aribarri. La conocía desde hacía muchos años, habían coincidido en innumerables fiestas y detestaba su altivez y su superioridad.

Esa tarde, antes de marcharse, Nina les comunicó que tenían que acudir a una fiesta que organizaba la tele.

—Es el evento más importante del año, donde la cadena presenta todas las novedades de la temporada. Se hace en la mansión de uno de los directivos. Asisten presentadores, jefazos, patrocinadores, famosos, empresarios y algún político. Es una ocasión perfecta para hacer relaciones. Por cierto, hay que vestir de gala.

Nina estaba entusiasmada con la idea. Era una ocasión excelente para relacionarse y conseguir un futuro ascenso laboral. Hacía años que había acabado la carrera de periodista y solo había conseguido pequeños trabajos, mal pagados y sin horario. El programa de las mañanas había sido su mejor oferta, pero estaba cansada de perseguir a famosillos de tres al cuarto y de hurgar en la vida de los demás para inventar reportajes de dudosa calidad. Ella soñaba con hacer periodismo del bueno y no guiones medio inventados que solo buscaban el morbo y la emoción fácil.

Acudió a vestuario en compañía de Míriam para buscar un vestido adecuado. La jefa les había traído dos modelos exclusivos para ellas. Nina se quedó con uno rojo de Valentino que le marcaba toda la figura. Era como una especie de traje de neopreno con escote palabra de honor y corte sirena. Míriam eligió un vestido de Versace de color negro con cuello de barca, ajustado en la cintura y con encaje hasta la rodilla.

Por la tarde tuvo tiempo para descansar en el loft. Nada más colgar su precioso vestido en el armario cogió el teléfono. Quería llamar a su gran amigo Luismi para ponerle los dientes largos.

—¿A que no sabes quién va mañana a una fiesta VIP de la tele, enfundada en un Versace? —Míriam tuvo que separarse el auricular de la oreja para no quedarse sorda con los gritos de su amigo.

—¡Pero qué envidia me das! ¡Mi *superstar* con un vestido de Versace! Vas a ser la reina de la fiesta. Seguro que te codeas con futbolistas y modelazos. Eres mi heroína. Vas a causar sensación. —Luismi no podía parar de hablar mientras ella reía.

—Sí, seguro que en una fiesta llena de modelos yo causo sensación. Será porque nunca han visto a una talla 42 enfundada en un vestido de alta costura. Ja, ja.

Cuando los dos pararon de reír y hacer burlas, Míriam aprovechó para decirle a su amigo cuánto lo echaba de menos. Desde que se había mudado a la ciudad solo había ido una vez a visitarla.

—Ya voy conociendo a algunos famosillos del programa. Te prometo que si vienes te los presento.

—*Cuore*, yo a la que quiero conocer es a la gran Bárbara Aribarri. Es tan perfecta... Hay que ver lo bien que conduce el programa, lo culta que es y lo bien que habla. Es una pedazo de profesional. La admiro muchísimo.

Míriam no quiso decepcionar la gran expectativa que se había creado su amigo sobre la Barbie Silicona. Era increíble la imagen que proyectaban algunos presentadores a través de la televisión y lo diferentes que podían llegar a ser cuando los conocías en persona.

—Venga, si vienes a verme te presento a tu Barbie Aribarri.

—Te tomo la palabra.

—Bueno, cuéntame. ¿Cómo va todo por el supermercado?

—Aburrido sin ti. Te ha sustituido una tal Encarni de veintipocos años, que ha caído como del cielo, porque nadie sabe quién la ha contratado. No tiene ni idea de limpiar pescado y habla encadenando un «osea» con otro «osea». Osea, una niña pija. Dudo que ni siquiera se haya sacado el carnet de manipuladora de alimentos, osea.

—Un poco raro, la verdad. Porque si tuviera un buen padrino no la habrían metido a limpiar pescado, ¿no crees? Parece una venganza.

—Una tortura para mí y los demás, que estamos de los «osea» hasta la coronilla.

Luismi y Míriam estuvieron más de una hora colgados al teléfono.

Esa noche, mientras preparaba la cena, alguien llamó al timbre. Cuando acudió a abrir la puerta se extrañó al no ver a nadie. En el suelo había una caja y un sobre. Por un instante dudó sobre qué hacer. Al final cogió el paquete. Cerró la puerta y se sentó en el sofá para abrirlo. Dentro había una caja de bombones con forma de corazón rellenos de fresa. Abrió rápidamente el sobre. La tarjeta ponía: «Soy tu fan número uno. Muy pronto nos reencontraremos.»

Míriam se quedó desconcertada. ¿Quién podía haberle dejado ese regalo? Pensó en su amigo Luismi o su familia, pero ellos habrían firmado la nota. De repente sintió miedo. ¿Y si se trataba de un fan perturbado?

Desde hacía un tiempo la gente la reconocía por la calle y le pedían autógrafos y fotos, pero nadie se había atrevido a abordarla en la puerta de su casa.

Decidió no darle más vueltas al asunto. Tenía que cenar y acostarse pronto. Al día siguiente debía estar perfecta y descansada para la gran fiesta de la cadena, que prometía ser interesante. No imaginaba hasta qué punto...

10

El sábado por la mañana se despertó inquieta. Había soñado que estaba en la fiesta de la tele, rodeada de gente famosa, y que de repente todos la miraban y se burlaban de ella. Se miraba en un espejo y veía que no llevaba el precioso Versace negro, sino la bata de pescadera del supermercado toda sucia. Intentaba huir pero no podía.

Cuando se dio cuenta de que había sido una pesadilla, suspiró profundamente. Inhaló y exhaló varias veces, como le había explicado Mario, para relajarse y alejar los malos pensamientos de su mente.

—Dale espacio a tu mente, Míriam. Tenemos la cabeza llena de pensamientos y emociones. Soportamos una carga demasiado pesada. Hay que aprender a desapegarse de ellos, a soltar pensamientos negativos, no darles importancia, y ellos solitos se van. Solo hace falta práctica y constancia.

Míriam recordaba cada una de las palabras que él le repetía. Mario había pasado un año entero viviendo en la India, donde había aprendido la base de la meditación. Siempre le decía que la meditación debería ser una asignatura más y estudiarse en la escuela.

—En esta sociedad sobran lecciones de ciencia y faltan lecciones de espíritu. La gente es muy culta, pero van perdidos buscando la felicidad en compras compulsivas en vez de buscar la felicidad en su interior.

Míriam no llegaba a entender la profundidad de sus palabras y muchas veces desconectaba cuando él se ponía filosófico o existencialista.

Tras ducharse, vestirse y desayunar decidió salir a correr. Era sábado y no tenía ninguna obligación hasta la tarde, que era la fiesta. Se calzó sus deportivas nuevas. Cogió una botella de agua y bajó a la calle.

El loft estaba ubicado en una zona residencial a las afueras de la ciudad, y además de ofrecerle unas preciosas vistas de la metrópoli, le permitía disfrutar de una extensa zona de bosque en un parque enorme. Se puso los auriculares y la música en su iPhone y empezó a hacer *footing* bajo el cobijo de los enormes fresnos.

Cuando llevaba cuarenta minutos dio la vuelta para regresar a casa, pero se detuvo al percibir un movimiento extraño. Juraría que alguien la estaba siguiendo. Le había parecido ver como una sombra escondiéndose tras unos arbustos. Míriam miró a su alrededor. Aunque era fin de semana apenas había gente. De repente sintió miedo. ¿Y si era la misma persona que le había dejado la caja de bombones y la tarjeta en la puerta de su casa? Pero ¿por qué alguien iba a seguirla a ella?

Había visto demasiado CSI. Lo más lógico es que fuera una mala pasada de su imaginación. Respiró profundamente y retomó su camino intentando recuperar la normalidad.

La tensión le hizo apresurar el paso. En media hora logró desandar el mismo recorrido. Cuando salió del parque y miró hacia atrás volvió a tener la sensación de que alguien se había ocultado de nuevo en el camino. Era una percepción visual rápida, como si al volverse viera con el rabillo del ojo una sombra moverse por detrás.

Estuvo un rato sin quitar la vista de la entrada del parque por si veía algún movimiento extraño, pero no apreció nada.

De vuelta a casa se dio una buena ducha caliente para relajarse.

Ese mediodía no le sentó bien la comida, una sopa juliana de verduras y pescadilla asada. Tenía los nervios en el estómago. Pensó en quién querría seguirla y para qué. Cuando sonó el timbre, el corazón le dio un vuelco. Era la maquilladora y la peluquera que venían a prepararla para la fiesta. Le vino bien para despejarse. Desde que trabajaba en la tele, había descubierto lo relajante que podía ser una sesión de maquillaje. Mientras le aplicaban la base de la crema con una brocha gorda le masajeaban los pómulos y la frente, después los ojos con diminutos cepillos, por no hablar del placer que le producía que le lavaran el pelo y la peinaran.

Al mirarse al espejo se quedó sorprendida. Estaba guapísima. Le habían difuminado la sombra de ojos con varios tonos de azul y negro y le hacían una mirada felina cautivadora. Los labios de color rojo pasión eran atrevidos y provocativos, demasiado marcados para su gusto, pero debía reconocer que el conjunto era impresionante. La habían peinado con un recogido bajo de lado, que la hacía muy elegante y sofisticada. La maquilladora la ayudó a vestirse. Cuando se puso el vestido negro de Versace, no pudo evitar un grito de asombro.

—¡Madre mía! —Míriam se miró en el espejo emocionada. Nunca se había visto tan guapa.

—Pareces una actriz de Hollywood, de alfombra roja.

La maquilladora también estaba encantada con su pequeña obra de arte.

Nina y Mario llegaron puntuales a por ella. Los dos estaban elegantísimos. Se hicieron varias fotos en el coche para subirlas a Facebook e Instagram. Míriam estaba radiante y se sentía especial. Mario lo adivinó en su mirada. Le explicó que cuando una persona se siente muy feliz y segura en su interior se transmite en el brillo de los ojos. Pensó que tenía razón. Cuánto podía llegar a cambiar alguien con la autoestima elevada, y qué importante era sentirse guapa y valorarse una misma.

La lujosa mansión estaba ubicada en la urbanización más exclusiva de la ciudad. Atravesaron dos garitas de seguridad para poder acceder al recinto. Tenía más de mil metros cuadrados con unos inmensos jardines llenos de fuentes, cascadas y hasta un lago con cisnes y patos.

La casa estaba delante de una gigantesca fuente iluminada con mil colores. Era una casa de estilo victoriano. Ella había imaginado que acudirían a uno de esos bonitos chalets acristalados que tienen los famosos que salen por la tele, pero aquella mansión era muchísimo mejor. Era elegante, tenía estilo y personalidad propia. Se parecía más a un palacete antiguo, con una decoración de cine, alfombras persas, paredes vestidas con telas de seda y estampados preciosos, enormes espejos y muebles Luis XVI. A Míriam le costó imaginar quién podía vivir allí. Parecía una casa de cuento.

Enseguida se sintió intimidada por la gente. Iban todos vestidos de gala. Las mujeres de largo, enjoyadas con diamantes y piedras preciosas. Los hombres con esmoquin. A Míriam le llamó la atención lo guapos que eran todos. Parecía que estuvieran grabando un anuncio de Navidad. Nina les dio instrucciones.

—Bueno. Tenemos que grabar unas imágenes para el programa, así que lo haremos nada más lleguen Teo y Rafa. No os alejéis mucho del *hall*, para que pueda localizaros. Voy a saludar a unos conocidos y vuelvo.

Nina se alejó de ellos contoneándose. Míriam la observó con admiración. Tenía que reconocer que caminaba con una naturalidad inaudita para ir subida en unos tacones de quince centímetros. A ella le costaba dar varios pasos seguidos sin parecer un pato mareado y eso que llevaba unos zapatos con plataforma para poder andar más cómoda. Mario la cogió por la cintura y la empujó hacia la sala principal.

—No creo que la jefa se enfade por que vayamos tomando una copa. La tuya, por supuesto, sin alcohol.

Mario no bajaba la guardia. No le permitía ningún capricho fuera de la dieta. A Míriam no le preocupaba el alcohol, pues la bebida no era su fuerte, pero sí le dolía pensar en el cóctel.

—¿No podré probar nada de nada? Me moriré de hambre toda la noche. —Miró a Mario con cara de súplica.

—Sí, podrás comer aquello que lleve verduras, frutas, queso blanco, jamón sin grasa, pescado... —Míriam asintió haciendo pucheros.

Hasta ahora había controlado las tentaciones evitándolas. Intentaba no salir a cenar ni a comer fuera de casa. Y las pocas veces que lo hacía pedía comida de dieta.

—Mira al fondo. Aquel chico rubio de la esquina es Rafa Vidal, el tenista.

Mario le indicó dónde estaba y Míriam miró con disimulo.

—Uauuu, pensaba que era más bajito, pero como diría mi hermana Salu, «está cañón» —dijo con un suspiro.

Mario rio por el comentario. Le encantaba su espontaneidad. Era natural, se comportaba con todos de la misma forma estuviera delante de la directora del programa, de un fan loco de la calle o de la mismísima reina de España. Era auténtica y Mario apreciaba a ese tipo de personas que escaseaban en su mundo. Nina se acercó a ellos con cara de pocos amigos.

—¡Menos mal que os he pedido que no os movierais del *hall*! Ya han llegado Teo y Rafa. Vamos a grabar el reportaje para el programa.

El rostro jocoso y burlón de Rafa se transformó al ver a Míriam convertida en una auténtica princesa de Mónaco.

—Pero ¿qué han hecho contigo? Estás tan diferente...

Viniendo de él era todo un cumplido. Teo la cogió de la cintura y le dio dos besos. Se habían hecho buenos amigos.

—Estás muy guapa, Míriam. Cuando te vea nuestra Barbie le va a dar algo.

Los dos se rieron con complicidad.

No tuvieron que esperar mucho. Mientras grababan en el jardín de la entrada de la casa, llegó un mercedes de la cadena y de él bajó la gran estrella de la televisión. Llevaba un vestido azul cobalto, de corte sirena, cogido al cuello con un enorme lazo que caía por la espalda toda descubierta.

Míriam se quedó embelesada por el vestido. Era precioso. Se lo había prestado un importante diseñador de moda que quería provechar el filón de la publicidad. Era una de las ventajas de ser famosa. Te dejaban vestidos carísimos sin pagar nada a cambio, así como joyas, bolsos, zapatos... por no hablar de los regalos que les daban para que promocionaran las marcas.

Bárbara miró hacia dónde estaban y fijó la vista. No reconocía a la chica vestida de negro. Cuando se acercó un poco más se quedó sorprendida al comprobar que era quien ella sospechaba.

—Vaya, vaya... Míriam, felicita a tu estilista, pues hoy sí que te ha dejado completamente irreconocible.

Bárbara giró la cabeza y subió apresurada las escaleras sin esperar contestación. Entró acompañada del séquito del programa que la seguía a todos lados para cubrir sus necesidades más nimias.

Míriam y Teo se miraron sin decir nada. Sobraban las palabras. La mandíbula apretada de la presentadora mientras pronunciaba las palabras y el ceño fruncido la delataban. Míriam no entendía por qué le profesaba tanta animadversión. Al fin y al cabo ella no era rival para Bárbara, en ningún sentido, ni aspiraba a quitarle el trabajo, ni a hacerle sombra en el programa, ni a competir por nada. Pensó que la gran diva tenía serios problemas de autoestima y de personalidad, además de unos insoportables delirios de grandeza. Míriam se acordó de su amigo Luismi. Qué desilusión se iba a llevar si algún día llegaba a conocerla.

Tardaron media hora en grabar el reportaje. Le hicieron una entrevista a Míriam, otra a Mario y también a algunos invitados que opinaban del *reality*.

Después Nina desapareció entre la multitud en busca de grandes directivos a los que adular. Rafa, en busca de alguna presa con ganas de pasar una noche en buena compañía. Mario fue literalmente raptado por un grupo de mujeres ricas que se habían informado de sus servicios. Míriam se quedó con Teo en la terraza. Los dos se sentían fuera de lugar.

—Ahora mismo me iría a casa. Me pondría el pijama y las pantuflas y vería una peli en el sofá tapadita con una manta. —Míriam miró divertida a Teo.

—Yo me apunto a tu plan. Aunque debería hacer como Nina y aprovechar para hacer relaciones. Aquí hay muchos peces gordos del mundo de la televisión. ¿Sabes? Nunca he sido de los que salen de copas con el jefe. Me gusta que se me valore por mi trabajo y no por si le caigo mejor o por si estoy en su círculo de confianza. Por desgracia, el mundo va en mi contra. Mi novia siempre me dice que soy un iluso.

Míriam le dio un golpecito amistoso en el hombro. Entendía perfectamente de lo que hablaba. En el supermercado solo ascendían aquellos que revoloteaban alrededor del director, independientemente de su valía profesional.

—Nunca me habías contado que tienes novia. ¿También trabaja en la tele?

—Sí. Es productora. No habéis coincidido porque ella trabaja en el Informativo de la noche. Es muy buena. Lleva en la cadena seis años.

—Me alegro mucho. A ver si un día me la presentas. Me gustaría conocerla. Tiene mucha suerte de estar con un hombre como tú.

Llevaban poco más de un mes juntos pero habían congeniado. Míriam había encontrado en Teo una especie de sustituto de Luismi, salvando las distancias, porque Luismi era mucho más divertido con su forma de ser extravagante, su lengua mordaz y su humor ácido. Nina los interrumpió.

—Teo, ¿puedes venir? Quiero presentarte a alguien. —Teo se alejó con ella. Míriam decidió dar un paseo para ver las demás estancias de la impresionante mansión. Cuando estaba cruzando el salón de repente se percató de un olor que la devolvió a su hogar y a su infancia. Chocolate. Los camareros empezaron a sacar bandejas con mini *coulants* de chocolate. Cuando vio pasar la primera, apretó la mandíbula y siguió su camino. Pero cuando una camarera jovencita se le acercó con los deliciosos pastelitos que la volvían loca, no pudo aguantar más el sufrimiento. Miró a un lado y a otro para comprobar que ni Nina ni Mario estuvieran cerca. Cogió un *coulant* y cuando iba a caer en las garras de la tentación, vio entrar a Mario en el salón. Míriam dio varios pasos atrás hasta chocar contra una puerta. Sin pensarlo dos veces dio un fuerte empujón con su trasero y se metió dentro con tan mala suerte que resbaló y cayó de espaldas. El delicioso *coulant* salió volando e impactó directamente en la camisa de un hombre de unos treinta años que en ese momento estaba dentro del baño.

—¿Pero a ti qué te pasa? ¿Estás loca o qué? ¿Cómo entras así? ¿No has visto que está ocupado? Y encima vas al baño con un pastel. ¡Me has puesto perdido!

—Perdón, perdón, perdón... No he visto que estabas dentro. He entrado de espaldas. ¿Y tú por qué no cierras el pestillo?

—Encima aún tendré que dar yo las explicaciones. Para tu información el pestillo está roto. Pero cualquier persona con un mínimo de educación habría llamado a la puerta.

—Perdona, ¿me estás llamando maleducada?

—¡Joder, mira mi camisa! ¿Qué diablos hacías entrando al baño con un pastel?

Míriam miró la mancha enorme en su impoluta camisa blanca. Tenía pinta de ser carísima. El chocolate caliente se extendía sin piedad.

—Lo siento, de verdad. Déjame que te ayude a quitar la mancha.

—Déjalo, no vayas a hacer un desastre mayor. Mejor busco a alguien del servicio y que me dejen un quitamanchas. ¿Esto es chocolate?

—De verdad. Discúlpame. Yo iré a buscar ayuda, así no tendrás que salir por el salón.

Los dos permanecían inmóviles. Por primera vez Míriam lo miró a los ojos. Eran oscuros, con una mirada profunda, llena de misterio y enfado. Durante unos segundos no pudo apartar la vista de él. Sin darse cuenta había pasado de sentirse culpable a sentirse enormemente atraída por aquella dura mirada. Era puro fuego. Tras un momento de incómodo silencio, su misterioso acompañante rompió el hechizo.

—¿Pero vas a ir a buscar al servicio hoy o mañana? —Su voz sonaba grave y autoritaria.

—Sí. Voy enseguida. —Míriam salió corriendo en busca de ayuda.

Estaba azorada por asaltar la intimidad de aquel hombre con pinta de pocos amigos.

A los cinco minutos volvió acompañada por una camarera y el quitamanchas. El hombre esperaba sentado en la taza del váter, tecleando en el móvil.

Míriam se relajó y aprovechó para observarlo. Se había quitado la camisa para que la camarera pudiera limpiar la mancha y tenía el torso desnudo. Los músculos se dibujaban en sus brazos y el abdomen. Se veía que era asiduo al gimnasio. Tenía la piel morena y el pelo oscuro. Su rostro era anguloso, con los pómulos marcados, las cejas pobladas, los labios gruesos y la nariz prominente. El resultado era un rostro con personalidad increíblemente atractivo. Míriam se ruborizó. Sintió un cosquilleo en el bajo vientre. Él levantó la vista del móvil y la sorprendió mirándolo.

—Bueno, todavía estoy esperando que me cuentes qué hacías entrando al baño con un pastel y de espaldas. —Su voz sonaba dura.

Míriam dudó sobre qué responder. Le parecía tan infantil lo que había hecho que se moría de vergüenza solo de pensarlo.

—Nada. Simplemente quería ir al baño y no me di cuenta de que estaba ocupado.

—Sí, claro. A mí también me saben mejor los pasteles si me los como sentado en la taza del váter.

La camarera sonrió. El tono burlón de él enfadó a Míriam.

—Oye, ¿a ti qué más te da si yo llevaba un pastel o no? Quería ir al baño y punto.

—Qué lástima, esperaba alguna explicación más interesante.

Los dos se retaron con la mirada. La camarera rompió el clima de tensión.

—Señor, le he quitado la mancha lo mejor que he podido, pero necesita tintorería. Si quiere puede dejar la prenda aquí y la llevaremos nosotros el lunes.

—No será necesario. Gracias por su ayuda.

La camarera se fue y los dos se quedaron en silencio de nuevo. Míriam lo observó mientras volvía a ponerse la camisa. Sus movimientos eran bruscos. Denotaban control y seguridad.

Quería acabar con aquel incómodo episodio pero algo en su interior le impedía salir de allí. De repente su boca empezó a hablar sin permiso de su mente.

—La verdad es que estaba escondiéndome en el baño para comerme el pastel de chocolate. —Él la miró divertido, sin comprender nada—. Vengo con un equipo de la tele. Soy la protagonista de un *reality* en el que tengo que perder peso hasta llegar a una talla 38 y sigo una dieta muy estricta. No me permiten comer nada que engorde, pero el chocolate es mi debilidad, y aunque hasta ahora he sido fuerte y no he caído en la tentación, hoy no he podido evitarlo. —Él siguió mirándola sin decir nada mientras se abrochaba los gemelos—. Todo esto suena un poco raro, pero te aseguro que es la verdad. Ahora mismo me estoy muriendo de vergüenza. Creo que te lo cuento porque así estamos en paz, tu mal trago por el mío. Además, no te voy a volver a ver en mi vida, así que no pasa nada por parecer una loca de remate. —Él empezó a reír.

—Es la historia más inverosímil y absurda que me han contado en mucho tiempo. Pero tranquila que no te guardo rencor. Ahora, si me disculpas, me esperan.

Se levantó, se puso la chaqueta y antes de salir por la puerta se detuvo junto a ella. Acercándose a su rostro más de lo permitido, le susurró al oído:

—Que vaya muy bien tu aventura, talla treinta y choco.

Míriam no tuvo tiempo de replicarle, pues salió disparado hacia el salón principal. Se quedó apoyada en el marco de la puerta, traspuesta por todo lo que acababa de ocurrir y por los sentimientos que había despertado en ella aquel completo desconocido.

De vuelta a casa en el coche, mientras Mario y Nina intercambiaban impresiones, Míriam volvió a pensar en la mirada intensa de aquel chico. Solo evocar sus ojos le producía un cosquilleo en su interior. Era una sensación extraña. No le había contado a nadie lo ocurrido, ni siquiera a su amigo Teo.

Lo peor de todo es que se había quedado con las ganas de probar aquel delicioso bocado. Tendría que haber sido más valiente y haberse atrevido a morderlo. Ahora ya era demasiado tarde. Quién sabe si habría una nueva oportunidad para degustar un *coulant* de chocolate tan apetecible como el de la fiesta, porque pensaba en el *coulant*... ¿o no?

11

La mañana siguiente a la gran fiesta Tony Denmarck despertó en una casa desconocida muy bien acompañado. Miró al otro lado de la cama donde descansaba la famosa presentadora Bárbara Aribarri.

Siempre le llamaba la atención cómo se transformaban las mujeres con las que solía acostarse desde hacía un tiempo. Casi todas eran modelos y actrices. Sin maquillar, algunas eran completamente irreconocibles.

Tony cogió sus bóxers de Armani y se vistió en silencio. No quería despertarla. Por norma no desayunaba con ninguno de sus ligues. No quería complicaciones. Solo una buena noche de sexo sin más.

Cuando iba a salir por la puerta ella lo llamó medio dormida.

—Buenos días. ¿Ibas a irte sin despedirte de mí?

Bárbara lo miró mimosa. La noche había superado todas sus expectativas. Tony era una fiera en la cama. El sexo con él se estaba volviendo adictivo.

—No quería despertarte, preciosa. Debo marcharme. Tengo cosas que hacer.

—¿Cosas que hacer un domingo? —preguntó escéptica.

—Sí. Hoy llegan mis padres de Gales y tengo que ir a por ellos al aeropuerto.

La respuesta convenció a la presentadora.

—Está bien. Tal vez algún día pueda conocerlos.

Tony puso la mejor de sus sonrisas. Sabía cómo salir de aquella incómoda situación. Se acercó y le dio un apasionado beso que la dejó sin respiración. Después le susurró al oído con su voz ronca:

—Espero que repitamos otro día, preciosa.

Cuando salió del lujoso ático que tenía Bárbara en el centro de la ciudad, Tony respiró aliviado. Lo pasaba bien con ella, era una amante muy complaciente, pero no iba a dejar que entrara en su vida. Él ya estaba comprometido con su coche y su profesión. No había lugar para nada más.

En el lado opuesto de la ciudad, Míriam dormía plácidamente, hasta que el sonido del timbre la despertó.

—Ding-dong, ding-dong.

Miró el reloj. Eran las nueve de la mañana. ¿Quién osaba molestarla el domingo? Era su día de descanso. Con desgana se levantó y fue a abrir. Cuando miró por la mirilla dio un grito de júbilo.

—¡Luismi! ¿Pero qué haces aquí? ¡Qué sorpresaaaa! —Míriam se echó a sus brazos.

—*Cuore*, otro achuchón como este y me dejas en coma. Llevo un viajecito horrible en tren que ni te cuento, y sin comer nada desde hace horas. Estoy desfallecido, peor que Paris Hilton después de volver de compras, o me das de desayunar o me desmayo.

Míriam lo invitó a pasar y rápidamente preparó un buen desayuno con lo poco que tenía en la nevera.

—Tendrás que disculparme porque no tengo nada que engorde en esta casa. Así que te puedo ofrecer café con leche, tostadas integrales con tomate, queso y un zumo de naranja. Si quieres también puedo prepararte unos huevos revueltos.

—Uff, no gracias. Bastante revuelto estoy yo. En el tren me ha tocado compartir asiento con una mujer que viajaba sola con un bebé. No veas el *show* que han montado. El niño venga a llorar. La mujer nerviosa sin saber qué hacer. Al final me ha tocado cogerlo a mí y salirme al pasillo a balancearlo un poco a ver si conseguía que se calmara. ¡¿Yoooo?! Que solo sé de bebés lo que leo en las revistas del corazón. Al final he logrado que se durmiera. Creo que el bebé lo ha hecho por supervivencia, porque si no se dormía lo mataba, a él y a su mami.

Míriam empezó a reír mientras Luismi hablaba sin parar a la vez que engullía el desayuno.

—Por cierto, el loft es divino. Muy chic, acogedor y luminoso. Y la zona también me gusta, que pedazo de bosque tienes aquí al lado.

Míriam enseguida recordó el extraño incidente del día anterior mientras paseaba por el monte. Decidió contárselo a Luismi. Este se preocupó al oír su relato. También le contó el misterioso regalo de la caja de bombones y le enseñó la nota.

—No me gusta nada el asunto. Me da mal fario.

Tú ahora eres una *star*, sales por la tele y cualquier perturbado podría seguirte a saber con qué intenciones.

—Tranquilo, Luismi. No creo que me siguiera nadie. Y el regalo puede ser de cualquiera. Pero bueno, necesitaba compartirlo con alguien, por si acaso.

—¿Por si acaso qué? No quiero que te ocurra nada malo. Tal vez deberíamos acudir a la Policía.

—¿Y qué les digo? ¿Que me han regalado una caja de bombones y que creo que alguien me seguía, pero que no he visto a nadie, ni me ha pasado nada? No tiene sentido.

Luismi tenía que dar la razón a su amiga del alma. La Policía se mofaría de ellos con aquella historieta de tebeo sin ningún fundamento. Enseguida cambiaron de tema. Míriam estaba feliz de tenerlo allí y no quería desperdiciar ni un minuto.

—Bueno, ¿hasta cuándo te quedas?

—Acabo de llegar y ¡ya me estás enviando de vuelta! Pues tengo una sorpresita porque en el supermercado me han dado el lunes libre, así que me iré mañana por la noche.

Luismi se puso a aplaudir y Míriam se unió a la fiesta. Junto a él siempre se sentía como una niña.

Planearon un día repleto de visitas a museos y parques. A mediodía hicieron un inciso para tomar fuerzas y descansar. Eligieron un restaurante japonés, la comida favorita de Luismi. Míriam pidió una ensalada y pescado crudo.

—*Cuore*, te encuentro tan distinta... Y no lo digo solo por los kilillos de menos, que pareces una adonis, es que te veo un brillo diferente en los ojos. Te veo feliz. —Ella asintió. A pesar de estar lejos de su familia, de sus amigos y de su hogar, había logrado adaptarse a la ciudad y al trabajo.

—Bueno, tengo mis días malos. Hacer dieta estricta es una pesadilla. No me dejan comer casi nada y al principio me sentía fatal. Tenía ansiedad por falta de azúcar. Pero es cierto que mi cuerpo se ha acostumbrado al cambio, y ahora lo llevo mejor.

—Estás divina. Y me alegro muchísimo de verte tan bien. Te lo mereces. Yo te echo tanto de menos... La pescadería no es lo mismo sin ti. Ya no tengo confidente a quien contarle todos los chismorreos. —Míriam lo cogió de la mano y la apretó con fuerza.

—Qué bien que te quedes hasta el martes. Así mañana te vienes conmigo al trabajo y te presento a mis nuevos compañeros. Tengo que ir a la tele a grabar una promoción, así que puedo presentarte a tu querida Bárbara Aribarri, aunque ya te avanzo que a lo mejor te quedas un pelín decepcionado.

—¡Uy, uy, uy, qué ilusión! Quiero conocerla. Me encanta, es mi ídolo de la televisión por encima de Britney Spears y Lady Gaga. Está en el *top ten*.

—Sí, seguro que ella estaría orgullosa de compartir pódium con Britney Spears y Lady Gaga. Mejor no se lo digas o no te habla en la vida. Ni a ti, ni a mí por presentaros.

Esa noche, antes de dormir, Míriam llamó a su madre por teléfono. Estaba preocupada por su padre.

—¡Hola, mamá! No sabía si llamarte tan tarde por si estabais durmiendo.

—No, cariño. Tu padre sí que se ha ido a la cama, pero yo estoy en el sofá viendo una peli de esas de mi época, que echan en La 2.

A Lolín le encantaban las películas de los años cincuenta. Su actriz favorita era Sara Montiel. Lloró mucho cuando murió. Incluso estuvo varios días sin poder comer porque decía que era como si le hubieran extirpado una costilla, que Sarita y ella habían vivido muy buenos momentos juntas, y era como una gran amiga de toda la vida. Y eso que no se habían visto nunca.

—¿Cómo está papá?

—Hoy he conseguido sacarlo a andar un ratito, quince minutos, que no es mucho, pero al menos ya se ha movido un poco y ha salido de casa.

Su madre le contó que ese domingo habían comido con su hermana Salu y el juez, que ya era su novio formal ante la familia. Lolín le confesó que aunque le gustaban sus modales y su buena educación, veía que no hacía feliz a su hermana.

—Parece que lleven cien años casados, en vez de un mes de novios. No sé si durarán mucho. Ay que ver, qué mala suerte tenéis las dos con los hombres.

Míriam le contó la sorpresa de su amigo Luismi, que en ese momento veía la tele en el comedor.

—Cariño, ¿y dónde va a dormir tu amigo? —Lolín como siempre se preocupaba por lo mismo.

—Mamá, tranquila. Luismi no ha salido del armario pero estoy segura de que las chicas no somos su tipo.

—Bueno, por si acaso se confunde que duerma

en el sofá. —Lolín quería curarse en salud. Míriam se rio.

—Sí, mamá, a los gais les pasa eso a menudo, que se confunden si duermen con una mujer. Bueno, te tengo que dejar que el pobre está en el comedor esperándome. Un beso para ti y otro para papá. Y dile a Salu que me llame, que llevo varios días sin noticias suyas.

—Vale, cariño. Un besito. Mañana hablamos.

Míriam colgó y sonrió. Su madre y sus ocurrencias.

Cuando regresó al comedor le contó a Luismi el problema de su padre.

—Mira, *cuore*, la jubilación es el peor invento de la humanidad. Es como criar a una mula de carga que se pasa la vida trabajando y cuando se hace mayor y va hacia la muerte la dejas sin hacer nada en el establo. ¡Si la pobre no sabe hacer otra cosa más que trabajar! Es inhumano. Lo que deberíamos es trabajar menos y disfrutar más de la vida, que son cuatro días.

Míriam asintió.

—No sé, Luismi, me gustaría ayudarle pero no sé cómo.

—Tengo una solución. ¿Por qué no les compras un chucho?

—¿Un chucho? —preguntó incrédula.

—Sí, un perrito pequeño. Así obligarías a tu padre a salir a la calle porque el perro necesita pasear al menos tres veces al día si no quieren que les ponga la casa como un cristo. Le darías una ocupación.

—Yo más bien diría una preocupación. Eso le falta a mi madre.

—Tú haz la prueba. No pierdes nada. Cuando trabajaba en la perrera de voluntario vi muchos casos de gente sola y enferma y te puedo asegurar que la chuchoterapia funciona.

Míriam se rio por el nuevo término que acababa de inventar su amigo.

—Además, si adoptas les haces un favor a esos pobres chuchos sin futuro.

Luismi empezó a imitar el lloriqueo de un perro hasta que Míriam aceptó resignada.

—Está bien, lo pensaré.

—No se hable más. Esta semana me paso por la perrera y les llevo yo un cachorro, que tú eres ahora una *star* muy ocupada. Ves pensando en el nombre.

Esa noche compartieron lecho. Míriam pensó en si realmente Luismi sería gay. Nunca le había conocido pareja. Aunque había un detalle que disipaba sus dudas: ¿qué tío heterosexual tenía como ídolos a Britney Spears y Lady Gaga?

12

El lunes, Míriam despertó feliz por tener a su gran amigo Luismi con ella.

—¡Luismi, sal del baño que no me va a dar tiempo!

—Ya voy, *cuore*, estoy exfoliando la piel, que quiero brillar como un diamante cuando conozca a la guapísima Bárbara Aribarri.

Míriam tuvo que ducharse y vestirse en cinco minutos. Cuando vio a su amigo listo para salir de casa sonrió. Iba vestido con unos pantalones de cuero negros, camisa blanca y un chaleco de pelo de color gris.

—Eres la viva imagen de Mario Vaquerizo.

—¿En serio? Me encanta. Pues a ti te toca ser Alaska.

Míriam se rio mientras Luismi se puso a cantar y a bailar en medio del salón.

—Vamos, *divine*, «¿A quién le importa lo que yo haga? ¿A quién le importa lo que yo diga? Yo soy así y así seguiré. Nunca cambiaré».

Ese día fue a recogerlos Rafa. Cuando vio a Luismi se quedó con la mandíbula desencajada. A Míriam le preocupaba que el cámara se propasara con su amigo. Sabía que Rafa era un cafre, misógino y bravucón. Estaba en alerta por si le hacía algún comentario inapropiado. Para su sorpresa durante todo el trayecto estuvo callado. En cambio, Luismi no paró de hablar como una cotorra. Le resumió toda su vida en media hora.

Al llegar a la tele Míriam los dejó en una sala de espera mientras acudía a una reunión. La directora había pedido verlos a ella, a Nina y a Mario.

—Os he llamado porque una conocida farmacéutica va a patrocinar el *reality*. Tú, Míriam, anunciarás sus milagrosas pastillas quemagrasas SinMichelín. El contrato es multimillonario, con tantos ceros que os asustaríais. A los tres os beneficiará. Míriam percibirá un 5 % del beneficio. Mario, si quiere participar en la promoción y recomendarlo durante sus entrevistas, percibirá otro 5 %. Y tú, Nina, tendrás más presupuesto para los gastos del *reality*. —La directora los miró por encima de la montura de sus peculiares gafas de pasta. Mario fue el primero en hablar.

—Yo no quiero participar en la promoción. Estoy en contra de todos esos medicamentos engañosos que no hacen más que crear falsas esperanzas a la gente. No contéis conmigo.

Míriam también tomó la palabra.

—A mí tampoco me hace mucha ilusión. Es que nunca he tomado ese tipo de pastillas, y ¿cómo voy a anunciar algo que ni siquiera sé si funciona?

La directora la miró con desdén.

—Bonita, tú trabajas para nosotros y en tu contrato se establece claramente que participarás en cualquier promoción que interese al programa. Además, ¿tú crees que George Clooney se bebe todos los cafés que anuncia? ¿O que Casillas se lava el pelo con el champú que promociona? ¿O que nuestra Bárbara Aribarri come la pasta que patrocina el programa? Cuando en el anuncio ves que se mete algo en la boca y mastica, es solo una ilusión, un montaje muy bien hecho. Creo que Bárbara no ha comido pasta en su vida.

No había más que discutir. Míriam no tenía opción.

Precisamente ella, que siempre había criticado ese tipo de pastillas, ahora tenía que ser la imagen de una marca. Lo que tenía claro era que no pensaba probar ni una, aunque le regalaran un cargamento de SinMichelín.

Enfadada, leyó el texto que tenía que decir en el anuncio:

«¿Quieres perder peso de forma natural? SinMichelín te ayuda a quemar grasa más rápido. Es el complemento perfecto para tu dieta. Un kilo de régimen se convierte en un kilo y medio gracias al efecto ultra quemagrasas de SinMichelín. Yo tomo dos pastillas al día y, ya me ves, he perdido seis kilos en un mes. Te lo recomiendo. No falla. Te verás y te verán más guapa.»

Míriam estaba indignada. Aquello era mentira. Ella no había tomado ni una pastilla en su vida y encima se relacionaba la pérdida de peso con estar más guapa. Detestaba ese tipo de publicidad dañina para las mujeres con sobrepeso. Como si todo el mundo tuviera que pesar cincuenta kilos para que los vieran bien. Pensó en quejarse, pero sabía que era una batalla perdida.

Después de pasar por vestuario y maquillaje estaba

lista para grabar el odioso anuncio. Iba vestida con un mono negro de seda que la hacía mucho más delgada. Le habían ondulado el pelo e iba maquillada en tonos rosas. Luismi se levantó al verla salir del camerino.

—*Cuore*, ¡qué guapa! Ese mono me encanta. Pareces una *star divine*.

—Vamos a ir al plató a grabar el anuncio. Puedes entrar pero tienes que estar en silencio. Cuando acabemos y tengamos un momento, te presentaré a Bárbara.

—Ok. Seré una tumba. Lo prometo.

La promesa de Luismi se esfumó a la velocidad de la luz. Nada más entrar y ver a la presentadora, se puso a aplaudir y a emitir sus característicos gritos de felicidad. Bárbara, que estaba sentada a la mesa de tertulia, lo miró con curiosidad.

—¡Shhh! —Míriam lo hizo callar—. Menos mal que me has prometido que no ibas a montar una escena.

Míriam se situó en la zona donde iban a grabar la promoción. Fue rápido, ya que disponían de un *teleprompter* y solo tuvo que leer el texto que iba saliendo en la pantalla. Cuando acabó, Mario se acercó a ella para animarla.

—Sé que no te sientes nada a gusto con el anuncio, pero lo has hecho bien. No le des más importancia de la que tiene. Es un trabajo. Solo eso. No te va la vida en ello. Relativiza. Y vamos a presentarle a tu amigo a Bárbara, que si no le va a dar algo.

Míriam se acercó a la productora para preguntarle cuánto tiempo duraba el corte de publicidad. Aprovecharon el momento para acercarse a la presentadora.

—Hola, Bárbara. Quiero presentarte a mi amigo Luismi. Es seguidor tuyo desde hace tiempo. Se moría de ganas de conocerte.

Bárbara forzó una de sus sonrisas postizas. Sabía interpretar a la perfección el papel de diva.

—Encantada de conocerte, Luismi. ¿Te gusta nuestro programa?

—No lo veo nunca porque trabajo en una pescadería, pero te sigo a ti desde hace años, desde que presentabas ese concurso de las noches en que la gente llamaba por teléfono y tú les hacías preguntas para ganar dinero. Yo te llamé una vez. Pero fallé la respuesta. No sé si te acordarás porque te reíste mucho conmigo. Me preguntaste «¿cuatro por cuatro?» y yo te dije un todoterreno, y solo había que multiplicar, la respuesta era dieciséis. —Luismi seguía sin callar y Bárbara comenzó a impacientarse. No soportaba que la molestaran durante las pausas del programa. Míriam se percató de su malestar e interrumpió a su amigo.

—Bueno, tenemos que dejar a Bárbara, que enseguida siguen en directo.

Luismi asintió.

—Está bien, pero antes déjame darte dos besazos, que eres lo más grande de España.

Sin que Bárbara tuviera tiempo de reaccionar, Luismi se abalanzó sobre ella y le dio dos sonoros besos y un abrazo. Bárbara empezó a toser como si se estuviera ahogando. Luismi se separó y empezó a darle golpes en la espalda. Ella intentaba hablar sin que saliera ninguna palabra de su garganta. Empezó a estornudar a la vez que se le enrojecían los ojos. Enseguida acudieron en su auxilio varios miembros del equipo. Bárbara seguía emitiendo extraños sonidos señalando a Luismi. Una de las productoras, amiga de Bárbara, se percató de lo que ocurría.

—Es tu chaleco. Bárbara es alérgica al pelo de algunos animales. —Luismi se extrañó.

—¿Este chaleco? Es cien por cien pelo de conejo. Es auténtico. Me costó el sueldo de dos meses. Y eso que lo compré en un *outlet*.

Míriam cogió por el brazo a su amigo y lo sacó del plató, mientras la presentadora se recuperaba del ataque alérgico.

Empezó a maldecir por el camino. Cuando llegaron a la redacción, entraron en la sala donde estaban Teo, Rafa y Mario.

—Esta sí que no me la perdona. El día que la conocí, le tiré un bogavante por encima y ahora tú le provocas un ataque de alergia con tu chaleco de Roger Rabbit. ¡Me van a despedir! —Míriam estaba fuera de control. Mario la calmó.

—¿Qué dices? No ha sido culpa de nadie. Ha sido un accidente. Además, está bien. Mira la televisión. Está en directo y continúa con el programa. Así que tranquilízate.

Su amigo Luismi se sentía culpable.

—Perdona, *cuore*. Me gustaría ver a Bárbara para pedirle disculpas.

—De eso nada. La conozco y sé que querrá vengarse. Te dirá algún improperio e intentará hacerte sentir mal. Lo mejor es que olvidemos todo esto cuanto antes.

Por la tarde fueron al gimnasio. Mario no quería que ella perdiera ningún día de entrenamiento.

Luismi nunca había estado en ningún club tan exclusivo como aquel.

—Con estas instalaciones hasta Falete se animaría a hacer deporte. Menudo derroche de lujo. —Luismi tocaba todo lo que encontraba a su paso—. *Cuore*, estas toallas son de algodón egipcio, qué calidades. Y llevan las iniciales bordadas. ¡Madre mía!

Mario le había ofrecido hacer la misma tabla de ejercicios que Míriam, pero Luismi prefirió disfrutar del *spa*. Así que se puso su bañador de *slip* y aprovechó para ir a relajarse mientras ella entraba en la sala de máquinas.

Cuando llevaban media hora de ejercicios Mario recibió una llamada en el móvil y salió de la sala. Míriam continuó con los quince minutos de cinta andadora. Su cabeza iba a mil por hora. No dejaba de pensar en qué haría Luismi en el *spa*, si tal vez habría conocido a alguien, en si su padre habría salido a la calle a andar, en si su hermana habría cortado ya con el juez... y entre tantos pensamientos y preocupaciones, dio un traspiés y la cinta la arrastró sin control, con tan mala suerte que arrolló a la persona que pasaba por detrás de ella justo en ese momento. Cuando se incorporó pidiendo mil perdones se quedó de piedra al ver de nuevo esos dos ojos oscuros y misteriosos de la fiesta. Él también la reconoció.

—¡Qué casualidad! Talla treinta y choco. ¿Qué haces tú por aquí? ¿Te ha pagado la competencia para que me sigas y me lesiones con tus caídas? —Él la miró con enfado y burla—. Como sigas así voy a tener que denunciarte a la Policía por acoso y derribo, nunca mejor dicho. —Su tono era impertinente. Ella volvió a subirse a la cinta.

—Lo siento. No soy ninguna acosadora, ni nada parecido. ¿Y tú de qué vas? ¿Te crees el ombligo del mundo?

Aquel hombre sacaba lo peor de ella. Era tan altivo e insoportable... Intentó recuperar la marcha.

—Si me dejas tengo que seguir con mi carrera.

—No creo que te lleve muy lejos ni esta, ni la de la tele. —Él la miró desafiante. Aquel energúmeno estaba hablando de su trabajo en el *reality*.

—¿Quién te has creído que eres para opinar sobre mi vida?

Míriam vio cómo Mario entraba de nuevo a la sala. Seguro que él la salvaba de aquel engreído que se estaba pasando de listo. Cuando llegó junto a ellos Mario levantó el brazo y los dos se chocaron la mano.

—Tony Denmarck, ¿qué haces por aquí? Te hacía en Gales.

—No, solo estuve una semana de descanso. Mis padres se han quedado allí. Paul y yo estamos a tope preparando la temporada.

Míriam los miraba desconcertada.

—No sé si conoces ya a mi nueva discípula, Míriam Salas. Es la protagonista de un *reality* de Antena 6.

Míriam se sonrojó. Por un instante temió que él le contara el incidente de la fiesta. Pero Tony hizo como si la viera por primera vez.

—Encantado. —Le tendió la mano educadamente.

Después ambos la ignoraron para compartir las últimas novedades en técnicas de entrenamiento físico y mental. Cuando Tony se alejó, Míriam le preguntó a Mario de qué lo conocía.

—¿En serio no sabes quién es? Es Tony Denmarck, el piloto revelación de la Fórmula Uno. Todos apuestan por él para ganar el título del mundial este año. Trabajamos juntos una temporada cuando llegó a España. Su padre es inglés pero está casado con una española. Él vivió unos años en Gales antes de saltar a la competición estrella. Fui su *coach* durante un tiempo.

Míriam enseguida recordó de qué le sonaba el nombre. Era el piloto que se rumoreaba era el nuevo amante de Bárbara. Ella lo había visto de espaldas un día mientras comían en el restaurante de la tele. Pensó que aquellos dos hacían buena pareja. Eran igual de arrogantes.

Después del esfuerzo el *spa* le supo a gloria. Luismi la recibió con una gran sonrisa.

—Esto sí que es vida. Ahora entiendo por qué las famosas tienen ese cutis y ese aspecto de relajadas todo el día. A ver si pillo una mujer ricachona y me jubilo. ¿Me imaginas de mantenido?

Míriam dudó.

—No te veo en casa metido todo el día.

—*Cuore*, no hablo de ser «chacho» de casa sino un *divine*. Dedicarme al gimnasio, el *spa*, los masajitos a media mañana, el *brunch* con las amigas...

Míriam se rio. De pronto sintió pinchazos en la cabeza.

—Ufff. Creo que me encuentro un poco mal. Me estará bajando la tensión. Voy a salir a tomar algo. Tú puedes quedarte un poco más si quieres.

—No. Salgo contigo. Además, ya estoy más arrugado que una pasa.

Cuando Míriam terminó de ducharse salió a la cafetería en busca de Mario. Lo encontró en compañía de Tony Denmarck. Enseguida se tensó.

—¡Qué poco tiempo has estado en el *spa*! Te esperaba en una hora. ¿Dónde está Luismi?

—Está vistiéndose. Yo me sentía un poco mareada y he salido para tomar algo.

—Debe de ser la tensión. Ahora mismo te pido un zumo de frutas.

—Gracias.

Mario se levantó y fue en busca del zumo para Míriam. Tony aprovechó el momento a solas con ella.

—Tendrías que haber visto la cara de Mario cuando le he contado nuestro incidente del baño con tu pastel de chocolate. Creo que te va a castigar. —Míriam lo miró turbada.

—¡¿Se lo has contado?! Eres un rastrero, vil, mala persona.

—¿Ya has acabado con tu lista de piropos? No le he dicho nada. Pero mi secreto tiene un precio. Cena conmigo mañana y seré una tumba.

¿Le estaba pidiendo una cita?

—Ni lo sueñes. No salgo con chulitos mujeriegos.

—¿Chulito? Eres muy graciosa. —Él apretó la mandíbula. Aquella mujer lo acababa de dejar fuera de juego. Ninguna chica se resistía a los encantos del gran Tony Denmarck.

Mario cogió el zumo de la barra y volvió junto a ellos. Tony jugó su última carta.

—Mario, ¿qué te parece si mañana por la noche vienes a mi casa y cenamos juntos? Mi hermano se alegrará mucho de verte. Que venga también Míriam.

A ella no le dio tiempo de reaccionar. Mario aceptó entusiasmado.

—¡Claro que sí! Pero debo pedirte un menú especial de dieta para Míriam.

—No hay problema. Se la ve muy aplicada. Yo no podría resistir la tentación de comerme un buen pastel de chocolate. —Le dedicó una sonrisa maliciosa.

Ella no daba crédito a la trampa que le había tendido. A pesar de su negativa, al final lo había conseguido. Iban a cenar juntos. Eso sí, podía irse preparando porque a cabezona no la ganaba nadie. La guerra no había hecho más que comenzar.

Esa noche Míriam acompañó a Luismi a la estación. Tenía que coger el último tren. Mientras esperaban aprovechó para contarle su encuentro con Tony Denmarck.

—*Cuore*, ese piloto quiere llevarte a su cama. Tú aprovecha y le das una alegría al cuerpo que buena falta te hace. ¡Lo que se comen los gusanos que lo disfruten los humanos!

—¿Qué dices? Ni loca. Además, él estará acostumbrado a salir con modelos. No creo que yo sea su tipo.

—Estás llena de prejuicios. ¿Y por qué crees que te invita a cenar? ¿Para rezar juntos el rosario? Si no le gustaras no te habría hecho ni caso. Creo que debes vivir el momento y disfrutar.

Míriam aprovechó el tema de conversación.

—¿Y tú, Luismi? ¿Cuándo te vas a dar tú una alegría al cuerpo? ¿No hay nadie especial en tu vida?

—Eso quisiera yo. No lo entiendo. Si soy un *latin lover*. No sé por qué no aparece mi Grace Kelly.

Míriam sonrió. No entendía por qué Luismi se negaba a salir del armario.

La despedida fue un trago amargo. No pudo evitar llorar cuando abrazó a su amigo antes de marcharse. Luismi la consoló.

—Ni una lágrima más, que pareces las cataratas del Niágara. ¡Y quiero todos los detalles de la cena con el piloto! Tú déjalo que embrague a fondo.

—¡No tienes remedio!

Ambos se abrazaron de nuevo.

De vuelta a casa se sintió sola. Esa noche, antes de acostarse, buscó por internet a Tony Denmarck. Le salieron más de 50 millones de resultados en Google. Solo viendo las imágenes pudo hacer un recorrido por su vida. Míriam vio fotos de su familia, de niño conduciendo un kart, de adolescente levantando trofeos de carreras, con su hermano Paul en los circuitos del Gran Premio, entrando y saliendo de lujosos restaurantes con sus ex novias, posando con modelos de Victoria's Secret y con actrices famosas. Cuando se tumbó en la cama, se abrazó a la almohada. Desde su ruptura con «el innombrable» no había vuelto a tener ninguna relación. No estaba dispuesta a ser un clínex de usar y tirar. El piloto famosillo y engreído ya podía ir buscándose a otra, porque con ella se iba a quedar en la parrilla de salida.

13

Míriam dormía plácidamente hasta que de repente oyó el ruido de la puerta. Enseguida se sobresaltó. Alguien había entrado en su loft. Cogió la lámpara de la mesita de noche y salió sigilosamente al comedor. Profirió un grito de terror al encontrarse con dos hombres. Eran Rafa y Mario.

—¡Joder, qué susto!

—¿Pero qué haces con eso en la mano y sin vestir? —Mario la miró perplejo. Míriam dejó la lámpara en la mesa.

—¿Qué hacéis aquí? ¿Qué hora es?

—Las ocho y media. Deberías estar ya lista.

—¡Mierda! Anoche se me olvidó poner el despertador.

Rafa intervino guasón.

—¿Qué, montaste una fiesta de pijamas? No imaginaba que dormirías tan sexi —se mofó.

Ella se percató de que iba vestida con el pijama que le había regalado su madre las Navidades anteriores. Un precioso conjunto de camiseta y pantalón de color rosa pastel lleno de ositos y patos. Para Lolín ella y su hermana eran sus pequeñas y daba lo mismo que tuvieran nueve años o treinta y dos, los regalos eran prácticamente los mismos. Un año les regaló unas zapatillas de ir por casa felpadas con forma de cabeza de animal. Las de Míriam eran elefantes y las de Salu monos. Las burlas todavía continuaban cinco años después.

La mañana transcurrió con cierta tensión en el ambiente. Míriam no daba pie con bola. Primero derramó el café sobre la mesa mientras desayunaba. En el gimnasio, se equivocó y entró a ducharse en el vestuario de hombres. A la hora de volver a casa se dio con el marco de la puerta del coche y se hizo un chichón en la cabeza. Y durante la comida casi causa un incendio en el loft al dejarse el fogón encendido.

—Míriam, ¿qué te pasa hoy? Estás como distraída. ¿Te preocupa algo?

A Mario no se le escapaba nada.

—No. Solo estoy preocupada por mi padre. Ya sabes que no está muy bien.

Detestaba utilizar a su padre como pretexto, pero no podía contarle que el verdadero motivo de su distracción tenía nombre de piloto.

A las ocho de la tarde acudieron a la mansión del famoso Tony Denmarck. Vivía en una moderna casa acristalada con un jardín de mil metros cuadrados. Era la típica casa vanguardista de las revistas. Míriam pensó que era como su dueño, vacía, superficial y sin mucha personalidad. Pero al entrar comprobó que no era así. El interior estaba decorado con mucho gusto. Las paredes no eran blancas sino de color canela y ocre. El suelo era de madera, al igual que los muebles, con un toque rústico y desgastado. Las lámparas de cristal de tipo araña le daban cierto aire elegante y majestuoso. Míriam nunca hubiera imaginado que el interior de esa casa sería tan acogedor. Por fuera parecía fría y minimalista.

Tony los recibió en medio del salón con su mejor sonrisa.

—¡Qué alegría que hayáis llegado tan pronto! Paul vendrá enseguida. Ha ido al aeropuerto a recoger a mis padres que llegan hoy de Gales. Los esperábamos mañana, pero han adelantado la vuelta.

Míriam se tensó. No iba a ser una cena íntima, sino más bien familiar.

—Mario, tú ya conoces la casa. Míriam, ¿quieres que te la enseñe?

Tony le tendió la mano seductor, pero ella educadamente rechazó su oferta.

—No hace falta. Gracias. No te preocupes.

Tony enarcó la ceja. De nuevo lo rechazaba. No entendía por qué se le resistía. Quería encontrar algún momento para estar a solas con ella. Su ego se había visto dañado por la negativa a cenar con él y por sus continuos desplantes. Nunca había perdido ninguna conquista y aquella morenita no iba a ser la primera. Encajó el primer golpe con deportividad. Era su especialidad.

—Os serviré una bebida. ¿Unos martinis?

—Perfecto.

Mario se sentó en uno de los mullidos sofás. Era de color marrón y estaba repleto de cojines de colores.

—Yo prefiero agua —dijo Míriam.

—¿Agua? ¿Qué eres, una niña de cinco años?

Míriam lo retó con la mirada y se acercó a él para que Mario no pudiera oírla.

—Estúpido, estoy a dieta. No puedo beber alcohol.

—De verdad, tienes un problema con los insultos. ¿Siempre eres así de borde con los desconocidos?

—Solo con los tocapelotas prepotentes como tú, que piensan que por ser ricos y famosos el mundo debe caer rendido a sus pies.

Él se acercó por detrás y le rozó la mano al darle el vaso de agua. Míriam sintió como si una corriente eléctrica le recorriera todo el cuerpo. Reaccionaba sin control al notar la cercanía de él.

—Antes de que acabe la noche te tendré comiendo de mi mano. —Insinuante, volvió a rozarle la mano. Míriam se apartó con un gesto hostil.

—Serás fanfarrón. Eso será en tus sueños.

Volvió junto a Mario que ojeaba una revista de deporte y salud.

—¿Cómo se presenta la temporada, Tony?

—Muy bien. Este año creo que tenemos un buen coche para poder hacer pódium. Los mecánicos han trabajado muy duro y estoy seguro de que daremos la sorpresa. La escudería se juega mucho. Llevan dos años sin ganar el mundial y han apostado por mí y por una tecnología puntera para recuperarlo. No puedo fallarles.

Míriam lo miró con desdén y atacó. Era su oportunidad.

—No entiendo la gracia que tiene correr con un cochecito de esos de Scalextric a tanta velocidad. Es exponerse al peligro sin sentido.

Tony la miró ofendido.

—Ese cochecito de Scalextric que tú dices vale más de un millón de euros. Y gracias a la tecnología que utilizamos después los coches como el tuyo son más seguros y tienen más prestaciones. Ninguna empresa automovilística pagaría esa millonada para investigar un simple coche.

Míriam había conseguido su propósito. Herirle en su orgullo. Tony no podía entender que aquella chica no supiera nada de la Fórmula Uno y que no admirara y valorara su trabajo. Él se jugaba la vida cada vez que corría en un circuito. Nunca nadie lo había ninguneado así.

La discusión se zanjó al oír el sonido de la puerta. Allí estaba Paul con sus padres, Anthony y Teresa. Míriam se sintió intimidada. Tenían el aspecto de dos aristócratas salidos de la corte de Isabel II. El padre vestía pantalón beige, camisa blanca, chaleco y chaqueta a cuadros verdes y corbatín de seda. Tenía una pequeña cadena de oro que cerraba la chaqueta en el centro. Solo le faltaba el sombrero para ser un dandi de otra época. La madre, Teresa, llevaba un abrigo azul celeste y un sencillo vestido con bordados en el cuello de barca y en los puños. Era una pareja muy elegante. Míriam se preguntó si aquella era su ropa de diario, ¿cómo irían a una fiesta?

—Te presento a mi madre Teresa, mi padre Anthony y mi hermano Paul.

Míriam a punto estuvo de hacerles una reverencia, pero imitó a Mario y les dio la mano. Allí nadie se daba dos besos. Pensó que tal vez era una costumbre inglesa.

Mario y Paul empezaron una distendida conversación. Míriam observó al hermano de Tony. No se parecía en nada a él. Era rubio con ojos azules y parecía afable.

Tony los invitó a pasar al comedor. Junto a una pared acristalada que daba al jardín había montada una mesa preciosa, con manteles beige de hilo llenos de puntillas. El centro estaba decorado con grandes jarrones de flores y fruta. De nuevo Míriam se sorprendió. Aquella decoración tan tradicional y campestre le recordó a su difunta abuela. No se correspondía con el exterior del chalet. ¿Habría hecho todo eso Tony Denmarck? La respuesta entró por la puerta. Se llamaba Mary. Era la mujer de servicio.

Teresa y Anthony la saludaron efusivamente.

—Mary era nuestra ama de llaves en Gales. Lleva treinta y cinco años con nosotros. Ha criado a Tony y a Paul como si fueran sus hijos. Es una más de la familia.

Míriam le tendió la mano pero Mary la estrechó entre sus brazos y le dio un fuerte achuchón. Era regordeta, con la cara redonda, los mofletes rojos y dos diminutos ojos enmarcados en unas enormes gafas de pasta. Una gran mata de pelo blanco coronaba lo alto de su cabeza con un moño perfectamente recogido. A Míriam le gustó. Le recordaba a las abuelitas de los cuentos.

—Encantada de conocerla, lady Míriam.

Al hablar se le notaba un marcado acento inglés que todavía la hacía más entrañable. Mario la saludó y todos tomaron asiento.

Míriam esperó a que Tony se sentara para ubicarse lo más lejos posible, pero a última hora él decidió cambiarle el sitio a su hermano y se sentó junto a ella. Sin duda, aquel tipo no se rendía.

—Antonhy, ¿acompañaréis a Tony este año en el campeonato? —Mario era un viejo amigo de la familia. Había compartido con Anthony los primeros años de entrenamiento de Tony en España.

—Ya sabes que no me gusta perderme nada, Mario, pero este año lo veo complicado. Sin duda iremos a las nueve carreras que se correrán en Europa, pero a las diez restantes en otros continentes todavía no está claro. Si voy me costará un divorcio.

Todos rieron en la mesa menos la madre de Tony. Teresa parecía molesta con el comentario. Increpó a su marido.

—Creo que con la edad que tienes, Anthony, podrías tomarte la vida con un poquito más de tranquilidad y relajarte, que buena falta te hace.

—¿Me estás llamando viejo?

—Te estoy diciendo que ya nos has dado dos sustos con dos amagos de infarto. Y no estoy dispuesta a quedarme viuda tan joven.

Paul intervino para apoyar a su madre.

—Duddy, tiene razón. Tienes que cuidarte. Lo prioritario es tu salud.

Su padre refunfuñó. Se negaba a abandonar a sus hijos en la cima de su carrera automovilística.

—Nadie me impedirá estar con vosotros cuando ganéis el mundial este año.

Paul volvió a interceder.

—Claro que no, papá. Podrás venir, pero de momento tómatelo con calma. Cuando la cosa esté clara, prometemos embarcarte en el primer avión que te lleve directo a nuestro pódium.

Antonhy se quedó más tranquilo. Había luchado mucho por que su hijo fuera un gran piloto de Fórmula Uno. Su mayor sueño era verlo ganar el mundial.

Durante la cena recordaron con cariño los inicios de Tony. A los ocho años ya conducía un kart. Su padre, que era banquero, invirtió todos sus ahorros para que pudiera competir hasta que un equipo se fijó en él. Su ascenso fue rápido. Con quince años ya había ganado la F3. Después empezó a competir en las copas monomarca hasta ser reclamado para la máxima categoría. Lo suyo era un don.

Después de la cena, pasaron a una sala más pequeña a tomar el café. Teresa se acercó a Míriam.

—Me ha contado Mario que sales en un *reality* de la tele.

—Sí. ¿Lo ha visto? Es por las mañanas en Antena 6.

—No veo la televisión. No sirve para nada bueno. Crea falsas esperanzas y proyecta una realidad deformada. Solo veo las carreras que corre mi hijo. Pero yo viviría más feliz sin televisión en casa. ¿Para qué quieres la tele si tienes los libros? Con historias mucho más interesantes y educativas.

Míriam no pudo más que asentir ante su razonamiento.

—¿Tampoco ve las noticias?

—Las leo en los periódicos, que dan más información y contextualizan más. Por cierto, Míriam, ¿de qué conoces a mi hijo?

—De casualidad. Coincidimos en el gimnasio. Mario es quien lo conoce.

Teresa hizo una mueca de desaprobación. Parecía de repente incómoda.

—Iré directa al grano. Estoy harta de las chicas que se acercan a mis hijos en busca de fama y dinero. Quiero que se casen con alguien que merezca la pena y no con cualquier cazafortunas que solo busca su cuenta corriente y salir en las revistas. Creo que he sido bastante directa.

Míriam se quedó sin palabras. ¿La estaba juzgando sin conocerla? Tenía que reaccionar.

—No sé qué idea se habrá hecho de mí. Pero tengo estudios superiores, he trabajado toda mi vida y me basto por mí misma. No necesito cazar la fortuna de nadie. Y no se preocupe, que no me interesan para nada sus hijos.

Deseaba marcharse de allí. Aquella estúpida señora la había ofendido. Estaba claro de quién había heredado el carácter Tony Denmarck. Se levantó y preguntó por el baño. Tony le indicó el camino. Cuando entró e iba a cerrar la puerta, él la empujó y entró tras ella.

—Ahora sí que estamos en paz. Aunque, para ser justos, debería tirarte un pastel por encima.

Míriam lo miró desconcertada.

—Maldita sea, no estoy para jueguecitos. Tu elegante madre acaba de insinuar que soy una cazafortunas que va a por vosotros. Me quiero largar de aquí lo más pronto posible y perderos de vista para siempre.

Tony intentó disculparla.

—No se lo tomes en cuenta. Ella tiene que velar por nuestros intereses y a veces no sabe dónde está el límite.

A Míriam sus palabras le hicieron bajar la guardia. Parecía sincero. Su enfado se esfumó al contemplar a ese hombretón de un metro ochenta, cabizbajo y arrepentido por el comportamiento inadecuado de su madre. Lo encontraba terriblemente sexi y desvalido. Se fijó en sus labios entreabiertos. Deseaba acercarse a él y besarlo. Desvió la mirada pero él no se lo permitió. Suavemente la cogió del rostro. El corazón de Míriam comenzó a latir con fuerza. Notar el calor de su mano le provocó de nuevo un fuerte cosquilleo en su interior. Tenía que huir de allí o no iba a poder controlarse. Él la cogió de la cintura, la atrajo hacia sí y la besó con tal ímpetu que no pudo negarse. Al notar que ella le correspondía, la agarró con más fuerza. Le mordisqueó el labio inferior, a la vez que su fuerte mano la empujaba hacia él con ansia feroz. Míriam notó una oleada de calor que le bajaba por todo el cuerpo. La voz de Mario llamándola desvaneció la pasión del momento. Se separó de Tony y lo miró con furia.

—Te has pasado de la raya. Espero que lo hayas disfrutado, porque no se va a volver a repetir.

Míriam salió del baño dando un portazo. Tony se quedó sonriente frente al espejo. Su encanto, una vez más, no le había fallado. Estaba seguro que antes o después ella caería rendida a sus pies.

En el trayecto de vuelta a casa, mientras Mario conducía en silencio, Míriam recordaba cada instante del beso que había compartido con Tony. La suavidad de su tacto, el sabor dulzón de sus labios, su apetito voraz mientras le devoraba la boca, su voz ronca y envolvente. Era tan varonil y atractivo... Tenía que alejarlo de su cabeza. No le convenía.

Pensó en el consejo de su amigo Luismi, disfrutar del momento, pero ella nunca había sido de relaciones fugaces. Era enamoradiza y su vida sentimental siempre se complicaba, no como su hermana Salu, que era capaz de echar un polvo y no acordarse al día siguiente.

Esa noche antes de acostarse vio un mensaje en el móvil. Era de un número desconocido. Míriam leyó: «¿Te gustó mi regalo? Pues todavía no has visto nada.»

Se quedó pensativa. ¿Sería Tony Denmarck? Tal vez se refería al beso que le había dado en el baño. Mario le podía haber dado su número de teléfono. O tal vez era la misma persona anónima que le había dejado la caja de bombones en la puerta del loft. Esa idea la asustó. Si seguía recibiendo mensajes anónimos debería acudir a la Policía.

Se había enterado de que la presentadora Bárbara Aribarri había sufrido durante unos meses el acoso de un fan que la obligó a cerrar todas sus cuentas en Facebook y Twitter e incluso estuvo escoltada por la Policía hasta que lo localizaron.

Míriam pensó en el precio que pagaban algunas personas por la fama.

A ella le gustaba cuando alguien la reconocía por la calle y le pedía una foto. Se sentía admirada y querida. No imaginaba que la fama era un arma de doble filo. Muy pronto iba a comprobar lo peligrosa que podía llegar a ser.

14

Lolín llamó a su hija a primera hora de la mañana. Míriam se extrañó.

—Mamá, ¿qué ocurre? ¿Estáis bien?

—Sí, cariño. Es que tu amigo Luismi se ha presentado en casa con un perro y dice que se va a quedar a vivir aquí. A mí me da algo si este animal se queda en casa, que bastante trabajo tengo ya con tu padre.

Míriam intentó tranquilizarla.

—Mamá, el perro forma parte de una terapia para papá.

—¿Me quieres decir que esta cosa que no levanta un palmo del suelo va a levantar a tu padre del sofá? Para eso me tendrías que haber traído a un doberman o un pitbull que al menos lo asuste, si este perrito cabe en mi mano.

—¿Qué raza es? —preguntó con curiosidad.

—Ay, cariño. Yo no entiendo de perros. Luismi nos ha dicho que no crece más.

—Tú haz que papá se ocupe de él. Te prometo que

si en unas semanas no funciona yo misma me encargaré de buscarle una buena casa al perro.

Lolín suspiró al otro lado del teléfono.

—Está bien, criatura. Todo sea por tu padre. Cualquier día vendréis a casa y no estaré. Necesito unas vacaciones de todo.

Míriam se burló.

—¿Unas vacaciones? Si nunca quieres salir del pueblo cuando te lo proponemos. Antes cae un meteorito en la Tierra que te vas tú de viaje.

—Bueno, bueno... Tú ríete. Creo que me voy a ir al Caribe a buscarme un cubano como Sarita Montiel que en paz descanse.

A Míriam le hizo gracia el comentario de su madre. Sin duda, se merecía un descanso. Le pidió que le enviara una foto del perrito al móvil.

Esa mañana Mario tenía una sorpresita para Míriam.

—Hoy harás una *master class* de *spinning* en el gimnasio.

—¿Y eso qué es?

—Una clase especial que impartirán los mejores profesores de *spinning* de toda España. Son tres horas seguidas sin parar, pero tranquila que tú harás solo la primera. En la tele quieren que aprovechemos para grabar un reportaje sobre el acontecimiento y de paso hacerle un poco de publicidad.

El párquing del exclusivo club deportivo estaba completo.

Cuando Míriam iba a entrar en el vestuario Mario la detuvo.

—Tienes que ponerte esta camiseta para entrenar.

Era una camiseta rosa, amarilla y naranja con un letrero enorme en el centro que ponía SinMichelín. A Míriam casi le da un infarto al verla.

—No me pienso poner esto, ¡qué vergüenza! Es horrible. ¿Quién la ha diseñado, el payaso de Micolor?

—Yo solo cumplo órdenes.

—Accedí a hacer la promoción publicitaria porque me obligaron, pero nadie dijo nada de tener que llevar ropa suya por ahí. ¿Ahora soy un anuncio andante?

Mario comprendía perfectamente la indignación de Míriam.

Después de una breve discusión se rindió y aceptó ponerse la horripilante camiseta. Las milagrosas pastillas eran las patrocinadoras del *reality* y, como le había oído decir cientos de veces a Nina, «sin dinero no hay trabajo».

La *master class* se celebraba al aire libre, en un jardín precioso que habían llenado de bicicletas para la ocasión. Los monitores estaban encima de una pequeña tarima para que todos pudieran verlos. Eran tres.

Míriam se puso en un lateral para que Rafa pudiera grabar buenos planos. En todo este tiempo ya había aprendido algunos trucos de la televisión. Como que se puede grabar desde un lado concreto para que la sala parezca más llena, o desde abajo para que todo parezca más grande, o desde arriba para que parezca más pequeño... Trucos y más trucos para conseguir la imagen perfecta aunque diste de la realidad. Como le había enseñado Teo: «Lo importante no es la imagen real, sino la que nuestro jefe ha imaginado en su cabeza y quiere mostrar a los espectadores. No lo que es, sino lo que esperan y eso; la mayoría de las veces, hay que fabricarlo.» De hecho, en más de una ocasión habían cambiado un escenario para transformarlo en otro más televisivo. Míriam ya se había acostumbrado y no se escandalizaba como al principio en que todo le parecía un engaño.

Subió a la bici y empezó a pedalear con fuerza. Faltaban cinco minutos para que empezara la clase. Teo aprovechó para hacerle algunas preguntas con el micro antes de la sesión.

—¿Cómo te sientes antes de empezar la *master class*? ¿Hoy estarás en manos de los mejores?

—Sí, la verdad es que estoy ilusionada... —Pero Míriam no pudo acabar la frase. A su lado se había montado un gran revuelo que los había desconcertado a todos. Teo cogió el micro y tiró de Rafa hasta llegar al foco de la noticia. Allí estaba el famoso Tony Denmarck, el favorito para ganar el mundial de Fórmula Uno. Era el invitado de honor a la *master class*. Con su presencia había conseguido atraer a varios medios de comunicación que después darían la noticia. Publicidad gratis para el gimnasio y para la empresa organizadora del evento.

Míriam se quedó petrificada en su asiento. Solo pensar que él estaba allí le erizaba el cabello. Un cosquilleo se instaló en su estómago y notó cómo se le aceleraba el pulso. Lo vio avanzar envuelto en una nube de periodistas y cámaras. Estaba guapísimo con un maillot negro y verde que le marcaba cada uno de sus trabajados músculos. Tenía un cuerpo perfecto. Cuando él levantó la vista divisó al fondo a una morenita de ojos verdes que lo miraba sin parpadear. Sonriendo, dio por concluido el tiempo de entrevistas y se dirigió hasta ella. Se sentó en la bici de al lado. Míriam empezó a pedalear más rápido.

—Talla treinta y choco, ¿de qué vas disfrazada? Sin-Michelín, ¿eso qué es?

A Míriam le subieron los colores a la cara. Estaba ridícula con aquella estúpida camiseta. ¿Por qué siempre tenía que provocarla?

—El chulito de los Denmarck tan impertinente como siempre. ¿Dónde te has dejado a tu mamá? No sea que anden por aquí algunas cazafortunas al acecho.

El organizador reclamó la presencia del gran piloto en el escenario. Cuando él cogió el micro Míriam se revolvió en el asiento.

Tony empezó a hablar dando las gracias por la invitación. Tras pronunciar un breve discurso sobre la importancia de hacer deporte para la salud, animó a todos a aguantar hasta el final. Antes de despedirse miró hacia donde estaba ella.

—Y antes de acabar, quiero saludar en especial a mi buena amiga Míriam. Aquí en primera fila la podéis ver todos. La de la camiseta de colores que pone SinMichelín. Protagoniza un *reality* en Antena 6 para perder peso y el deporte es una de las claves, ¿a que sí, Míriam? Un saludo a todo tu equipo.

—Este tío es gilipollas —murmuró Míriam.

Teo y Rafa miraban atónitos. Estaban encantados de que el *crack* de la Fórmula Uno les enviara un saludo en público. Mario sonrió al ver la efusividad de su amigo en el escenario. Ya había detectado que aquellos dos se traían algún tipo de jueguecito.

Míriam no sabía dónde esconderse. La gente la miraba y aplaudía. Y encima el muy cabrón había tenido la desfachatez de nombrar la puñetera camiseta. Nunca se había sentido tan ridícula. Hubiera dado lo que fuera por que la tierra se abriera bajo sus pies y se la tragara.

Cuando Tony bajó del escenario y se sentó a su lado, se negó a mirarlo. Él la observó. Estaba tan apetecible con los labios apretados y el ceño fruncido... Míriam era fresca, divertida, audaz, graciosa y tenía un gran sentido del ridículo.

Lo ignoró durante toda la clase. Aunque él de vez en cuando le hablaba, ella hacía como que no lo oía.

—¿Por qué no me contestas? Solo te he devuelto tu pullita sobre mi madre.

Ella seguía pedaleando sin darle tregua. Además estaba tan agotada por el esfuerzo que aunque hubiera querido, habría sido incapaz de articular una palabra.

Cuando pasó una hora, Mario la avisó para que se retirara. Empapada de sudor bajó de la bici y se dirigió a los vestuarios sin despedirse de Tony. La observó mientras se alejaba. Su morenita era un hueso duro de roer. Él sabría cómo doblegar su orgullo.

A través de Mario averiguó que Míriam estaría en el *spa* la siguiente hora. Así que Tony aprovechó un descanso para abandonar la *master class*.

Cuando entró en la zona de las piscinas no la vio por ningún sitio. A pocos metros Míriam lo observaba desde el interior de la sauna. ¿Por qué se empeñaba en buscarla? Su cabeza tenía claro que no quería ser un trofeo más en la colección de Tony Denmarck, pero su cuerpo se moría por que él la volviera a besar y le hiciera el amor con la pasión y el fuego que leía en sus ojos. Míriam se ruborizó al imaginarse cómo sería una noche con él.

En ese instante alguien abrió la puerta de la sauna. Su voz sugerente y tentadora tomó la estancia.

—Hola. Quiero pedirte disculpas por lo de antes. Era solo una broma.

Míriam lo miró con rabia.

—En mi vida he pasado tanta vergüenza. Y todo por tu culpa.

Él se acercó insinuante. Ella encogió las piernas y se acurrucó a un lado. Captó su mirada de deseo y lujuria y sintió cómo su entereza empezaba a flaquear. ¿Por qué se sentía tan vulnerable a su lado? Conseguía derribar todas sus defensas con tan solo mirarla. Era tan atractivo y morboso... Le rozó la rodilla con su mano y se ruborizó. Lo deseaba. De repente se fijó en la erección que poco a poco se marcaba en su ajustado bañador. Su voz le acarició los oídos.

—Míriam, Míriam, Míriam... mi preciosa talla treinta y choco, sé que me deseas tanto como yo a ti. ¿Por qué te niegas a reconocerlo?

Ella se tensó. Aquel bombonazo la acosaba sin cesar y no podía aguantar más. Dejándose llevar por sus emociones, se levantó, lo sentó en el banco que estaba tan caliente como ella y se subió encima de él.

—No hables que lo estropeas.

Tony enredó su mano en el cabello de ella y con un

ansia voraz la atrajo hasta su boca. Con pasión y destreza buscó su lengua y la devoró. La temperatura de la sauna subió unos grados más. El calor hizo que los dos empezaran a sudar. Míriam recorrió lentamente su fibrosa espalda con sus manos y en mitad del recorrido le clavó las uñas. Se sentía salvaje y desinhibida. Tony notó que la entrepierna le iba a explotar, estaba tan excitado, que era capaz de arrancarle la ropa y hacerle el amor allí mismo. Pero la puerta se abrió y los dos se separaron al instante.

Era un joven vestido con el uniforme del club.

—Señor Denmarck, siento la interrupción. El director lo busca para la foto de familia de la *master class*. Necesitamos que venga cuanto antes.

—Gracias. Por favor, discreción con lo que ha visto. No me obligue a tomar decisiones que puedan poner en peligro su puesto de trabajo.

—Por supuesto, señor. En este club nunca vemos ni oímos nada.

Míriam detestó su forma de hablar déspota. Se sintió una estúpida por caer en sus brazos.

—Cómo te odio, Tony Denmarck. Has amenazado a ese pobre chico como si fueras un mafioso. ¿Es necesario ser tan prepotente y borde con la gente? No te vuelvas a acercar a mí. Olvídate de que existo. Búscate a una de esas modelos famélicas que tanto os gustan y piérdete de mi vista.

Míriam estaba indignada. No soportaba su debilidad con él. Tony le dedicó una de sus sonrisas.

—Lo siento, fierecilla. Otro día seguiremos donde lo hemos dejado.

Sin dejarla responder salió veloz hacia los vestuarios.

Míriam contuvo la ira. Le habría soltado toda clase de improperios para quedarse bien a gusto. Necesitaba compartir su cabreo con alguien. Decidió ducharse y llamar a su amigo Luismi.

—*Cuore*, ¿qué ocurre?

—Necesito contarte algo. Es Tony Denmarck.

—¿El piloto buenorro? Sabía yo que entre vosotros habría tomate.

Míriam le relató todo lo que había ocurrido desde la cena en su casa hasta la sauna. Luismi estaba cada vez más emocionado con la historia.

—¡Pero no ves que sois como el perro y el gato! Os hace falta un buen polvo para relajar toda esa tensión sexual que lleváis contenida. Si además tú dices que lo detestas, que es muy mala persona, pues genial. Dale el polvazo que tiene y santas pascuas. *Amore*, te tengo que dejar que la cola de la pescadería parece el metro en hora punta. Hablamos en otro momento. Y quítate ya el cinturón de castidad que te van a salir sarpullidos de tanta contención sexual.

Cuando Míriam salió del vestuario estaba más relajada. Su amigo Luismi siempre surtía ese efecto en ella. Se dirigió al bar para tomar su tradicional zumo de frutas de media mañana.

Mientras observaba a la gente que había sentada detectó un rostro conocido. Era un joven muy delgado, moreno, con el pelo largo y una sonrisa Profident. ¿De qué conocía a aquel chico? Él se percató de la mujer que lo miraba en la entrada y le levantó la mano. Míriam tuvo que mirar detrás de ella, por si llamaba a otra persona. Avanzó hacia y él y enseguida lo reconoció.

—¡Hola, Míriam! Qué pequeño es el mundo. No esperaba encontrarte aquí.

Era el famoso modelo Darío Mustakarena, al que le salvó la vida en el congelador del supermercado. Míriam le dio dos besos.

—¡Me alegro de volver a verte! ¿Ya estás totalmente recuperado? —preguntó señalando al cuello, donde ella le tuvo que practicar la trágica traqueotomía.

—Sí, solo me ha quedado una minúscula cicatriz que apenas se ve. De nuevo te doy las gracias por lo que hiciste. Me salvaste la vida.

Míriam se sonrojó.

—Cualquiera hubiera hecho lo mismo. ¿Y qué haces por aquí? ¿Eres socio del club?

—No. He venido por trabajo a hacerme unas fotos para un catálogo. ¿Y tú?

—Uffff. No sabría por dónde empezar. Desde que ocurrió nuestro incidente me ha cambiado un poco la vida.

—Me encantaría conocer todos los detalles. ¿Comemos juntos?

Míriam dudó unos segundos. No lo conocía mucho pero sentía un especial cariño por él.

—Claro que sí.

Mientras Darío le entregaba a Míriam una tarjeta con la dirección del restaurante, un enfadado Tony Denmarck los observaba desde el jardín del bar. ¿Quién era aquel guaperas con el que estaba Míriam? ¿Le estaba dando su número de teléfono? Sintió cómo el fuego le subía por el abdomen hasta estallarle en la cabeza. Tenía unas irrefrenables ganas de ir y apartarla de ese tío. Nunca había sentido celos de nadie. Estaba acostumbrado a ser el centro de atención. Ninguna mujer osaba irse con otro pudiendo disfrutar de él. Tony apretó los puños. Buscaría el momento para hablar con ella.

Ese mediodía Míriam y Darío compartían mesa en un famoso restaurante vegetariano de la ciudad. El dueño era amigo de él y los sentó en un comedor reservado, a resguardo de las miradas curiosas de la gente. Darío era un modelo muy conocido y era habitual que lo abordasen en cualquier sitio para pedirle un autógrafo o hacerse una foto. Estaba expuesto a sus fans a todas las horas del día. Aunque intentaba esconderse tras unas grandes gafas de sol y una gorra, no conseguía pasar desapercibido. Míriam le contó todo lo que le había ocurrido desde el incidente del congelador.

—Así que ahora ¿eres también una *celebrity*? ¡Quién lo iba a decir hace unos meses cuando estabas en la pescadería! ¿Y estás feliz con el cambio?

Darío apuró su segunda copa de vino.

—Estoy contenta, pero a veces echo de menos mi antigua vida. La dieta que hago es bastante estricta. Me muero por comerme una buena hamburguesa con patatas y un helado de chocolate. Y la tele no es lo que yo esperaba. Es un mundo muy competitivo. —Míriam se sorprendió sincerándose con él.

—La televisión es muy estresante. Todo es un continuo espectáculo y a veces cuesta coger el ritmo.

Darío conocía bien ese mundo. Míriam le contó lo del anuncio de SinMichelín y cómo la habían obligado a grabarlo a pesar de estar en contra del producto y no querer ser su imagen.

—Yo, por suerte, puedo elegir los trabajos que quiero hacer. Pero es cierto que reviso con lupa todos los contratos e intento imponer mis criterios. No hago nada que no me dicte mi conciencia y mi sentido común. Alucinarías con las cosas que me han llegado a proponer.

Darío le contó que un diseñador de moda quería que se hiciera un implante de glúteos para ser la imagen de su marca y que incluso se ofreció a pagarle la operación para que aceptara.

Después de los postres, piña para Míriam y tarta de queso para Darío, los dos se despidieron en la puerta del restaurante.

—Me ha encantado volver a verte, Míriam. Por mi trabajo estoy poco por la ciudad, pero me gustaría que volviéramos a quedar y compartir confidencias. —Se abrazaron.

—¡Claro que sí! Además, yo aquí tengo pocos amigos, así que será un placer volver a charlar contigo. Pero nada de marisco, eh, que ya me la liaste una vez y no quiero volver a pasar el mismo trance.

Darío sonrió. Se sentía enormemente agradecido a aquella mujer dicharachera con la que, además, podía hablar de cualquier tema sin tapujos.

Mientras Míriam volvía a casa en un taxi pensó en la impresión tan diferente que le había causado Darío al conocerlo mejor. Su imagen de modelo frío, distante y endiosado, nada tenía que ver con aquel hombre sencillo y amable que le contaba su vida como si fueran grandes conocidos. Se alegró de tener un nuevo amigo en la ciudad.

A pesar de la compañía de Mario y de su amistad con Teo, muchas veces se sentía sola. Era paradójico, por primera vez en su vida conocía a más gente que nunca y, a pesar de eso, se sentía más sola que nunca. Como decía su madre Lolín, «lo importante no es la cantidad sino la calidad».

15

Tony Denmarck estaba especialmente nervioso aquella mañana. Su hermano Paul y él habían acudido a Antena 6 para entrevistarse con el director ejecutivo. La cadena estaba interesada en firmar un contrato en exclusiva para seguir al piloto durante toda la temporada del gran premio de Fórmula Uno.

—Si esto sale bien, será un buen impulso a tu carrera. Antena 6 se encargará de sacarte hasta en la sopa. Serás más famoso que Ronaldo.

Paul estaba entusiasmado con su nuevo reto. Era un buen mánager. Siempre sacaba el mejor provecho de todos los contratos que negociaba para su hermano. Su capacidad de empatía y su sinceridad, le conferían un trato agradable, serio y de confianza.

Tony no le prestaba atención. Desde que habían pisado los estudios de Antena 6 solo tenía una imagen en su cabeza. Sabía que Míriam protagonizaba un *reality* en la cadena y estaba deseando encontrarse con ella. Inexplicablemente, esa mujer lo estaba volviendo loco.

No era para nada su tipo, pero tenía algo que lo atraía. Desde su incidente en la fiesta no había dejado de pensar en ella. No hacía más que recordar su encuentro en la sauna del gimnasio. Le ardía toda la piel al evocar ese momento y sentirla a horcajadas sobre él. En qué mala hora los habían interrumpido. Y después, cuando había intentado buscarla para hablar con ella, la había visto con aquel moreno guaperas en el bar del club, cuchicheando e intercambiando sus teléfonos. Estaba furioso.

La puerta del despacho se abrió y la secretaria los acompañó al interior. La reunión con el director ejecutivo fue rápida. La cadena les ofrecía un contrato millonario por derechos de imagen y ser uno de los *sponsors* del piloto. Un equipo de Antena 6 acompañaría a Tony durante todas las carreras y grabaría reportajes en exclusiva, además tendría que acudir a todos los programas que lo requirieran para entrevistarlo, siempre que estuviera disponible. La primera entrevista sería en el programa de las mañanas.

Cuando salieron de la reunión una secretaria los acompañó a la cafetería.

Durante el trayecto Tony se fijó en los pasillos por si veía a Míriam.

—¿Qué te ocurre hoy hermanito? Te veo muy distraído? —Paul se había percatado de lo misteriosamente inquieto que estaba.

—Nada. He pasado mala noche, nada más. —Tony desvió la mirada.

—¿Y tu repentino insomnio no tendrá que ver con una morenita de ojos verdes que protagoniza un *reality* en esta cadena?

Paul enarcó una ceja guasón. Tony hizo una mueca de desagrado. No había forma de ocultarle nada a su hermano.

—Eres un poco tocapelotas, ¿lo sabes?

—El otro día vi cómo actuaste con ella en casa delante de todos. Y también los ojitos que ponías en la *master class* de *spinning* en el gimnasio. Creo que te has pillado de esa chica. —Paul presentía que aquella morenita no era una conquista más en la larga lista de su hermanito.

—Tengo a auténticas preciosidades rendidas a mis pies cada vez que quiero. ¿Crees que me importa lo más mínimo Míriam? No es para nada mi tipo.

Tony habló con altanería. Pero Paul no se dejó amilanar.

—Si sabes hasta su nombre. ¿Desde cuándo te aprendes tú los nombres de tus ligues? —Paul dio un gran mordisco a su bocata de tortilla mientras no le quitaba ojo a su hermano.

—Dejemos el temita en paz.

Tony empezaba a mosquearse. No creía en el amor como su hermano. Él era más práctico, vivía intensamente el día a día, sin preocuparse de nada más que de su trabajo y de los placeres efímeros. Paul, en cambio, era un romántico empedernido. Se había llevado un gran desengaño recientemente y aun así no se rendía.

Paul contraatacó de nuevo.

—Apuesto lo que quieras a que en menos de un año estás saliendo con esa morenita. Y digo saliendo como una pareja de verdad, no un capricho pasajero de los tuyos.

Tony se carcajeó.

—Acepto la apuesta. El que pierda se tiñe el pelo de color azul durante una semana. ¡Esa me la debes, mamonazo! ¿Qué dices?

—Ja, ja, ja. ¡No escarmientas! ¿Seguro que quieres pasar otra vez por eso? Trato hecho. A mamá le dará algo cuando te vuelva a ver de color pitufo, pero tú has elegido el castigo.

La apuesta era más bien una venganza. Cuando eran adolescentes apostaron a que Paul llegaba virgen a los dieciocho años. Pero antes conoció a una joven en un campamento y Tony tuvo que tintarse el pelo de color azul durante una semana. Su madre Teresa montó en cólera y lo tuvo castigado sin salir durante un mes. Un tiempo después Paul reconoció que se había besado con aquella chica pero que no se había acostado con ella. Tony esperaba el momento para devolvérsela.

Mientras los dos hermanos apuraban su almuerzo en la cafetería, Míriam entraba en los estudios de Antena 6 acompañada de Mario. Tenían una reunión con el equipo para valorar cómo evolucionaba el *reality*. Nina los esperaba en la gran sala acristalada de la redacción. Estaba alterada.

—La audiencia ha bajado estas últimas dos semanas. La dirección dice que o hacemos algo para darle un empujón al *reality* o adelantan su final para que acabe en cuestión de días. —Nina soltó la parrafada casi sin respirar. Ella era quien más se jugaba con todo aquello. Era la responsable del espacio y su triunfo o su fracaso también eran el suyo propio. Tomó aire y continuó—: Necesitamos algo fuerte que vuelva a enganchar a la audiencia. La pérdida de peso ya no es motivo suficiente. Los resultados tardan demasiado en verse y con vuestra rutina la gente se aburre.

Nina miró a Míriam, que estaba aturdida. Intentaba digerir todo aquello como podía. Desde que había oído que el programa podía acabarse en cuestión de días, se había quedado bloqueada. Mario intervino.

—Míriam está siguiendo todo el plan que le marcamos y no ha fallado en nada. La pérdida de peso necesita su tiempo. No podemos acelerarlo sin perjudicar su salud.

—Ya me imaginaba que eso no podría ser. Yo me refiero a buscar algún cambio o algún aliciente para darle más acción al programa. Como, por ejemplo, hacer retos extremos como tirarse en paracaídas, o bucear entre tiburones. —Los miró con entusiasmo.

A Míriam se le revolvió el estómago solo de escucharla.

—Otra opción es crear un conflicto. Como si fuera una película. Buscarte un falso novio que te cause problemas, por ejemplo.

Míriam pensó amargamente para sus adentros en que no tenían que inventar nada. Solo tenían que buscar al «innombrable» para hacerle la vida imposible, pero bajo ningún pretexto iba a dejar que husmearan en su vida privada. A Mario se le ocurrió una idea.

—Tengo una propuesta. Míriam tiene un amigo que también trabaja en la pescadería donde estaba ella. Se llama Luismi. Y creo que es perfecto para lo que buscas. Es ácido, polémico y aportaría al espacio la chispa que le falta.

Mario sonrió satisfecho. Sabía que a Míriam le encantaría su propuesta. A ella se le iluminó el rostro. Traer a Luismi era lo mejor que le podría pasar.

—¿Luismi? ¿No es el gay que trajiste a la tele y que le causó el ataque de alergia a Bárbara en directo? —Nina recordaba perfectamente el incidente. Míriam respondió apesadumbrada.

—El mismo y no es gay.

—Si ese amigo tuyo no es gay yo soy monja de clausura.

Nina se rio y relajó la tensión. Podría ser una buena opción.

—Hablaré con la directora y cuando sepa algo os aviso. La reunión ha acabado. Mario, si puedes quedarte, por favor, me gustaría aclarar unos asuntos contigo.

Míriam salió de la sala y fue directa a la cafetería. Necesitaba tomar algo para relajar los nervios. Cuando pidió una tila no reparó en que alguien la observaba detenidamente.

A Tony Denmarck le dio un vuelco el corazón cuando la vio entrar. Deseó levantarse e ir a hablar con ella, pero con Paul delante era imposible sin suscitar su burla. Esperó a que ella saliera de la cafetería para inventarse que tenía que ir al servicio.

Paul sonrió. Había visto cómo Tony no le quitaba ojo a Míriam desde que había entrado en el bar. Su hermano corría guiado no por su vejiga, sino más bien por su entrepierna.

Tony la abordó en el pasillo y la cogió por la cintura. Ella dio un grito del susto.

Cuando se volvió y lo vio se quedó sin habla. Era la última persona a la que esperaba encontrarse allí.

—Mi preciosa talla treinta y choco, ¿no me vas a decir ni un buenos días?

—Suéltame ahora mismo, si no quieres que te tire por encima esta tila calentita. —Su instinto la puso a la defensiva aunque el corazón le latía a mil por hora al tenerlo de nuevo tan cerca. Desde su encuentro en la sauna había fantaseado con él una y otra vez. Su mirada ardiente y provocadora la volvió a incitar.

—¿No podemos hablar en un sitio más tranquilo?

Tony se moría de ganas por volver a estar a solas con ella. Míriam vio uno de los camerinos abiertos y lo condujo hasta allí. No quería que los vieran juntos por los pasillos. Podían malinterpretar su relación.

El camerino de los invitados estaba vacío. Míriam dejó la tila en la mesa y puso los brazos en jarras. No pensaba ceder ante sus encantos.

—¿Qué demonios haces tú aquí? —preguntó enfadada.

—He firmado un contrato con la cadena. Vamos a trabajar juntos, codo con codo ¿qué te parece? Les he pedido que me acompañes tú a todas las carreras y me han dicho que sí. —Tony levantó los dedos en señal de victoria.

—¿Es una de tus bromitas? Porque no tiene ninguna gracia.

—Pensaba que te alegrarías. ¿O te gustaría más que te acompañara ese modelo guaperas con el que sales?

Míriam no sabía a qué se refería. Tras pensar unos segundos, la imagen de Darío acudió a su mente. Decidió seguirle el juego. Quería que la dejara en paz.

—¿Te refieres a mi novio? Es modelo, sí. No sé cómo lo sabes. ¿Nos has estado espiando?

De repente se sintió fuerte y poderosa. A Tony se le hinchó la vena del cuello. Los celos lo estaban matando. No podía creer que ella estuviera con aquel estúpido pudiendo estar con él. Míriam disfrutó viendo la tensión en su rostro. Volvió a atacarlo.

—¿Qué te pensabas, que todas caemos rendidas a tus pies? Eres un creído, Tony Denmarck.

Tony sentía un torbellino de emociones. Estaba loco de celos y de deseo. Volver a tenerla tan cerca era demasiado tentador como para dejar pasar la ocasión. Sin pensarlo dos veces, se abalanzó sobre ella, le cogió el rostro con las dos manos y la besó con efusividad. Ante tal arranque de pasión, Míriam respondió con un largo y tórrido beso. Los dos estuvieron mordiéndose los labios y entrelazando sus lenguas con auténtico ardor hasta que ella se separó bruscamente de él.

—Tony, no vuelvas a hacer esto o le diré a mi guapo novio que te parta la cara.

Dicho esto, salió rápidamente del camerino dando un portazo. Tony Denmarck se quedó traspuesto. Lo había vuelto a dejar con la miel en los labios. No podía entender por qué se resistía, si él notaba que ella lo deseaba tanto como él. Con impotencia y rabia, volvió en busca de su hermano para marcharse a casa.

Cuando Míriam llegó a su loft ese mediodía todavía notaba el sabor de Tony Denmarck en sus labios. Era tan ardiente y morboso... La atracción que sentía por él iba cada vez a más y no podía evitarlo. Tal vez él se alejara de ella ahora que le había dicho que tenía novio.

Por un lado quería no verlo más, pero por otro deseaba meterlo en su cama y dejarle hacer todo lo que quisiera. Era el protagonista de sus sueños y sus pesadillas. Había irrumpido en su vida como un terremoto y ahora era incapaz de poner cada cosa en su lugar. Míriam pensó que su amigo Luismi tenía razón, era atracción sexual, seguro que se acababa si se acostaba con él y daba rienda suelta a sus deseos más perversos.

El teléfono móvil sonó. Era Nina. Le comunicó que habían aceptado contratar a su amigo Luismi para dar más empaque al programa, pero a cambio tendrían que vivir algunas situaciones de riesgo, como nadar entre tiburones u otras experiencias. Míriam aceptó entusiasmada. Si su amigo Luismi estaba con ella era capaz de ir a la luna.

Cuando lo llamó por teléfono para decirle que la televisión lo quería contratar no se lo creyó.

—Sí, *cuore*, claro, y mi madre es Carmen de Mairena. No bromees con este tema que sabes que mi lado de diva se enfada.

—Te juro que es verdad, Luismi. Me acaba de llamar mi jefa para contármelo. Te van a llamar hoy de la tele para hacerte la propuesta. Pero ya sabes que es un trabajo temporal. Cuando nos echen habrá que buscar un plan B. No sé si vale la pena dejarlo todo por unos meses en la tele.

—*Oh, my God!* ¡¿Estás hablando en serio?! Yo, como Los Panchos, «si tú me dices ven lo dejo todo». Hoy mismo hago las maletas y mi baúl de la Piqué y yo nos plantamos allí en tu casa en menos que canta un gallo. Ay, *cuore*, ¡que esto es el sueño de mi vida! Gracias, gracias, gracias. —Luismi no paraba de gritar por el teléfono.

—Avísame cuando te llamen para que me quede tranquila.

Míriam colgó y se tumbó en el sofá con una sonrisa de oreja a oreja. Por fin, algo le salía bien en los últimos días. Con su amigo Luismi en casa todo iba a cambiar. Lo que no sabía es que su pequeño loft iba a acoger a otro invitado más inesperado.

16

Bárbara Aribarri estaba feliz de poder entrevistar al gran piloto de Fórmula Uno Tony Denmarck. Su programa iba a ser el primero en anunciar el contrato en exclusiva que había firmado para la cadena. Esa mañana había un revuelo inusual en la redacción.

A las diez en punto, Tony Denmarck y su hermano Paul salieron de maquillaje y acudieron al plató. Bárbara lo recibió con un cálido abrazo y una provocativa caída de ojos.

—Enhorabuena por el contrato. ¿Qué te parece si esta noche tú y yo lo celebramos en una fiestecita privada? Conozco un hotel perfecto para la ocasión. Las habitaciones tienen *jacuzzi* y un espejo en el techo.

La propuesta era tentadora, pero Tony, inexplicablemente, se inventó una excusa para rechazarla.

—Esta noche no puedo. Otro día, preciosa.

Paul los observaba desde detrás de las cámaras. Alguien le tocó la espalda. Eran Mario y Míriam. Habían acudido a la tele para recibir a Luismi y planificar los nuevos reportajes que debían grabar en el programa. Mario le chocó la mano. Era su saludo particular.

—Veo a Tony muy bien acompañado —se guaseó al contemplar el tonteo evidente entre el piloto y la presentadora.

—Bueno, ya conoces a mi hermano. Es un seductor sin remedio.

Paul aprovechó para mirar de reojo a Míriam. No podía estar más indignada. Tenía el ceño fruncido y los labios apretados. Se sentía engañada. Aquel estúpido que la perseguía por todos sitios estaba ligando con la Barbie Silicona delante de sus narices. Si es que ya sabía ella que no era hombre de fiar. Solo había que ver su largo historial de ex novias. Míriam echaba humo por las orejas. Decidió que lo mejor era largarse de allí y, como decía su madre, «ojos que no ven, corazón que no siente». Se disculpó con Mario y Paul y se marchó con rabia a la redacción.

Se sentó en el cuartito donde estaban Teo y Rafa. Los tres siguieron la entrevista en un pequeño monitor.

—La Barbie está que se sale. Se lo está comiendo con la mirada. Si no estuvieran en directo se lo tira ahí mismo —voceó Rafa con sorna.

Míriam se quedó atónita ante la siguiente pregunta de la presentadora.

—Bueno, ¿y cómo andas de amores? Que ya sabes que nuestra audiencia femenina quiere saberlo todo sobre ti.

En vez de mostrarse incómodo con la pregunta, Tony sacó pecho como un gallo de corral y con un gesto pícaro y guiñándole el ojo a Bárbara, respondió:

—Libre como un pájaro. La verdad es que no tengo mucho tiempo para eso. El trabajo me tiene cien por cien ocupado.

—Bueno, bueno, hasta que aparezca la persona adecuada.

Bárbara le dio un golpecito en la mano con familiaridad. Aquello fue lo que le faltaba por ver a Míriam. Hecha una furia se levantó de la silla y salió al baño. ¿Por qué le molestaba? Si al fin y al cabo ella no quería nada con Tony Denmarck. Lo cierto era que sentía una punzada en el estómago cada vez que la arrogante de Bárbara le lanzaba una de sus pullitas y él le seguía el juego. Tras lavarse la cara y serenarse, volvió a la redacción. La entrevista ya había acabado. Sintió ganas de salir en busca de Tony para decirle cuatro cosas pero su orgullo se lo impidió.

A pocos metros de allí, en una pequeña sala, una joven desmaquillaba a Tony con especial entusiasmo. Siempre despertaba admiración entre las féminas. Paul estaba junto a él.

—La entrevista ha ido bien aunque sobraba el flirteo. Que sepas que tu morenita ha salido pitando del plató cuando ha visto tu patética actuación con Bárbara. Tú sí que sabes cómo conquistar a una chica. Creo que ya te ha puesto en su lista negra.

Paul se puso la chaqueta para marcharse. Tony pensó que si Míriam se había molestado significaba que él le importaba.

—Antes de irnos, tenemos que subir a la cuarta planta a por una copia del contrato.

Tony pensó que era la oportunidad que estaba esperando.

—Paul, si no te importa sube tú que yo quiero pasarme por la cafetería y beber algo. Tengo la boca seca.

—Ves a beber tranquilo y salúdala de mi parte.

Tony preguntó dónde podía encontrar a Míriam. Lo condujeron hasta la redacción. Estaba sentada en el interior de la sala acristalada. Sintió una descarga eléctrica al verlo allí. Un compañero entró para decirle que el piloto la buscaba. Azorada, lo arrastró hasta el pasillo.

—¿Ahora qué cojones quieres?

—Vaya, vaya, ¿cojones? Empezamos con mal pie. Quiero invitarte a cenar, si no tienes plan para esta noche.

Tony se apoyó en la pared en una pose seductora. Míriam se fijó en sus bíceps bien dibujados y en cómo se pasaba la mano por el pelo. Estaba increíblemente atractivo. Notó un cosquilleo en el bajo vientre. Desde que la había besado no podía deshacerse del sabor de sus labios. En su mirada reflejaba su ímpetu salvaje. Seguro que era un amante excepcional.

—Te he dicho que tengo novio. ¿Por qué no se lo propones a tu amiguita Bárbara que seguro que lo está deseando?

—¿Celosa?

—Qué más quisieras.

—Dame solo una oportunidad y prometo dejarte en paz.

—No.

Tony se acercó a ella y le rozó la mano.

—¿Sabes? Ahora mismo te arrancaría la ropa, te tumbaría en ese pequeño sofá y te haría el amor como nunca antes te lo ha hecho nadie en tu vida.

Míriam sintió una oleada de calor. Tenía que acabar con aquello cuanto antes.

—Está bien, cenaremos juntos. Pero guárdate tus proposiciones indecentes para tus ligues. Conmigo no vas a pasar de los postres.

Tony sonrió satisfecho.

—Perfecto. A las ocho paso a recogerte.

—¿Sabes dónde vivo?

—No infravalores mis fuentes.

—Tan chulito como siempre. Hasta luego.

Tony fue en busca de su hermano, complacido con el trato. Tenía que prepararle una velada inolvidable. Solo tendría una oportunidad y no podía fallar.

Ella volvió a la redacción con las pulsaciones a mil por hora. Iba a seguir el consejo de su amigo y acostarse con Tony Denmarck. Lo necesitaba. Cuando entró en la sala dio un grito de júbilo. Su amigo Luismi había llegado. Se echó a sus brazos con tanta energía que casi lo derribó.

—¡Cuánta efusividad, *cuore*! Me has hecho un placaje a lo *hooligan*. Estás más fuerte que Jean Claude Van Damme.

Míriam rio con ganas. Nina entró a la reunión con Mario, Teo y Rafa. Tras saludarse todos se sentaron.

—La directora Carmela está muy ocupada hoy y no podrá reunirse con nosotros, pero ya tengo las directrices que ha marcado para el *reality*. Luismi, serás el compañero de Míriam en su día a día. Sabemos que sois muy amigos. Así que queremos ver esa complicidad en televisión. Queremos espectáculo y emociones. Que la gente se ría y llore con vosotros. Y para poneros fácil el camino os haremos pasar por ciertas experiencias, como hacer rapel, nadar con tiburones, ir de compras a sitios prohibitivos, conocer a famosos y muchas otras actividades que ya tenemos programadas.

Luismi no podía hablar de la emoción. Nina prosiguió el discurso.

—Como hoy es viernes empezaremos la semana que viene. El lunes haréis la rutina normal, gimnasio y *spa*. Por la tarde os llevaremos de compras a un lugar especial. Ahora, si me disculpáis, necesito que Luismi me acompañe al departamento de personal para firmar el contrato.

Tras comer en la tele, Mario llevó a Míriam y a Luismi al loft. El programa había propuesto que él se alojara en otro piso pero no querían separarse. Así que habían cambiado la *chaise longue* de piel del comedor por un sofá cama para su amigo.

—¡Qué alegría tenerte aquí conmigo! Todavía no me lo puedo creer.

—Estamos convirtiendo tu sofisticado loft en una lata de sardinas. ¿Dónde puedo poner mis trapitos?

Míriam miró de reojo las dos maletas enormes que traía.

—Voy a apuntar en la lista de la compra un armario urgente para tus cuatro trapitos.

De repente su teléfono móvil comenzó a sonar. Era su hermana Salu.

—¡Hola, Palo! ¿Qué tal?

—Genial. Pero estaré mejor si me abres la puerta del patio.

Míriam se extrañó.

—¿Del patio, qué patio?

—Estoy aquí abajo en tu portal pero no me acuerdo de la puerta.

—¡¿Aquí abajo, ahora mismo?!

—Sí, joder, y como no me abras pronto me voy a morir del frío que hace en esta maldita ciudad.

—Es la puerta ocho. Ahora mismo te abro.

Míriam corrió hacia el portero automático y vio a su hermana.

—Luismi, no te lo vas a creer. ¡Ha venido Salu!

—¡Éramos pocos y parió la burra!

Cuando abrió la puerta encontró a su hermana cargada con dos grandes maletas.

—¿Y todo este equipaje para un fin de semana?

Luismi se burló.

—Es como la Nancy, no sale de casa sin todos sus complementos. Nosotros somos más las barriguitas que van medio en pelotas tan felices y contentas.

Salu interrumpió las bromas de aquellos dos.

—¡Coño! ¿Queréis dejarme hablar? No vengo a pasar el finde, vengo a quedarme un mes. Me han llamado del bufete de abogados Mars & Jones y empiezo a trabajar el lunes. Solo un mes de prueba. Si les gusto hay posibilidades de que me contraten.

—Mars & Jones suena a boda de pijos, Mars and Jones le invitan al enlace que tendrá lugar el próximo sábado en la catedral de Saint Paul...

Mientras Luismi seguía con su eventual enlace, Míriam preguntó a su hermana perpleja.

—¿En serio has venido para quedarte un mes?

—Joder, Miche, ni que tuvieras que llevarme en brazos. Pensaba que te haría ilusión. Pero si molesto me busco otro sitio.

—No, no es eso. Es que justo hoy se ha instalado Luismi que también va a quedarse un tiempo. Pero no pasa nada, aquí cabemos los tres, puedes dormir conmigo en la cama de matrimonio. Por cierto, enhorabuena por lo del trabajo. Mamá no me ha contado nada.

—Sí, le pedí que no te dijera nada. Quería darte yo la sorpresa.

—¿Y mamá no estará muy sola allí sin nosotras?

—¡Qué va! Ahora está la mar de entretenida. Desde que tiene al perrito *Choco* en casa está de subidón.

—¿*Choco*? —preguntó Míriam mirando a Luismi.

—Sí, *amore*. En la perrera me dijeron que se llamaba *Poyon* en honor a José María Romero, un ex jugador de fútbol sevillano. Pero me pareció un nombre terrible. No me imaginaba a Lolín paseando por ahí a un perro con nombre de pilila. Así que lo rebauticé como *Choco* que va más con tu *family*.

Los tres rieron.

Míriam tuvo que vaciar parte de su armario para dejarle espacio a Salu. Cuando se hubieron instalado les anunció que esa noche iba a salir con un amigo y que no la esperaran a dormir. Su hermana le hizo un interrogatorio.

—¿Un amigo? Qué calladito te lo tenías, Miche. ¿Está bueno? ¿Es algún famoso? ¿Lo conocemos? ¿Adónde vas a ir? ¿Vas a dormir en su casa?

—Palo, deja ya el tercer grado. Es solo un rollo.

—Flipo contigo. Pues sí que te está cambiando la

gran ciudad. ¿Ahora tienes follamigos? ¡Quién lo iba a decir!

Luismi intuyó con quién había quedado su amiga. Cuando estuvieron un momento a solas le preguntó en voz baja:

—¿Ese follamigo es el piloto buenorro?

Míriam asintió y le hizo un gesto para que guardara silencio. Luismi empezó a aplaudir como un niño.

Los dos la ayudaron con gusto a elegir atuendo para esa noche.

Salu le prestó unos zapatos de tacón Louis Vuitton de seda negros con encaje y un lazo de raso. Quedaban perfectos con el vestido estampado que habían elegido para la ocasión. Era en tonos negro, gris, blanco y morado, ajustado en la cintura, y se abría en la cadera con una falda de vuelo que llegaba hasta las rodillas. El escote en forma de pico dejaba entrever un canalillo más que provocador. Míriam estaba sexi y elegante, la combinación perfecta para una noche de lujuria con Tony Denmarck.

17

Tony pasó a recogerla a las ocho de la tarde en su lujoso Ferrari. Empezaba a llover. Míriam subió al biplaza rápidamente. No quería mojarse los carísimos zapatos que le había prestado su hermana.

—Parece que va a caer una buena.

Tony se acercó y le dio un beso en la mejilla. Estaba guapísimo. Llevaba una camisa azul cobalto que le quedaba perfecta con su rostro bronceado y unos pantalones oscuros.

—Solo a ti se te ocurriría hablar del tiempo. ¿Ya habías subido alguna vez en un Ferrari? —le preguntó presuntuoso.

—No. Pero no me impresionan los coches, si es a lo que te refieres. Tengo un Lancia heredado de mi padre al que le cuesta arrancar cuando hace frío, pero al final siempre me lleva donde quiero. Cumple su función. El coche es un electrodoméstico más que te hace la vida más sencilla.

Tony se carcajeó.

Míriam era tan diferente de las chicas con las que él salía... Ninguna hubiera incluido su lujoso Ferrari en la categoría de electrodomésticos. De hecho, era una de sus armas infalibles para sus ligues. Todas se quedaban impresionadas al subir en él y le preguntaban todo tipo de curiosidades.

—Si te digo la verdad, a mí tampoco es un coche que me guste mucho. Lo llevo porque me obliga por contrato la escudería.

Míriam lo miró desconcertada.

—Me cuesta creer que a ti alguien te obligue a algo. ¿Y qué tipo de coche te gustaría?

Tony dudó antes de responder. Nunca le había contado a nadie su pequeño secreto.

—Una ranchera de toda la vida.

Ella se mofó.

—Pero si eso es un coche de muertos, de esos que llevan las funerarias.

—Es el coche que teníamos cuando éramos pequeños y vivíamos en Gales. Todos los fines de semana mi padre nos llevaba a las carreras de coches y a la montaña. Recuerdo que en ese maletero metíamos de todo. Una vez incluso metimos un colchón para que mi hermano y yo pudiéramos dormir en una acampada al aire libre. Fue una época feliz.

La nostalgia dio paso a un extraño sentimiento de dolor. Míriam observó cómo su rostro se ensombrecía y se tensaba. Tony se quedó en silencio con la mirada perdida.

—¿Estás bien? —Las palabras de ella lo rescataron de sus recuerdos más dolorosos.

—Sí, perdona. Bueno, he preparado una sorpresita. Hoy, lo siento, pero no vas a hacer dieta. Ni una palabra a Mario o nos matará. Será nuestro pequeño secreto. Además te la debía por haber estropeado tu maravilloso plan oculto de comerte el pastel de chocolate en el baño de la fiesta. Así que relájate y disfruta.

Míriam no puso ninguna objeción. Había decidido dejarse llevar aquella noche y la estricta dieta del programa no lo iba a estropear.

Tardaron media hora en llegar al lugar. Tony aparcó el coche en un párquing y le abrió la puerta para que saliera.

—¿Esta galantería es uno de tus trucos para tus conquistas?

A Míriam le hacía gracia sentirse como una de las famosas chicas con que Tony acostumbraba a salir.

—Ellas son las que me abren la puerta a mí. Pero como he visto que tú no bajabas... —se burló él.

—Hombre, ya se ha unido a la fiesta el fanfarrón que llevas dentro. Lo echaba de menos.

—No te he preguntado si tienes claustrofobia o ¿miedo a la oscuridad?

—¿Y eso a qué viene ahora? No me van los rollos raros. ¿Dónde me has traído?

—Tranquila. Es solo un restaurante, pero es una cena un poco especial. Se llama la cena de los sentidos. Antes de entrar nos vendarán los ojos y cenaremos sin ver nada.

—¿Y eso qué gracia tiene? Para una vez que me voy a saltar la dieta, ¿no voy a ver nada de lo que como?

—Es una experiencia que te va a gustar. Te lo aseguro.

Tony la cogió de la cintura para conducirla al ascensor. Al notar su mano grande, fuerte y autoritaria sobre ella, a Míriam se le desvanecieron todos los prejuicios.

La entrada del restaurante parecía un *spa* de alto *standing*. Estaba poco iluminado. El techo era negro y contenía diminutas luces brillantes a modo de estrellas. El *maître* tomaba nota detrás de una pecera enorme iluminada convertida en una original barra para el libro de reservas.

Míriam se quedó hipnotizada mirando los peces, caballitos de mar, estrellas, y cientos de especies de invertebrados desconocidos.

Antes de conducirlos al comedor, les cogieron los abrigos y les vendaron los ojos con una cinta de terciopelo negro. A Míriam le gustó notar la suavidad del tejido en su rostro. Estaba impresionada y nerviosa. Todavía no entendía muy bien cómo iba a coger los cubiertos y meterse en la boca la comida con los ojos vendados.

Un amable camarero los llevó del brazo hasta su mesa y los ayudó a sentarse. Les explicó el menú que iban a degustar compuesto por diez platos y tres postres y les tomó nota de las bebidas.

—¿Diez platos? No puedo comer todo eso. Me va a sentar mal, que llevo dos meses a base de lechuga, sopa de verduras y pescado.

—Son degustaciones. Las raciones son minúsculas. El camarero te susurrará al oído lo que vas a comer cada vez que traiga un plato a la mesa.

Míriam se relajó. Escuchar la voz de Tony sin poder verlo la excitaba.

El camarero trajo de aperitivo unas aceitunas caramelizadas antes de empezar con el primer plato: cubos de atún fresco con soja y jengibre. Cuando le susurró el plato al oído a Míriam se le erizó el vello del cuerpo. Era la experiencia más sensual que había vivido en mucho tiempo. La compañía de Tony, los susurros del camarero al oído y la explosión de sabores en su boca hicieron que se sintiera la protagonista de una película erótica. Cada copa de vino que le servían era un auténtico placer.

La cena fue maravillosa y apreció con gusto cada bocado: ostras con jugo de lima, rape con praliné de avellana, huevos con trufa, boletus y caviar, *cupcake* de zanahoria y caramelo. El colofón lo puso un *coulant* de chocolate negro con corazón de chocolate blanco y frutos rojos. Míriam se moría de gusto con cada deliciosa cucharada.

—¡Hum! Esto está buenísimo. ¡Cuánto tiempo!

La voz seductora de ella y los sonidos de placer que emitía cada vez que paladeaba un nuevo bocado pusieron a Tony cardíaco.

—Me alegro de que estés disfrutando tanto de la cena.

Tony tenía la entrepierna tan dura que iba a estallar. Había llevado a otras de sus conquistas a aquel suntuoso restaurante, pero ninguna lo había puesto tan caliente como Míriam. La mayoría de las chicas apenas probaban la comida, y mucho menos los postres, que tenían demasiadas calorías para sus esculturales cuerpos.

Míriam apuró el último trago de su copa de cava. Estaba exultante. A diferencia de su habitual trato con

Tony Denmarck, aquella noche estaba encantador. No se mostraba déspota, ni engreído. Habían hablado de sus gustos culinarios, sus aficiones y sus familias. Y Míriam había descubierto que Tony era una persona bastante hogareña.

—No me puedo creer que no te guste viajar. —Míriam se notaba achispada tras tanta ingesta de alcohol.

—Si viajaras todo el tiempo por trabajo lo entenderías. Estoy harto de ir de hotel en hotel, con el equipaje arriba y abajo.

—¡Pero si los pilotos vais a hoteles de esos de superlujo!

—Está bien si vas de vacaciones unos días. Cuando se convierte en parte de tu rutina y de tu trabajo, deja de tener encanto y echas de menos tu hogar.

El camarero les sirvió un licor de la casa hecho a base de hierbas, mango y canela. Míriam degustó las diferentes notas de sabor.

—Hummm. Delicioso.

—¿Siempre disfrutas tanto con la comida?

—Me encanta comer. Es uno de los placeres de la vida. Por eso no tengo una talla 36 como tus novias.

Tony sonrió.

—Tú tal y como eres, ahora mismo, me pones a cien, talla treinta y choco.

Míriam se ruborizó. Él pidió la cuenta, y al salir del local les quitaron las vendas de los ojos. A ella le costó adaptar la vista a la luz. Cuando observó la mirada fogosa de él, se sintió desfallecer. Tony acudió a la barra para pagar y después, con posesión, la volvió a coger de la cintura y la condujo al párquing.

El trayecto en coche hasta su casa se le hizo eterno. Él le había propuesto ir a tomar una copa a un local de moda, pero Míriam le pidió ir a un lugar más tranquilo. Se moría de ganas de estar con él a solas. Tony, excitado por su propuesta, condujo todo lo rápido que pudo, a pesar de que llovía a mares. Era un experto al volante y estaba tan caliente que no podía pensar en el riesgo, solo en tener a Míriam desnuda para él.

Al llegar a su parcela, se impacientó al ver que el mando del garaje no funcionaba.

—¡Maldito aparato! Lleva ya unos días que falla. Tengo que cambiarle las pilas. Lo siento, pero tendremos que correr hasta la entrada de la casa. En este coche no llevo ningún paraguas.

—Pues, si no te importa, voy a dejar mis zapatos aquí dentro a buen resguardo, porque me los ha prestado mi hermana y como se los moje me mata.

Tony se rio. Aquella mujer no dejaba de sorprenderlo. Pretendía correr descalza bajo la lluvia para proteger unos simples zapatos. Sin pensarlo dos veces, se tapó con la chaqueta y fue a buscarla a su lado. Le abrió la puerta, la cogió en brazos y la llevó corriendo hasta la entrada de la casa.

Nada más cerrar la puerta, empapados por el aguacero, los dos se quedaron inmóviles mirándose en silencio. Tony la observó con deseo. La lluvia había mojado el vestido, que se le ajustaba en la zona del pecho y dejaba entrever su sugerente ropa interior.

—Si no te quitas la ropa mojada, vas a coger un buen resfriado.

Míriam con lascivia se mordió el dedo índice.

—¿No se te ocurre otra forma mejor de entrarme? Es una excusa muy mala.

Tony no aguantaba más. Se abalanzó sobre ella y la empotró contra el mueble de la entrada. Míriam se dejó hacer. Llevaba meses sin sexo y Tony era un regalo del cielo. Su cuerpo perfecto, su olor a perfume caro, su voz masculina y su ímpetu. Todo en él la entusiasmaba. Le arrancó el vestido mojado hábilmente y la dejó en bragas y sujetador. Míriam se había puesto un carísimo conjunto de color rosa chicle de La Perla y quería lucirlo. Él la admiró con deleite. Era perfecta. Tenía unas curvas insinuantes y un pecho voluptuoso. Excitado, la cogió en brazos y la llevó a la cocina. La sentó en el banco que daba al comedor y se quitó la camisa y los pantalones. Míriam suspiró al ver sus perfectos abdominales y su espalda fuerte y sensual. Nunca había estado con un hombre así. Él le quitó las braguitas y hundiendo su rostro entre sus piernas la condujo a otro mundo. Oleadas de placer la sacudieron mientras notaba su lengua húmeda recorriendo su sexo. Míriam comenzó a jadear. Cuando estaba a punto de llegar al clímax gritó y Tony siguió y siguió hasta que ella calmó su respiración.

Él solía ser el que siempre recibía en cuestión de sexo. Nunca tomaba la iniciativa. Pero con Míriam sentía el deseo de satisfacerla en todo. Le encantaba la pasión con que disfrutaba de cada instante de la vida.

—Perfecto, preciosa. Ahora vamos a mi lugar favorito de la casa.

Sin dejarla responder, Tony la cogió en brazos y la llevó hasta su dormitorio. La dejó en la cama y se quitó los bóxers dejando al descubierto una prominente erección. Míriam comprobó entusiasmada que ese hombre estaba bien dotado en todos los sentidos. Ahora fue ella la que lo atrajo hasta sí y tras besarlo con pasión fue bajando poco a poco hasta su miembro, que tomó con fuerza en su boca. Tony empezó a emitir unos gruñidos viriles mientras sentía la lengua de ella recorriendo su duro sexo. Cuando no pudo más, sacó del cajón de su mesita un preservativo, se lo puso y se tumbó sobre ella. Antes de penetrarla la besó con ardor en el cuello y el lóbulo de la oreja. Míriam se sentía desfallecer. Tony era puro fuego. Sus manos le quemaban allá donde la tocaba y su sabor la volvía loca. Sin poder reprimirse más, Tony entró en ella poco a poco y después empezó a bombear a un ritmo suave hasta que sus cuerpos se acoplaron a la perfección. Míriam emitió un gemido. Sentirlo dentro de ella la llenaba de placer y emoción. Quería más. Ella empezó a moverse a su ritmo, cada vez más rápido y con fuerza. Las pulsaciones fueron subiendo. Los dos empezaron a jadear hasta que ella emitió un grito de éxtasis al mismo tiempo que él se dejaba ir. Exhausto, se tumbó a su lado. Le dio un suave beso en el pelo y, mirándola a los ojos, con la respiración entrecortada, consiguió hablar.

—Eres genial, talla treinta y choco. Genial.

Míriam se sentía exultante. Él sí que había estado genial. Le había hecho alcanzar dos orgasmos en una hora. Todo un récord. Sin contar el que había sentido durante la cena al probar el *coulant* de chocolate. Tony la volvió a besar en la cabeza e, incorporándose, le preguntó:

—¿Te apetece un baño relajante?

A Míriam le apetecía todo lo que él le propusiera.

—Perfecto.

Tony se metió en su cuarto de baño. Ella oyó el sonido del agua. Cuando acudió junto a él se quedó sin habla al ver un enorme *jacuzzi* circular, con un ventanal enorme que daba al jardín iluminado. Míriam se acercó a él insinuante. La noche todavía prometía.

Hicieron de nuevo el amor en el *jacuzzi* y después en la cama. A las tres de la madrugada, aturdidos después de tanto sexo, se durmieron abrazados envueltos en sábanas de seda.

A la mañana siguiente Tony fue el primero en despertar. Cuando abrió los ojos y la vio a su lado sonrió satisfecho. Ninguna mujer se le había resistido nunca y ella no había sido la excepción. La observó en silencio. Estaba preciosa incluso dormida. Era tan natural, espontánea y sexi que lo desconcertaba. Le hacía disfrutar de cada instante y le hacía reír, algo a lo que no estaba acostumbrado en sus relaciones. Sin hacer ruido se levantó, se puso un pantalón de pijama y acudió a la cocina.

Míriam despertó poco después. Había pasado una noche de locura. Le dolían varias partes del cuerpo. Su amigo Luismi tenía razón, necesitaba sexo, y la experiencia con Tony Denmarck había valido la pena. Se puso una camiseta de él y fue en su busca. Lo encontró en la cocina. Sin hacer ruido lo examinó de espaldas peleándose con una tostadora. Se deleitó con la visión que le ofrecía. Hasta con pantalón de pijama parecía un adonis. Cuando él se volvió y la vio allí plantada, se acercó con seguridad, la cogió de la cintura y le dio un efusivo beso en los labios.

—Buenos días, preciosa. Te he preparado zumo de naranja y unas tostadas.

Míriam sintió un cosquilleo en su interior. Estaba guapísimo recién levantado con el torso desnudo. Parecía el protagonista de un anuncio.

—Gracias.

Los dos se sentaron en la barra, uno frente a otro.

—¿Le vas a contar esto a tu novio?

Tony sospechaba que ella le había mentido al respecto.

—No es mi novio. Solo somos amigos, de momento.

—¿Qué significa «de momento»?

—Pues eso. Tal vez Darío y yo podamos llegar a ser algo más que amigos. Nunca se sabe.

—Tiene pinta de nenaza. Tú necesitas un tío de verdad.

—¿Un tío como tú quieres decir?

—Ya has comprobado que no defraudo. Seguro que no has pasado una noche así en tu vida...

—Tienes un serio problema de vanidad.

Ella desvió el tema.

—Esta casa es muy bonita. ¿La has decorado tú?

—No. Todo es obra de Mary.

—¿La mujer del servicio? —A Míriam le extrañó que la señora mayor que limpiaba tuviera tanto protagonismo en su vida.

—Mary no es una simple sirvienta. Es como de la

familia. Nos crio a mí y a mi hermano. Para nosotros es muy especial. Cuando compramos la casa, mi madre delegó en ella toda la responsabilidad para que convirtiera un espacio de diseño frío y vanguardista en un hogar como el que teníamos en Gales.

—¿Y dónde está ahora Mary? ¿Vive aquí?

—No, ella tiene su propia casa detrás del jardín. Aquí vivimos Paul y yo.

Míriam se tensó. Iba medio desnuda.

—¿Tu hermano Paul vive aquí?

—Sí, pero tranquila. Anoche le pedí que se quedara en casa de mis padres.

—¿Así que lo tenías todo perfectamente planeado?

—Bueno. Se puede decir que sí.

Ella empezó a mosquearse.

—¿Y si yo anoche te hubiera rechazado? ¿O eso no entraba en tus planes?

Tony respondió con altanería.

—Nunca nadie me rechaza. Pero en tu favor te diré que has aguantado más que la media.

Míriam se levantó y fue a la habitación en busca de su ropa. Por el camino iba maldiciendo.

—Estúpido arrogante. Métete tu mierda de media por donde te quepa. Me largo a mi casa, que ya va siendo hora.

Tony la seguía desconcertado.

—¿Por qué te pones así? Nos lo estamos pasando bien juntos.

Ella se vistió rápidamente sin mirarlo. Cuando iba a salir del chalet Tony la detuvo.

—¿Adónde crees que vas?

—A mi casa. Apártate de en medio si no quieres que te dé una buena patada en el culo que va a superar tu media de agresiones femeninas.

Ella empezó a forcejear y Tony la soltó divertido. Cuando Míriam salió fuera se percató de que solo podía irse de allí en coche. Con el orgullo herido volvió a entrar.

—Necesito que me lleves a la ciudad o que me digas cómo demonios puedo salir de aquí.

Tony disfrutó de la situación. Ahora era él quien tenía la sartén por el mango.

—¿Y si no quiero, preciosa?

—Si no quieres llamo a la Policía y le cuento que el famosillo Tony Denmarck me tiene secuestrada en su casa. A ver qué tal le sienta eso a tu carrera.

—Qué golpe más bajo. No te atreverías a hacer algo así.

Míriam empezó a marcar un número en el móvil. Tony le quitó el teléfono y miró la pantalla incrédulo.

—¿Pero tú estás loca? ¡Estabas marcando el número de verdad!

Míriam le arrebató el móvil de la mano.

—Pues claro, gilipollas. Te he dicho que no iba de farol. Por favor, ¿puedes llevarme a casa?

Tony fue a vestirse y la llevó en su potente Ferrari a la ciudad. Durante el trayecto los dos permanecieron callados. Cuando Míriam bajó del vehículo cerró la puerta con rabia y, sin mirar atrás, desapareció por su portal.

Tony aceleró al máximo y salió de allí chirriando las ruedas. Al final su morenita le había dejado un sabor agridulce. Había sido el mejor polvo que recordaba en su vida y la única chica que le había dado un portazo tras la primera cita. Todas siempre lo volvían a llamar. Sospechaba que con Míriam podía esperar sentado. Tenía que despejarse. Estaba demasiado obsesionado con ella. Al fin y al cabo ya había conseguido lo que quería: meterla en su cama. Ahora necesitaba pasar página y distraerse. Y sabía cómo hacerlo. Malhumorado, cogió el teléfono y marcó el número de Bárbara.

—Hola, preciosa. ¿Qué haces esta noche?

18

Luismi y Salu estaban expectantes por conocer todos los detalles de la cita misteriosa de Míriam. Pero ella no estaba para chismorreos.

—Lo mejor será que nadie me hable ni me pregunte nada hasta que se me pase el cabreo que llevo. Necesito aire fresco. Voy a cambiarme y a salir a correr un rato por el bosque.

—*Oh, my God!*, que a la *divine* el príncipe le ha salido rana.

Salu lo corrigió:

—Querrás decir «follamigo». Yo de esos tengo a patadas. Lo que pasa es que Miche es de otra pasta. Se cuela hasta de los actores de las series de la tele. Siempre ha tenido ese jodido problema. No sabe pasarlo bien y ya está.

—Bueno. No sabemos qué ha pasado. A lo mejor estaba casado y los ha pillado la mujer *in fraganti* o le ha propuesto un trío o una bacanal, que ahora se lleva mucho lo del amor libertino.

—Yo creo que le ha dicho *bye, bye* hasta nunca y Miche se lo ha tomado a la tremenda. Que me la conozco.

Míriam salió enfadada al comedor.

—¡Os recuerdo que vivís en un loft donde las paredes son papel de fumar! Ya que tenéis tanta curiosidad, os aclaro que el tío me ha dado un buen polvo, seis orgasmos en veinticuatro horas. Así que ha sido una noche memorable. Pero no voy a volverlo a ver en mi vida porque es un auténtico gilipollas, soberbio, fanfarrón y autoritario. Punto final. No quiero volver a hablar del tema.

Sin darles tiempo a replicar, salió por la puerta ataviada con el chándal y un botellín de agua.

—Ups! Creo que se ha enfadado con nosotros.

Luismi se sintió mal por su amiga. Salu le restó importancia.

—Tiene mucho pronto pero se le pasa enseguida. ¡Qué cabrona, seis orgasmos! Me tiene que presentar a ese tío que quiero catarlo yo también. Eso es un macho en peligro de extinción.

—Dicho así suena a programa de Félix Rodríguez de la Fuente: «El macho ibérico se cierne sobre su presa y le proporciona placer hasta hacerle sentir seis orgasmos.»

Los dos se rieron y siguieron durante un buen rato con las bromas.

Salu y Luismi se conocían desde hacía tiempo, aunque nunca habían tenido ocasión de entablar una verdadera amistad.

El bosque estaba vacío. Era pronto y hacía frío. Míriam se abrochó la cremallera de la cazadora y encendió su iPod. La música de Miguel Bosé la ayudó a relajarse. Empezó a andar a paso rápido. Estaba tan ensimismada en sus pensamientos, recordando cada instante de la noche anterior, que no se percató de que estaba sola. De repente se sintió insegura. Recordó la vez en que le pareció que alguien la seguía. Miró atrás y hacia los lados y no vio nada extraño. Apresuró la marcha y empezó a correr.

De repente, al girar una curva, sintió que alguien la abordaba en el camino. Horrorizada, gritó. Cuando vio el rostro del asaltante no dio crédito. Era «el innombrable». Un torbellino de emociones arrasó su interior. No había vuelto a ver a Pedro desde su ruptura. Desde hacía más de un año, la noche en que lo encontró en aquel maldito *pub* besándose con su hermana. El dolor se apoderó de ella.

—¿Qué haces tú aquí?

Pedro la miró implorante.

—No quería asustarte. Solo quiero hablar contigo. Llevo varios días por la ciudad esperando el momento para encontrarte sola, pero siempre vas muy bien acompañada.

Míriam vio la locura en sus ojos y un escalofrío le recorrió la espina dorsal. Sabía que Pedro podía llegar a ser muy celoso y perdía el control con facilidad. En los años que estuvieron juntos le prohibió hablar con otros hombres, incluso sintió celos del propio Luismi. Míriam se armó de valor.

—Pedro, déjame en paz. No sé de qué tenemos que hablar tú y yo. Ya está todo dicho.

—Míriam, no puedo vivir sin ti. Necesito que vuelvas conmigo. Desde que me dejaste no soy el mismo. No tengo ganas de hacer nada, estoy deprimido y te echo de menos.

Míriam se fijó en su porte desaliñado. Él siempre vestía elegante y lucía un aspecto impoluto. Ahora iba sin afeitar, llevaba el pelo sucio y más largo de lo normal, e iba vestido con ropa deportiva que le quedaba grande. Se le notaba que había adelgazado. Míriam se asustó al pensar que aquel declive personal lo hubiera podido provocar su ruptura.

—Pedro, siento que estés pasando una mala racha, pero yo no quiero volver contigo.

—Por favor, fui un estúpido engañándote con otras mujeres, pero te prometo que no va a volver a pasar. Te quiero. Déjame demostrártelo.

Pedro la abrazó. Se sintió incómoda. Detectó el mal olor que desprendía su ropa. Debía de llevar días sin lavarse. Míriam intentó desasirse pero él era mucho más fuerte que ella. Impotente, miró a su alrededor en busca de ayuda. Se tranquilizó al divisar a lo lejos a una pareja de policías a caballo.

—Pedro, me estás haciendo daño. Suéltame o te juro que empiezo a gritar.

Él acercó el rostro al de ella y desafiante le dijo unas palabras que le provocaron auténtico pavor.

—¿Y quién te va a oír? Estamos tú y yo solos. Podría hacer lo que quisiera y nadie se enteraría.

Míriam empezó a forcejear. Vio que los policías tomaban su camino. Pedro estaba de espaldas. Era su oportunidad.

—Por todo lo que hemos vivido juntos. Suéltame o les pido ayuda a esos dos policías que vienen por ahí.

Él se volvió y comprobó que no era un farol. No podía permitirse un escándalo más. Ya tenía antecedentes por drogas y otros asuntos ilegales. La soltó, dio media vuelta y empezó a correr entre los árboles.

Míriam se sentó en el suelo y empezó a hiperventilar. Tenía que salir de allí cuanto antes. Cuando los agentes pasaron por su lado le preguntaron si estaba bien.

—Sí, solo estoy mareada. ¿Por favor, podrían acompañarme hasta la salida del bosque? Me da miedo desmayarme.

Los policías la acompañaron hasta su calle. Cuando subió al loft su hermana y Luismi seguían en pijama tumbados en el sofá del comedor. Míriam decidió no preocuparles. Lo mejor era no contar nada. Estaba claro que Pedro tenía serios problemas. Llamaría a su familia para que lo buscaran. Siempre se había llevado bien con su ex suegra. No podía hacer más por él. Ya no eran nada. Su relación estaba muerta y enterrada.

—Vaya, vaya ¡Ha vuelto nuestra *star*! ¿Ya estás más tranquila?

—Sí.

Salu captó inquietud en la mirada de su hermana.

—Miche, ¿seguro que estás bien?

—Sí, voy a darme una ducha.

Se fue al baño, abrió el grifo del agua y marcó el número de su ex suegra. Vicenta se alegró de oír su voz. Cuando le contó lo ocurrido no se extrañó.

—Lleva ya un tiempo muy raro. Le dije a mi marido que teníamos que hacer algo, que Pedro no estaba bien, pero no me hizo caso. Primero empezó a dejar de lado sus negocios, después me preocupó su deterioro físico y ahora me entero de que te persigue.

—Vicenta, por la amistad que tenemos no voy a acudir a la Policía, pero si no hacéis algo tendré que denunciarlo. Hoy me ha dado mucho miedo.

Su ex suegra se puso a sollozar.

—No, por favor, no llames a la Policía. Te prometo que nosotros nos encargaremos de él. Está pasando una mala época. Solo eso.

Cuando Míriam colgó se sintió conmovida. Su ex suegra era una buena persona. La compadeció. Por respeto a ella no hablaría con nadie más del asunto.

Ese mediodía Míriam, Salu y Luismi salieron a comer a un conocido restaurante del centro. Luismi quería comprobar la calidad de las famosas tapas de la ciudad. Pidieron pinchos de tortilla, calamares a la romana, morro de cerdo y ensaladilla. Míriam contuvo las ganas de probarlo todo y pidió una saludable ensalada. No podía engordar. Lo establecía el punto tres del contrato que había firmado con la televisión. Salu apenas probó un calamar. Míriam la increpó.

—Palo, si no piensas comer nada, ¿por qué no te pides una ensalada?

—No tengo hambre. Y no empieces con los reproches, Miche, o la tenemos.

Luismi intervino.

—Pero si estás en los huesos, mujer. Date un homenaje, que te lo mereces.

—No como carbohidratos, ni grasas, ni azúcares.

Y ahora mismo de verdad que no tengo hambre. No me deis más el coñazo.

Míriam puntualizó a su hermana.

—No come nada de nada. Desde hace años vive del aire que respira y como siga así habrá que internarla en un centro para que la ayuden, pero la señorita no nos hace caso a nadie de la familia. ¡Que sepas, Palo, que estás jugando con fuego y te vas a quemar!

—¡Métete en tus asuntos y déjame en paz, joder! Estoy harta de que tú y mamá me digáis lo que tengo que hacer. Hago lo que me da la gana. Es mi vida. Y punto.

Míriam decidió que lo mejor era dejar el tema. Nadie conseguía que su hermana entrara en razón. Su extrema delgadez cada vez preocupaba más a la familia, pero Salu no les escuchaba. Era incapaz de entender que tenía un problema.

Tras la tensa comida dieron un paseo por el parque de El Retiro. Míriam estaba intranquila. Después del episodio vivido con «el innombrable», tenía miedo de que este los abordara.

Por la noche acudieron a un local de moda a tomar una copa.

La discoteca se llamaba Bocaccio Club. Solo dejaban pasar a gente VIP. Míriam había ido varias veces con sus compañeros de la televisión y tenía acceso.

Cuando entraron, Salu y Luismi se quedaron boquiabiertos. Era una terraza enorme iluminada con faroles y velas, decorada al estilo balinés. Con muebles de mimbre, camas balinesas, fuentes espectaculares y una abundante vegetación que perfumaba el ambiente.

—Joder, Miche, pedazo de antro guapo. Aquí pesco yo un ricachón seguro.

Míriam reprendió a su hermana.

—¿Y qué hay de Jorge, el juez?

—Lo mandé a la mierda hace una semana. Así que tengo vía libre.

—A ti los novios te duran menos que la batería del móvil. Al menos haz el favor de no llevarlos a casa, ni presentárselos a los papás, que los mareas.

Luismi hizo de mediador.

—Haya paz, *bellas*. Vamos a pasarlo bien, que a eso hemos venido.

Mientras se acercaban a la barra para pedir una copa, dos ojos oscuros escrutaban a Míriam desde la distancia.

Tony Denmarck estaba sentado en una zona VIP en compañía de la guapa presentadora Bárbara Aribarri. No podía creer que Míriam estuviera allí. Desde que la había dejado en su casa por la mañana no había dejado de pensar en ella.

—Tony, ¿estás bien? —preguntó Bárbara al verlo distraído.

—Sí, preciosa. Me ha parecido ver a un conocido.

Ella le rozó la mano con zalamería.

—¿Qué tal si vamos a bailar?

—Bailar no es lo mío.

Bárbara se rio de forma estridente.

—Por fin te encuentro algún defecto. Ya empezaba a pensar que eras demasiado perfecto para ser verdad.

Tony le dedicó una sonrisa seductora. Presentía que Bárbara estaba cada vez más colada por él.

Vio que Míriam se situaba a un lado de la pista de baile. Iba en compañía de una chica menuda y un chico con ademanes afeminados. Decidió pasar a la acción.

—Voy un momento al baño.

Tony se acercó a un camarero y le dio un billete de cincuenta euros.

—Tráeme a la morenita aquella a la puerta del baño. Dile que un conocido quiere verla.

A los cinco minutos una confundida Míriam se presentó en compañía del camarero. Estaba asustada. Temía encontrarse con «el innombrable». Cuando vio a Tony se relajó.

—Hombre, el chulito de los Denmarck. ¿Qué haces aquí, buscando alguna presa para añadir a tu larga lista?

—Vengo en son de paz.

Se fijó en cómo iba vestido. Llevaba una camisa gris marengo y un pantalón negro. Sin duda, tenía un gusto exquisito a la hora de vestir. Sin darse cuenta se mordió el labio inferior. Él se acercó a ella y le susurró al oído.

—Quiero volver a tenerte desnuda solo para mí. Morder cada parte de tu cuerpo y hacerte el amor salvajemente hasta que grites de placer.

Todo el vello de Míriam se erizó al escuchar su insinuación.

—No.

—¿No? ¿Por qué? —preguntó él, fuera de sí. No entendía sus continuos desplantes.

—Porque no me apetece. La verdad, anoche me quedé un poco decepcionada. Esperaba más de ti como amante. No eres tan bueno como te crees.

Eso era lo último que Tony esperaba escuchar. Apretó la mandíbula e, irritado, dio media vuelta y desapareció. Nunca nadie había cuestionado su potencial sexual. De hecho, era una de sus armas infalibles.

Míriam necesitó varios minutos para recuperar el aliento. Tony estaba increíblemente atractivo y tenerlo tan cerca había despertado en ella su instinto animal. Tenía que controlarse. Volvió junto a Luismi. Su hermana Salu había desaparecido.

—¿Dónde está Palo?

—Mira 90 grados a tu derecha. Moreno, metro ochenta, traje de Hugo Boss y pinta de ejecutivo agresivo. Yo diría recién salido de la Bolsa de Madrid. Apuesto a que es bróker.

Míriam suspiró.

—Sí que ha tardado poco en dejarnos. No tiene remedio.

Los dos observaron cómo ligaba descaradamente con el joven trajeado.

—Apuesto una cena a que esta noche se lo tira.

—No lo dudo. Solo espero que no sea en mi cama. ¿No se le ocurrirá llevárselo al loft, no?

Empezó a sonar la canción de *Bailando* de Enrique Iglesias y Luismi sacó a bailar a Míriam.

Míriam se movía de forma insinuante mientras los dos cantaban a viva voz. Tony la observaba desde su asiento. Su morenita se movía de una forma tan sensual que lo estaba poniendo a mil. De repente cogió a Bárbara de la mano y la llevó a la pista. Ellos también empezaron a bailar de forma provocadora.

Míriam se percató de que Tony bailaba con una chica espectacular. Intentó escrutar su rostro pero había poca luz y estaba de espaldas. De repente sintió celos. Aquel fanfarrón la estaba poniendo a prueba. Pues menuda era ella si quería. Miró a su alrededor y vio a varios hombres que bailaban cerca. Se encaró a uno corpulento y empezó a coquetear con sus movimientos. Aquel le siguió el juego encantado. Cuando Tony vio que el hombre le ponía las manos en las caderas y comenzaba a restregarse contra ella no pudo más. Le pidió disculpas a Bárbara, que continuó bailando ajena a todo lo que ocurría, y se abrió paso hasta Míriam. Sin pensarlo dos veces le dio un empujón al hombre, cogió a Míriam del brazo y la sacó prácticamente a rastras del local. Luismi iba detrás de ellos sin entender lo que ocurría.

—*Cuore*, voy a buscar a los de seguridad.

Míriam detuvo a Luismi.

—No hace falta. Este es Tony Denmarck. Por favor, déjanos solos. Enseguida vuelvo.

Míriam estaba furiosa. Cuando llegaron al exterior la soltó.

—¡Ya está bien! ¿Pero tú quién te crees que eres para sacarme así? No soy de tu propiedad. ¿No entiendes la palabra «olvídame»?

Tony no respondió. La estrechó entre sus brazos y le dio un beso ardiente. Míriam se resistió al principio, pero tras aspirar su inconfundible aroma, se rindió. Lo deseaba mucho. Muchísimo. Cuando se separaron Tony la cogió de la mano.

—Salgamos de aquí. Vente conmigo a mi casa, por favor.

Su mirada felina e implorante la derritió.

—¿Me estás suplicando tú, el gran Tony Denmarck? ¿Y la chica con la que estabas bailando? ¿La vas a dejar plantada?

Por un momento había olvidado a Bárbara.

—Solo quiero estar contigo. Me estás volviendo loco, preciosa.

A Míriam le gustó su respuesta.

—Está bien. Pero como me vuelvas a llamar «preciosa» te mato.

Él se rio. Mientras traían su potente Ferrari del aparcamiento, Míriam se despidió de Luismi. Le pidió que cuidara de su hermana y que la avisara de que no iría a dormir. Su amigo se alegró al verla tan emocionada.

Al llegar a la gran mansión de Tony, Míriam preguntó inquieta:

—¿Está tu hermano Paul en casa?

—No. Esta noche tenía una cena de negocios en la ciudad. Se quedará a dormir en casa de mis padres. Mary también está fuera, así que estamos completamente solos. ¿Te apetece un baño a la luz de la luna?

A Míriam su propuesta la pilló desprevenida.

—¿En la piscina? ¿Con el frío que hace? Además, no llevo bañador.

Tony se guaseó.

—Ninguna de esas excusas es un problema.

Tony condujo a Míriam hasta el jardín.

—No estoy muy segura de que esto sea buena idea.

Él accionó el botón de un mando y una fina cubierta de madera dejó al descubierto la piscina climatizada.

—El agua está caliente.

Mientras Míriam tocaba con una mano el agua, Tony fue en busca de dos copas y champán. Apagó todas las luces y dejó solamente las del interior de la piscina. Eran leds que cambiaban de color.

Puso música *jazz* y se acercó a ella por detrás. Míriam se sintió enormemente excitada. Sus grandes manos le quitaron con suavidad la ropa, mientras ella hacía lo mismo con su camisa y su pantalón. Aquello era increíblemente morboso y sexi. La música, el entorno y él. Tony empezó a besarle el cuello y el escote con pasión.

—¿Estás lista? —le preguntó mientras ella ronroneaba de gusto.

—¿Lista para qué?

—¡Para esto!

La cogió en brazos y se lanzó con ella al agua.

—¡Qué bruto eres!

Él se rio. La cogió y la atrajo hacia sí dentro del agua. Míriam entrelazó las piernas en su cintura. Los dos se quedaron perfectamente acoplados mirándose fijamente hasta que ella rompió el silencio.

—¿Qué piensas?

—Me siento bien contigo.

Míriam se burló.

—¿Y eso es una novedad para ti?

Él desvió el tema.

—Es una suerte que haya luna llena.

Ella miró al cielo. Estaba precioso. Podían verse algunas estrellas, ya que la casa estaba alejada de la civilización.

—¿Sabes que mucha gente invoca la luna llena para hacer hechizos de amor?

Tony la miró escéptico.

—No creo en todas esas chorradas.

A ella no le sorprendió su respuesta.

—¿Y en qué crees tú, Tony?

—En el presente. En el momento que vivo. Y este, ahora mismo, me encanta.

La besó con pasión. Míriam le mordió el labio inferior y disfrutó de su sabor. Empezaron a devorarse el uno al otro. Lo suyo era pura atracción sexual. Sus cuerpos reaccionaban como dos imanes. Míriam notó cómo crecía la erección de Tony. Mientras él salía de la piscina en busca de un preservativo, ella aprovechó para deshacerse de sus braguitas negras de encaje y el sujetador de Intimissimi. Se alegró de haberle hecho caso a su hermana y no haberse puesto las bragas faja que tenía previstas para una noche en la que no esperaba mostrar su ropa interior a nadie.

Tony volvió junto a ella. Míriam admiró su escultural cuerpo antes de entrar en el agua. Era perfecto. La cogió con brío y ella se colocó para que pudiera penetrarla. Tony la embistió bruscamente. Deseaba estar dentro de ella y hacerla suya. Míriam gimió de placer. Los dos empezaron a moverse al mismo ritmo. Los gemidos de ella lo excitaban todavía más. Míriam era ardiente y desinhibida. Tony acarició sus pechos y mordisqueó con avidez sus pezones. Ella se arqueó. Cuando estaba a punto de llegar al clímax le clavó las uñas en la espalda y emitió un grito de placer. Tony siguió entrando y saliendo de ella con fuerza hasta que se dejó ir.

Su noche de lujuria acabó a las dos de la madrugada en su cama. Cuando ella se durmió Tony se quedó tumbado mirándola. Aquella morenita de curvas insinuantes lo estaba cambiando. Sentía la imperiosa necesidad de estar con ella aunque se empeñara en negarlo.

19

Al abrir los ojos, Míriam se encontró a un hombretón de piel morena y cuerpo escultural babeando en la almohada. Cogió su teléfono móvil y le hizo una foto. Tony abrió los ojos al escuchar el sonido de la instantánea.

—Hola, buenos días... ¿Qué haces?

—Estabas babeando.

—¿Qué dices? Yo no babeo.

—Sí. Te caía un hilito de baba por la comisura del labio. Mira.

Míriam le enseñó la foto. Tony intentó quitarle el móvil.

—¡Ya estás borrando esa foto!

—Ni lo sueñes. Voy a subirla a Instagram para que todos vean al verdadero Tony Denmarck.

—Ni de coña.

Tony se abalanzó sobre ella y le hizo un ataque de cosquillas hasta que consiguió quitarle el teléfono y borrar la foto.

Los dos se vistieron y acudieron a la cocina.

—¿Tienes hambre?

—¿Qué me ofreces?

Tony pilló su jueguecito.

—Aquí todo es producto de calidad. Sírvete tú misma.

Míriam se acercó a él insinuante y cuando parecía que iba a besarlo, lo esquivó por un lateral y abrió la nevera.

—Tomaré un zumo y unas tostadas.

Mientras comían, Tony le hizo una propuesta. Se resistía a dejarla marchar.

—¿Tienes plan para hoy?

—No, ¿por qué?

—Podemos pasar el día juntos.

—Tendré que avisar a mi hermana y a Luismi.

—¿Son los que te acompañaban anoche?

—Sí. Dame un minuto.

Míriam fue al dormitorio, cogió su móvil y llamó a su hermana. Aunque Salu le pidió detalles de su cita, ella solo le dijo que no iría hasta la noche. Cuando volvió al comedor vio que Tony estaba junto a un equipo de música.

—¿Te apetece escuchar algo en especial?

—Sí, ¿tienes algo de Miguel Bosé?

—Tengo *jazz*, *soul*, *chill out*, música *indie-rock* y toda la discografía de los Beatles, como buen inglés que soy. ¿Miguel Bosé no hace música para abuelas?

—Perdona, bonito, pero Miguel Bosé es el ídolo de muchas jóvenes y su música es puro arte. A mi «Papito» nadie me lo toca. De verdad ¿nunca has oído *Hacer por hacer* o *Los chicos no lloran*?

Tony se carcajeó.

—Pues no. Y con esos títulos creo que puedo vivir sin ello.

—Son temazos. *Amante bandido* es mi favorita.

Míriam tecleó en su móvil y comenzó a sonar la canción.

Yo seré el viento que va,
navegaré por tu oscuridad
tú rocío
beso frío
que me quemará [...]

Míriam cerró los ojos y se puso a cantar como una loca sin reparar en que él estaba allí. Tony se sentó en el sofá a disfrutar del espectáculo. Sin duda, cantar no era lo suyo, pero se movía con gracia y sensualidad. De repente abrió los ojos y lo invitó a bailar con ella.

Pasión privada, dorado enemigo
huracán, huracán abatido
me perderé en un momento contigo
por siempre [...]

Tony se movía al ritmo de la canción, abrazado a ella. Cuando terminó le dio un dulce beso en los labios.

—Ahora me toca a mí. Ahora verás lo que es la buena música de verdad. Esto es *indie-rock* de mi tierra, los Arctic Monkeys.

Una estruendosa música invadió la estancia y Míriam se tapó los oídos para hacerlo rabiar. Tony le quitó las manos de las orejas y, tras un forcejeo juguetón, la inmovilizó para que escuchara la canción.

—El *indie-rock* es mi música favorita. Me motiva mucho. ¿Te cuento un secreto? Los pilotos de Fórmula Uno tenemos que soportar mucha presión y estrés al volante. Antes de cada carrera me pongo los cascos con mi música para motivarme.

A Míriam le agradó que compartiera con ella sus confidencias.

—Te gusta mucho tu trabajo. ¿No te da miedo tener un accidente?

—Sé que entraña peligro pero es mi vida. Desde que tenía ocho años corro en circuitos. Mi vida son las carreras. He entrenado mucho para llegar a lo más alto y disfruto en el circuito. Es emocionante. Cada curva, cada vuelta, todo es un reto y me ayuda a superarme día a día. Los entrenamientos físicos y psíquicos son muy duros. La gente se piensa que correr es poco más que un juego, pero no es así. En cada carrera te juegas la vida. Es un trabajo de alto riesgo que exige mucha concentración y preparación.

A Tony le brillaban los ojos cuando hablaba de su trabajo. Sentía verdadera devoción por lo que hacía y transmitía pasión en cada palabra.

—Mi padre siempre me ha dicho que tenía un don para conducir y no quiero defraudarlo. Este año quiero ganar el mundial y dedicárselo a él. Siempre me ha apoyado en mi carrera. Mi familia ha hecho muchos sacrificios por mí, empezando por mi hermano Paul. Él es mi mánager.

A Míriam le gustó el cariño con el que Tony hablaba de su familia. Él también quería saber más sobre ella.

—¿Tú tienes una hermana?

—Sí, se llama Salu. Es dos años menor que yo. Se va a quedar en mi casa un mes por cuestiones de trabajo. Es la chica que iba conmigo anoche. Ella y mi amigo Luismi, que también va a vivir con nosotras. Lo ha contratado mi programa para subir la audiencia. Así que mi loft parece ahora mismo el camarote de los Hermanos Marx.

—Si quieres puedes venirte a mi casa un tiempo. En unas semanas empiezo el campeonato y viajaré constantemente. Mi casa estará vacía.

Míriam se sorprendió por su ofrecimiento. Lo rechazó educadamente.

Era domingo y hacía un sol espléndido. Tony quería mostrarle la zona.

—¿Te apetece que salgamos a dar un paseo? Cerca de aquí hay un bosque donde me gusta perderme cuando estoy en casa.

—Pues vayamos. Pero debo pedirte un favor. ¿No tendrás por ahí unas zapatillas que me pueda poner? Los taconazos de anoche no son el calzado ideal para andar por el monte. También necesito un chándal o algo de ropa deportiva, a no ser que quieras que vaya a pasear con mi vestido negro.

—Hummm. No lo digas dos veces.

Tony la condujo a un gran armario de la habitación de invitados. Allí había zapatillas deportivas de su talla. Eran de su madre Teresa. Míriam se imaginó qué diría la mujer si la viera medio desnuda por la casa con sus zapatillas puestas. Tony le prestó un pantalón de chándal, una camiseta y una sudadera.

El bosque estaba a unos quinientos metros de la casa. No hacía mucho frío. A Míriam, respirar el aire fresco de la montaña la hacía sentirse viva. Los dos anduvieron un tramo en silencio disfrutando de los sonidos de la naturaleza. Al llegar a una pequeña colina, Tony la ayudó a trepar por las rocas para ver las vistas. Había un embalse rodeado de montañas. Era precioso.

—Aquí es donde vengo cuando quiero perderme del mundo. Es uno de los motivos por los que compré la casa. Me gusta la ubicación. Me da privacidad y además estoy a un paso del paraíso. Ya ves.

Míriam estaba abstraída por la belleza del lugar. Transmitía paz y armonía. Parecía una postal. Se sentaron con cuidado en las rocas de la cima.

—Mi sueño siempre ha sido vivir en la montaña. Creo que es por culpa de la tele. De pequeña veía los dibujos de Heidi y me entusiasmaba la idea de vivir en una casa de madera perdida en las montañas, con una cabra, un perro y un pájaro.

Ella misma se rio al expresar su sueño infantil en voz alta.

—Pues te encantaría mi tierra. En Gales tenemos una casa de campo con caballerizas y una granja. Cuando vinimos a España echaba de menos vivir allí, por eso me vine a esta urbanización. Está un poco alejada de la civilización, pero es perfecta. Mis padres, en cambio, viven en el centro de la ciudad, aunque viajan continuamente a Gales y pasan largas temporadas allí.

—¿Y cómo es que tu hermano Paul y tú vivís juntos?

El rostro de Tony se tensó ante la pregunta.

—Paul se compró una casa con la chica con la que estaba prometido. Pero ella lo dejó unas semanas antes de la boda. Fue un duro golpe para él y para toda mi familia. Le dije que podía venir a mi casa el tiempo que necesitara. Los meses han ido pasando y, puesto que los dos viajamos mucho, no consideramos que fuera urgente que se buscara otro hogar.

—Siento mucho lo de tu hermano. ¿Ocurrió hace mucho?

—Hace un año. Pero ahora está bien. Lo ha superado. A pesar de todo, sigue creyendo en el amor.

—Lo dices como si fuera algo malo. ¿Tú no crees en el amor?

La mirada de Tony se tornó dura. Míriam vio el dolor reflejado en su rostro. Sabía que había algo que lo atormentaba, pero se resistía a hablar de ello.

—Prefiero dejar el tema.

Míriam no dijo nada más. Pensó en lo diferentes que eran los dos hermanos. Tony era autoritario, engreído e igual se mostraba atormentado como dulce y tierno; en cambio, Paul era adorable, amistoso y caballeroso. Incluso físicamente eran todo lo opuesto; Tony alto, de piel morena, con ojos oscuros, musculoso; y Paul, muy delgado, de piel blanca, ojos azules y cabello rubio platino. Míriam pensó que ella y su hermana Salu también eran muy diferentes en cuanto al carácter, pero físicamente tenían unos rasgos parecidos, aunque una en versión XL y la otra XS.

Cuando se hizo la hora de comer, volvieron a casa. Resultó ser que el piloto era toda una caja de sorpresas.

Le encantaba cocinar. Le preparó un papillote de pescado con verduras delicioso y una ensalada de frutas.

Tras recuperar fuerzas, se tumbaron en el sofá y encendieron la tele.

—¿Qué tipo de películas te gustan? Bueno, déjame adivinar. De una fan de Heidi, me espero de todo menos pelis de zombis, ¿no?

—Pues te has colado. Me encantan las pelis de miedo y, por supuesto, también las románticas.

—Entonces ¿no tendrás inconveniente en que veamos la serie *The Walking Dead*? Tengo varios capítulos grabados y aún no me he puesto al día con la nueva temporada.

—Me encanta *The Walking Dead*. Seguro que los he visto. Pero prometo no contarte nada.

Los dos se acurrucaron en el sofá, tapados con una manta y pasaron la tarde en compañía de los zombis.

A las ocho llegó Paul. Al entrar al comedor y verlos juntos en el sofá, se alegró. Por mucho que el cabezón de su hermano se empeñara en negar que aquella mujer no significaba nada para él, no había más que verlos juntos para sentir su complicidad.

Paul encendió la luz y Míriam dio un salto del sofá. Por un instante se imaginó a uno de los zombis de la serie asaltando la casa.

—Lo siento. No quería asustarte. —Paul se acercó a ella y le dio dos besos—. No sabía que estaríais aquí, si no habría venido más tarde o mañana. ¿Te quedas a dormir, Míriam?

Ella, azorada y todavía con la adrenalina por las venas, cogió su móvil y se levantó.

—No. Yo ya me voy. Tengo que volver a casa. ¿Tony, me llevas, por favor? Seguro que mi hermana y Luismi están preocupados.

Tony hubiera dado lo que fuera por que ella se quedara una noche más, pero sabía que era misión imposible convencerla. Quería estar con su hermana y su amigo. Así que ideó un plan B.

—¿Por qué no les dices a tu hermana y a Luismi que se preparen y nos vamos todos a cenar juntos?

Paul se apuntó al plan.

—Por mí perfecto.

Míriam dudó. No sabía si sería buena idea juntarlos a todos. Al final accedió.

Tony reservó mesa en un restaurante tailandés. A las nueve pasaron por casa de Míriam a por ellos. Los dos se quedaron pasmados al verla aparecer en compañía del piloto de Fórmula Uno y de su hermano montados en un Porsche Cayenne, el coche de Paul.

—Pedazo de carro, *cuore*, esto vale lo mismo que mi pisito del pueblo.

Luismi no hacía más que darle codazos a Míriam y cuchichearle al oído.

—Se te ve brillante; ese tono de piel delata lujuria y pasión desenfrenada con el bombonazo del asiento de delante. Confiesa. ¿Es igual de potente que su bólido?

Míriam padecía por si Tony o su hermano escuchaban las ocurrencias de su amigo, aunque iban distraídos en los asientos de delante charlando animadamente.

—¿Te quieres callar de una vez? Prometo contártelo todo más tarde.

—Uy, no sé si voy a poder aguantar. Su hermano

tampoco está nada mal. Mira qué pedazo de pelo Pantene que tiene, ni Brad Pitt. Qué mata tan cuidada, ¿con qué se lo lavará, con el champú de niños Johnson o con el de extracto de camomila?

—Eres insufrible.

Míriam se reía de su perorata, mientras Salu estaba absorta mirando por el retrovisor del coche. En él se reflejaban los ojos de Paul, de un color azul intenso como el mar. Salu se había quedado prendada de él nada más verlo. De él y de su lujoso coche. Aquel inglés de buenos modales y pose de anuncio era un perfecto candidato para sustituir al aburrido de su ex novio el juez. No sentía el menor remordimiento. Su relación estaba muerta. No había nada de amor, ni pasión; por no haber, ni siquiera había conversación porque últimamente solo hablaba él. Había hecho lo correcto dejándolo. El inglesito que conducía no hacía más que confirmarle lo acertada que había sido su decisión.

El tailandés resultó ser un pequeño restaurante con apenas diez mesas y una decoración minimalista. Míriam se esperaba techos rojos y columnas doradas, pero todo era blanco impoluto, salvo los manteles negros con cubiertos dorados. Los camareros iban vestidos con una especie de uniforme regional y la comida era exquisita. A Míriam no le pasaron desapercibidas las miraditas que le echaba su hermana a Paul.

—Paul, ¿entonces tú eres como el escudero de Tony? —preguntó Salu, pestañeando de forma coqueta, aunque Luismi rompió el instante de magia.

—Sí, ¡son Sancho Panza y Don Quijote!

Los cinco rieron. Salu disimuló su enfado. Luismi

no hacía más que interrumpirla con sus sandeces cada vez que quería entablar conversación con Paul.

Tony estaba sentado junto a Míriam. Durante la cena se comportaron como dos buenos amigos aunque los dos sentían el deseo en su piel. En los postres, Tony metió la mano bajo el mantel de la mesa y le acarició el muslo. Míriam se puso nerviosa. Le estaba metiendo mano allí delante de todos sin ningún pudor. Disimuladamente bajó su mano al mismo lugar y lo apartó de ella. Pero entonces Tony le tomó la mano con fuerza y empezó a acariciar con sensualidad cada uno de los dedos. Míriam sintió el calor subiendo por su cuerpo. Se disculpó para ir al baño. Él salió disparado tras ella. La metió en el baño separado que había para minusválidos y cerró la puerta con pestillo. Míriam se sintió desfallecer. Llevaba toda la cena pensando en la tórrida noche que habían pasado juntos y tenía ganas de volver a sentirlo dentro de ella.

—¿Estás loco? Esto no es una buena idea. Nos pueden pillar los del restaurante.

—¿Y qué? Yo lo arreglo con unos billetes.

—Ya está el fardón que se cree que todo se compra con dinero.

—Todo no.

Tony la miró intensamente y ella se desarmó.

Aquellos dos ojos oscuros con su mirada enigmática y llena de fuego la enloquecían. Míriam le acarició el pelo con zalamería y él le devoró la boca. Notó cómo la erección crecía bajo sus caros pantalones. Puso la mano encima y la apretó con fuerza. Tenía ganas de tener aquello entre sus piernas y que la hiciera gozar como en su casa. Sin ser consciente de dónde estaban, se dejó llevar. Le desabrochó los pantalones y se subió el vestido hasta la cintura. Tony, excitado por ver cómo respondía, sacó un preservativo del bolsillo y se lo colocó. Con vehemencia la cogió con sus musculados brazos y la subió encima de él. Ella enroscó las piernas en su cintura y él la embistió con ímpetu salvaje. Empezó a entrar y salir de ella con fuerza. El deseo los consumía a los dos. Míriam empezó a arquear la espalda y a acoplarse más y más dentro de él. Quería que la penetrara hasta el fondo. Los dos empezaron a gemir y a moverse cada vez más rápido. Lo suyo era instinto animal. Míriam le mordía el labio superior, el lóbulo de la oreja y lo incitaba a ir más rápido. Oleadas de placer recorrían su cuerpo y su bajo vientre hasta llegar al punto más alto de excitación. Tras arder con un clímax que pareció durar una eternidad, él emitió un gruñido varonil y se dejó ir dentro de ella.

—Madre mía, treinta y choco, me estás volviendo loco.

Míriam apoyó la frente en su musculado pecho y lo besó con dulzura. Tras vestirse apresurados, los dos volvieron a la mesa como si nada hubiera ocurrido.

Míriam pensó que, definitivamente, había perdido la razón. Nunca en su vida hubiera imaginado que acabaría echando un polvo en el baño de un restaurante. Ella sí que se estaba volviendo loca. No podía pensar en nada que no fuera Tony y dar rienda suelta a su instinto más primitivo. Su hermano Paul captó que los dos habían vuelto del baño acalorados, con las mejillas sonrojadas y la piel brillante. Estaba seguro que iba a ganar la apuesta. Salu lo sacó de sus pensamientos.

—¿Entonces Paul, tú vives con Tony?

Aquella chica llevaba toda la noche intentando entablar conversación con él. A Paul le gustó su especial insistencia. No se rendía. A pesar de que Luismi la interrumpía constantemente y ella lo miraba con ojos de asesina, volvía a la carga recuperando su tono meloso y dulce. Paul se fijó en ella. Apenas había probado bocado. Se la veía especialmente delgada. Los pómulos de la cara se le marcaban confiriéndole un aspecto poco saludable. A pesar de eso, tenía unos ojos de color avellana con una cálida mirada sincera y desvalida. Sintió ganas de protegerla.

—Sí. Vivimos juntos desde hace un año. La verdad es que tengo que buscar casa, pero como siempre estamos viajando no tengo tiempo.

—Me parece fascinante que trabajes en la Fórmula Uno. Yo hubo una época en que no me perdía ninguna carrera. Cuando era mucho más joven. Cada fin de semana quedábamos en casa de un amigo para ver el Gran Premio y comíamos juntos.

—En unas semanas empezamos la temporada. Si quieres podéis venir a alguna carrera y os enseñamos cómo es todo aquello por dentro.

Luismi empezó a aplaudir en la mesa.

—Sí, sí, por favor. Lo que voy a fardar yo contando que he estado con el gran Tony Denmarck y su hermano.

Tony miró a Míriam con pasión.

—A mí también me gustaría que vinieras a verme a alguna carrera.

Míriam se ruborizó por cómo lo había dicho. Sentía magnetismo por su voz ronca y su mirada. Luismi y Salu la observaban expectantes.

—Está bien. Iremos un fin de semana.

Paul les contó que las primeras carreras eran en Europa. Necesitaría que les pasaran sus DNI para tramitar los pases de autorización.

Tras cenar fueron a tomar una copa a una discoteca de moda. Luismi se asombró al ver que los condujeron directamente a la zona VIP.

—¡Madre mía, me siento como Julio Iglesias! Eh, ¡soy un truhan, soy un señor!

Paul se carcajeó.

—Solemos venir a esta zona reservada por mi hermano. Si la gente lo reconoce se pasan toda la noche atosigándole pidiéndole fotos y autógrafos.

Tony pidió una botella de Moët Chandon. Los cinco brindaron por sus respectivos futuros. Salu estaba a punto de ingresar en uno de los bufetes de abogados más prestigiosos de la ciudad. Luismi iba a cumplir su sueño de salir en televisión. Paul y Tony querían ganar el mundial. Y Míriam simplemente quería que aquel momento de felicidad no se acabara nunca.

20

La tensión se podía cortar con un cuchillo. La guapa presentadora Bárbara Aribarri había vuelto del fin de semana con un humor de perros. Las pobres maquilladoras no sabían qué hacer para complacerla.

—Aquí veo una sombra horrible. ¿Es que estás ciega? Quítala ya. Parezco un travesti.

Bárbara se quejaba de todo. No concebía el plantón que le había dado Tony Denmarck la noche del sábado. Lo había llamado un montón de veces sin obtener respuesta. Tampoco respondía a sus mensajes. No entendía qué estaba pasando. Tal vez se había muerto algún familiar suyo o tal vez lo habían secuestrado, porque no daba señales de vida. Decidió que lo mejor sería averiguar su dirección y presentarse en su casa. Seguro que no le costaba mucho conseguirla.

A dos camerinos de distancia Míriam y Luismi recibían los últimos retoques en vestuario antes de irse a grabar el reportaje del lunes. Se trataba de una sesión de compras en unos grandes almacenes con la ayuda de un *personal shopper*.

Teo y Rafa se rieron al ver salir a Luismi vestido con un traje de color crema y un sombrero a conjunto. Rafa se mofó de él cuando entró en el coche.

—¿De qué te han disfrazado? Parece que acabas de llegar de Cuba. Te falta el habano.

—Ay, ay, Rafita. La miel no está hecha para la boca del asno. Tú qué sabrás de moda. Si piensas que *blazer* es un personaje de la película *Blade Runner*.

Teo se carcajeó. Luismi tenía una lengua viperina y era rápido y audaz. Le iba a ahorrar muchos guiones.

Míriam estaba feliz. Era el gran estreno de su amigo en televisión. Estaba segura de que se iba a ganar el beneplácito del público.

Cuando llegaron al lugar Teo los aleccionó antes de empezar la grabación.

—Esto es un publirreportaje. Eso quiere decir que todo lo que os pongamos os tiene que encantar y entusiasmar. Y lo que diga el *personal shopper* va a misa.

Luismi lo interrumpió.

—Hombre, ¿todo, todo? Si me viste de Jim Carrey en *La máscara* podré decir que es una horterada ¿no?

—No. Podrás decir que ese *look* es genial, pero que tú prefieres otros que encajan más con tu personalidad.

—Vamos, que hay que quedar bien, como con la suegra.

—Ahora lo vas pillando. Ellos pagan, ellos eligen. Nosotros solo somos sus modelos.

—Querrás decir sus marionetas —apostilló Luismi.

Míriam intervino.

—Luismi, así es el maravilloso mundo de la televisión que tanto te entusiasma, un montaje tras otro. Un gran *reality* las veinticuatro horas del día.

—*Cuore*, qué profundo y demoledor. No sigas que voy a llorar. *Show must go on*, si hay que disfrazarse de Chewbacca y decir que es precioso, se dice y punto.

El reportaje fue un éxito. La *personal shopper*, Carol, era una jovencita de veintipocos años que parecía una muñeca de porcelana trajeada de Gucci. Los vistió con todo tipo de *looks*, informal, casual, hispter, elegante... Míriam no sabía que hubiera tanta variedad para elegir. Los dos amigos lo pasaron bomba entrando y saliendo de los vestuarios y comentando las propuestas de Carol.

Por la tarde llegaron a casa agotados. Su hermana Salu ya estaba allí.

—Palo, pensaba que llegarías más tarde. ¿Qué tal el nuevo bufete?

—Hoy me he cagado un poco al ver el sitio. Da un poco de miedo. Los abogados son muy competitivos y el ambiente es un poco tenso. Pero me gusta. Seguro que aprendo mucho. Y tal vez algún día consiga llevar grandes casos judiciales.

—Seguro que sí. ¿Te acuerdas cuando éramos pequeñas y jugábamos a recrear la serie de *Ally McBeal*? Tú siempre te inventabas pruebas para demostrar tus argumentos. A la pobre mamá la llevabas frita con tus alegatos.

Luismi las interrumpió.

—¡Qué infancia más triste habéis tenido! Yo jugaba

a recrear *Los vigilantes de la playa* con sus cuerpazos esculturales y esas carreras a cámara lenta por la arena con el pelo ondeando al viento. Me encantaba Pamela Anderson.

El teléfono de Míriam empezó a sonar. Deseaba que fuera Tony, pero era su madre Lolín.

—Hola, mamá. ¿Va todo bien?

Su madre hablaba lentamente, cogiendo aire, como si le costara respirar.

—Estamos en el hospital. Esta mañana me he caído con tan mala pata que me he roto la tibia. Me han enyesado la pierna. No os preocupéis que estoy bien. Y ahora mismo papá y yo ya nos vamos a casa. El médico dice que tengo que hacer reposo, pero que la rotura es limpia y no habrá problema en la recuperación.

Míriam se alteró.

—Ahora mismo vamos para allá.

Por mucho que su madre le pidió que no fuera, Míriam no iba a ceder. Mientras le contaba a Salu y a Luismi lo sucedido, su teléfono volvió a sonar. Era Tony Denmarck. Al enterarse de su problema enseguida se ofreció a ayudarla.

—Ahora mismo vamos Paul y yo y os llevamos al pueblo.

—No hace falta. Gracias. Cogeremos un tren.

—Míriam, no seas cabezota. Estamos cerca de tu barrio. De hecho te llamaba para vernos. En quince minutos os recogemos.

Ella pensó que era lo mejor. En coche llegarían antes.

—Está bien. Gracias.

En unos minutos pasaron a recogerlos con el coche de Paul. Míriam se alegró de volver a ver a Tony. Sentía su apoyo en su mirada. En poco más de dos horas se plantaron en el pueblo en casa de Míriam.

Decidieron entrar primero las dos hermanas para ver la situación.

—Por favor, esperad aquí fuera cinco minutos. Enseguida venimos a por vosotros.

Al entrar vieron a Lolín sentada en el sofá con la pierna enyesada en alto. Tenía en brazos al pequeño *Choco*. El perrito ya se había hecho un puesto preferente en la familia. Su padre Pepe trajinaba en la cocina en busca de un vaso de agua.

Las tres se abrazaron emocionadas. Lolín se alegró de tener de nuevo a sus dos hijas en casa. El perrito les lamió la cara y saltó contento por ver a su dueña tan feliz.

—Mamá, ¿qué ha pasado?

—Nada, cariño. Un traspié tonto. Este mediodía he subido a tender la ropa a la azotea y al bajar por la escalera he pisado mal y me he caído. Ya sabía yo que había que poner una barandilla en esa escalera.

—Mira que te hemos advertido mil veces que pongas la secadora que te regalamos en Navidades, y si tienes que tender algo sales a la terraza de aquí abajo, que ir arriba es peligroso.

Salu no paraba de hacerle reproches a su madre. Su padre llegó con el vaso de agua.

—¡Hola! Menudo susto me ha dado hoy vuestra madre. Cuando la he visto en el suelo tirada gritando de dolor pensaba que se había roto la cadera.

Míriam abrazó a su padre.

—¿Y ahora qué vamos a hacer? No podemos dejarte solo con mamá convaleciente. Mañana llamaré al
programa y diré que necesito unos días para venirme
aquí con vosotros.

—De eso nada, cariño, tú sigue con tu vida que de
esto ya me encargo yo.

Tras discutir sobre lo que debían hacer, alguien llamó al timbre de la puerta. Míriam se acordó de que
fuera esperaban los tres chicos. Salió disparada a abrir-
les.

—Menos mal, *cuore*, ya era hora. ¡Menudo frío que
hace! Estoy tan helado que creo que se me ha encogido
unos centímetros. Menos mal que estoy tan bien dotado que no se nota.

Los tres se rieron al entender a qué se refería.

Choco salió corriendo a recibirlos y, entre ladridos
y saltos de júbilo, los acompañó al comedor. Míriam les
presentó a Tony y a Paul. Salu sonrió al ver a Paul en su
humilde casa. Los dos se agacharon para darle dos besos a Lolín inmovilizada en el sofá. Su madre estaba
coja pero no ciega.

—¡Pero qué hombretones me habéis traído! Estos
son de la tele seguro, ¿a que sí?

Pepe se quedó mirando fijamente a Tony Denmarck.

—Tu cara me suena. ¿Tú no eres el piloto ese de las
carreras?

Tony asintió y su padre se llevó las manos a la cabeza.

—Madre mía, Lolín, que la niña nos ha traído una
estrella a casa. Te he visto varias veces por la tele. Yo soy

más de fútbol, pero a veces veo las carreras de coches. Eres el piloto que más me gusta. Tú y el inglés ese que corre con la escudería de McLaren, que también es un fuera de serie.

—Jason Batta. Es uno de mis mejores amigos.

La velada se convirtió en una animada charla que acabó en una cena improvisada que trajo un repartidor de pizza.

Tony se acercó a Míriam.

—¿Estás más tranquila? Tu madre tiene buen aspecto.

—Sí. Necesitaba verla para saber que me contaba la verdad. Con ella nunca se sabe. Muchas veces me oculta las cosas para no preocuparme.

—Por cierto, tu padre es encantador. Te pareces mucho a él.

—Vaya, vaya. ¿Así que ahora tengo cara de hombre? Te vas superando en los piropos.

Tony tuvo que resistir las ganas de cogerla y besarla allí, en medio de todos. Estaba preciosa vestida con su vaquero desgastado, un suéter de lana y sus botas altas. Llevaba el pelo recogido en una coleta alta, que le confería un aspecto juvenil y travieso.

Míriam sintió el mismo deseo que él. Estaba agradecida por que las hubiera acompañado en coche. Cuando quería, su chulito era todo un caballero. De repente *Choco* empezó a revolotear entre las piernas de Tony buscando su atención. Él se agachó y empezó a rascarle la cabeza. El perrito se dejó hacer mimoso. A Míriam le gustó la escena de aquel hombretón rendido ante los encantos de un caniche.

—Creo que le has caído bien a *Choco*.

—¿*Choco*? —se mofó Tony.

—Sí, mejor no preguntes.

—Lo tuyo es obsesión.

Míriam le dio un empujón cariñoso.

—Mi padre trabajaba en la fábrica de chocolates del pueblo. Mi infancia está plagada de buenos recuerdos gracias al aroma y el sabor del chocolate. Para mí es algo indispensable en mi vida. Así soy yo.

Tony le rozó la mano. Ella le hizo una mueca divertida.

Al otro lado de la estancia dos ojos los observaban con curiosidad. Lolín hacía como que escuchaba la monserga de Luismi, pero en realidad estaba entusiasmada con lo que estaba viendo. Por fin, su hija Míriam parecía ilusionada con un hombre. Y la forma de mirarla de él le indicaba que su interés era correspondido.

Mientras, Salu recogía la mesa con la ayuda de Paul. Después de llevar la última copa a la cocina, lo sorprendió mirando una foto de ella y su hermana de pequeñas que estaba colgada en la nevera.

—Tu hermana Míriam tiene la misma cara, pero tú has cambiado un montón.

—Espero que sea para mejor —le insinuó coqueta mientras enjuagaba los cubiertos.

Paul no respondió. Le parecía que estaba demasiado delgada, pero no tenía la suficiente confianza para hacerle ningún comentario.

—¿Quieres que te ayude a fregar? Si quieres tú enjabonas y yo lavo.

Antes de que Salu pudiera responder, él ya se había situado junto a ella y le quitaba de las manos la vajilla.

Paul miró por la ventana de la cocina que daba a un patio interior bien cuidado, con plantas y flores.

—Tus padres tienen una casa muy bonita.

—Gracias. A mi madre le encanta la jardinería. Cuida a sus plantas como si fueran personas. ¿Sabes que incluso les habla y les pone música?

Paul se rio.

—Conozco a alguien así. Mi ama de llaves, que se llama Mary, también cuida el jardín como si fuera su propio hijo. Si mi hermano o yo pisamos una de sus plantas nos mata.

—¿Tienes ama de llaves? Eso suena muy inglés.

—Me crie en Gales y allí es algo muy común. En realidad es como una segunda madre.

A Salu le gustó la forma de la que hablaba de aquella mujer. Ella había tenido varios novios ricos y ninguno hablaba así de su personal de servicio.

Después de dejar toda la casa recogida, Míriam y Salu se despidieron de sus padres para volver a la gran ciudad.

Lolín aprovechó la cercanía de Míriam para susurrarle al oído:

—Me encanta ese hombre para ti. Se le ve buena persona y te mira con verdadera adoración.

Míriam la reprendió:

—Pero serás alcahueta. Tú siempre haciendo de casamentera. Solo somos amigos. Además te equivocas con él, bajo esa piel de cordero se esconde un mujeriego de mucho cuidado.

Lolín dudó de las palabras de su hija. En casi setenta años de vida su olfato de celestina no le había fallado nunca.

Su padre los acompañó a la puerta seguido de *Choco*, que movía el rabito sin cesar. Míriam lo abrazó con fuerza.

—Papá, ya sabes que no me voy tranquila. Yo preferiría quedarme aquí con vosotros...

Él la interrumpió.

—No. Y no vamos a discutir otra vez sobre esto. Yo cuidaré de mamá. Además no estoy solo, también lo tengo a él.

Pepe señaló al pequeño caniche que revoloteaba a su alrededor y Míriam se alegró al ver lo bien que había congeniado con sus padres.

—Está bien, pero si necesitas cualquier cosa llámame y vendré enseguida.

El trayecto de vuelta se hizo ameno mientras los cinco charlaban animadamente. Al llegar al portal del edificio, Míriam y Tony se quedaron en silencio. Habían estado tan a gusto juntos que les costaba separarse.

—Te llamaré para vernos otro día.

—Sí, claro que sí. Ya estamos en contacto por teléfono.

La respuesta de Míriam sonó nerviosa e incómoda. Sabía que lo mejor para ella sería alejarse de él.

Al notarla confundida y distante, Tony la agarró de la cintura, la atrajo hacia él y la besó apasionadamente delante de Salu, Luismi y Paul, que se quedaron boquiabiertos. Luismi no pudo evitar uno de sus comentarios.

—Madre del amor hermoso, qué pasión. ¡Estos nos hacen aquí en la calle un *Nueve semanas y media*!

Paul se rio. Sin duda, iba a ganar la apuesta con su hermano. Ya se lo imaginaba con el pelo teñido de azul pitufo.

Míriam se quedó sin aliento. Antes de soltarla Tony le susurró al oído.

—No vuelvas a dudar sobre mis buenas intenciones contigo.

Cuando los dos hermanos se hubieron marchado a casa, Míriam, Luismi y Salu compartieron confesiones en el sofá del loft. Había quedado claro a los ojos de todos que aquellos dos estaban enrollados.

—Debo alejarme de Tony. Al principio detestaba su altivez y su chulería, pero ahora que lo conozco más, hay cosas de él que me gustan y es tan apasionado...

Luismi suspiró al oír el relato de su gran amiga.

—Mira, *cuore*, si yo estuviera en tu lugar no me lo pensaría dos veces. Disfruta mientras puedas, que la vida es muy corta.

—Ya lo sé, pero debo ser prudente. No debo ilusionarme con algo imposible.

Salu, que había estado callada todo el rato, intervino.

—¿Por qué coño es imposible?

—¡Porque él es un piloto famoso de Fórmula Uno! Su vida y la mía no tienen nada que ver. No tenemos los mismos valores. No nos gustan las mismas cosas. Y sus padres son dos aristócratas clasistas que no me aceptarían bajo ningún concepto.

—Joder, Miche, ¿te estás escuchando? Estás llena de prejuicios. Si él está contigo es porque quiere y que se jodan los demás.

—¿Pero tú has visto a sus ex novias? Él sale con modelos, actrices... Y además tiene alergia al compromiso.

Luismi cogió a su amiga del brazo.

—Eso sí que no. Estoy harto de oírte decir tantas tonterías. Tú eres un diez al lado de esas modeluchas de cabeza hueca. Y si él sabe apreciar el buen caviar no se va a quedar con las huevas de silicona. No busques pretextos porque no nos engañas. Tú estás cagada de miedo porque ese piloto buenorro te ha enamorado hasta las trancas y te da pavor saltar al vacío. Pero quien no se arriesga no gana.

Míriam no quiso reconocer cuánta razón llevaba su amigo. Después de mucho tiempo volvía a estar ilusionada con un hombre. Otra vez el hombre equivocado.

21

Nina comenzó a maldecir cuando vio que a Míriam no le cabía el vestido que tenía preparado en la tele para el reportaje.

—¿Estás segura de que este es el vestido que te probaste el otro día? Aquí falta un dedo para poder abrocharte la cremallera.

Míriam guardaba silencio avergonzada. Ella tenía mucha tendencia a engordar y los excesos de los últimos días le habían pasado factura.

—La verdad es que el vestido me abrochaba muy justo el viernes. Debo de haber ganado un poco de peso.

—¿Un pocoooo? Míriam, sabes que nos la jugamos en el *reality*. Los de arriba no nos quitan el ojo de encima. Quieren darnos la patada si no ven resultados. Luismi es nuestra última oportunidad para recuperar la audiencia, pero si tú no avanzas y adelgazas más, nos fulminan, ¿lo entiendes, bonita?

Míriam detestaba a Nina cuando se ponía borde. Podía ser muy ofensiva y desconsiderada con la gente.

No tenía argumentos para debatirle. Sabía que había fallado.

—Lo siento. Me pondré las pilas. De verdad.

En realidad, Míriam tenía ganas de mandarlo todo a freír espárragos, pero su amigo Luismi acababa de llegar a la tele y no quería estropear su sueño.

—Bueno, quítate esto, que voy a hablar con la encargada a ver si nos deja otro vestido.

Nina resopló y salió del camerino enfadada.

Esa mañana grabaron una promoción nueva del programa donde aparecía también Luismi. Querían utilizarlo de gancho para la sección.

A mediodía comieron en la tele y después se fueron al loft. Mientras Luismi dormía la siesta Míriam jugueteaba con su móvil tumbada en el sofá. De repente le entró una llamada. Era Tony Denmarck. El corazón empezó a latirle con fuerza.

—¿Hola?

—Tengo en mi poder algo que puede interesarte —le dijo Tony intrigante.

—Lo dudo —lo retó Míriam.

—Pues entonces tendré que buscar a otra que quiera ir al concierto del hombre ese que hace música para abuelas.

—¿¿¿¿¿Miguel Bosé????? —Míriam gritó tanto que Tony tuvo que alejar el auricular del oído para no quedarse sordo.

—Veo que no te interesan las dos entradas que tengo. ¿O sí?

—Sí, por favor.

—Si las quieres tendrás que venir a recogerlas esta noche. Son para mañana.

Su petición la desconcertó. Pensaba que las entradas serían para ellos dos.

—¿Tú no quieres ir al concierto?

—Son para ti y para Luismi.

Se quedó decepcionada. Le hubiera gustado que él la acompañara.

—Ok. Dime dónde tengo que ir a por ellas.

—A mi casa.

—¿Es uno de tus trucos para comprar mi compañía? Te estás superando.

Tony sonrió al otro lado del auricular.

—Pasaré a por ti a las ocho y media. Te dejo que voy a entrar a una reunión. Después nos vemos.

Míriam aprovechó la tranquilidad del loft para llamar a su madre.

—Hola, mamá, ¿cómo estás?

—Hola, cariño. Muy bien. El pie no me duele pero me subo por las paredes de estar sentada todo el día sin poder hacer nada.

Míriam imaginó a su madre como un pajarillo enjaulado. Lolín era culo de mal asiento y siempre andaba metida en algún quehacer de la casa. Estar inmovilizada debía de ser una tortura para ella.

—Hay que tener paciencia. Ya sabes que el médico ha dicho que tienes que hacer reposo para curarte bien. ¿Y papá, qué tal?

Míriam estaba preocupada por la situación. Su padre no estaba en su mejor momento para coger las riendas de la casa.

—Tu padre ha salido a hacer la compra. Le he hecho una lista de los sitios y lo que necesito. Ya veremos con lo que viene.

A Míriam le sorprendió que su padre hubiera ido a comprar. Hacía tiempo que no salía de casa.

—Muy bien. A ver si así se activa, que pasaba demasiadas horas en el sofá.

—Pues sí, cariño. Al final mi traspié nos va a venir bien a todos. Si no llega a ser por esto no conozco a ese hombretón que quita el hipo y te tiene embobada.

Lolín estaba deseando hablar con su hija de Tony.

—Mamá, ya te he dicho que solo somos amigos.

—Cariño, yo tengo ojo para esto y ese chico bebe los vientos por ti. Te miraba embelesado de esa forma que solo miran los enamorados.

—Bueno, dejemos el temita que con las charlas de Salu y Luismi ya tengo bastante.

—¿Cómo os habéis acoplado en el pisito ese? Es demasiado pequeño para tanta gente. Pareceréis los inmigrantes de las noticias que duermen en la misma cama por turnos.

—Mamá, por favor. Tenemos sitio para dormir los tres. Salu y yo juntas, y Luismi en el sofá cama.

—¿Y tu hermana Salu cómo está? Vigílala que últimamente no come nada. Te dejo que acaba de llegar tu padre con la compra y estoy deseando ver lo que trae. Un besito, cariño.

A última hora de la tarde Tony pasó a por Míriam y fueron a su casa. Paul estaba en el salón. La saludó amablemente cuando la vio entrar.

—¿Míriam, cómo crees que estaría Tony con el pelo teñido de color azul?

Ella lo miró extrañada por la pregunta. Tony le propinó un golpe amistoso a su hermano.

—Eres un mamonazo.

Míriam no entendió el jueguecito que se llevaban aquellos dos. Cenaron los tres juntos. Mary les había dejado preparado un guiso delicioso. Míriam no pudo negarse a probarlo.

—Está buenísimo. Mary cocina genial. ¡Estaréis contentos con ella!

A Tony le encantaba ver cómo Míriam disfrutaba de cada cucharada.

—Es una excelente cocinera. Deberías probar sus postres. Son lo mejor.

De repente sonó el timbre de la puerta. No esperaban a nadie. Tony fue a abrir. Escucharon cómo discutía con una voz femenina. De repente se plantó en medio de la cocina la mismísima Bárbara Aribarri. A Míriam se le atragantó el bocado. Bárbara la miró incrédula.

—¿Así que ahora te tiras a esta estúpida? Por eso no respondes a mis llamadas y me rehúyes. ¿Cómo has podido caer tan bajo, Tony? ¿Te has liado con esta don nadie? Si es una simple pescadera.

Todos se sentían violentos con la situación. Bárbara estaba fuera de control.

Tony la sujetó.

—Bárbara, por favor, deja que hablemos tranquilos. No es lo que parece.

Míriam se quedó estupefacta. ¿Iba a negarle su relación?

Bárbara se fijó en que Míriam estaba sentada junto a Paul y ató cabos. De repente se dio cuenta de su posible error. Suavizó el tono de voz.

—Creo que empiezo a entenderlo todo. Está con tu hermano.

Se encaró a Tony en actitud mimosa. Le rodeó el cuello con los brazos y, sin que pudiera reaccionar, lo besó con efusividad.

—Con lo bien que lo pasamos juntos en la cama. Ya sabía yo que era imposible que me hubieras reemplazado por otra.

Míriam contuvo las ganas de llorar. Cogió su bolso y salió apresurada de allí. Aquello era más de lo que podía soportar. Tony salió veloz tras ella. La alcanzó en el porche de la casa.

—¡Míriam, espera, por favor!

—¿Te importaría soltarme? ¡Maldito gilipollas!

—Míriam, me he acostado un par de veces con Bárbara, pero ella no significa nada para mí.

Ella lo miró directamente a los ojos.

—¿Y yo, Tony? ¿Qué soy yo para ti?

Él guardó silencio. Era incapaz de responder. Sabía que sentía algo por ella, pero ese no era su estilo. Él quería relaciones abiertas sin compromisos ni complicaciones.

—Míriam, sabes que eres alguien muy especial. Bárbara es muy poderosa. No puedo ponerla en mi contra.

Acabamos de firmar un contrato millonario con la cadena. Ella es la ex mujer de uno de los peces gordos que nos subvenciona.

—¿Me quieres decir que te acuestas con ella por negocios? Búscate otra idiota que se crea ese cuento.

—Sabes que me encanta disfrutar del sexo y de las mujeres, pero desde que estoy contigo no me he acostado con nadie más.

—Joder, lo que me faltaba oír. En mi mundo eso es lo normal. Se llama respeto por la persona que te gusta.

—Entiéndela. Está furiosa porque la otra noche la dejé plantada en la discoteca cuando me fui contigo.

Míriam se quedó pasmada al conocer la identidad de su misteriosa acompañante. Había dejado plantada a la gran Bárbara Aribarri por ella.

—Tony, lo mejor para los dos será seguir con nuestras vidas.

—No.

Por una vez en su vida Tony se sorprendió a sí mismo siguiendo el impulso de su corazón. La cogió de la mano y la obligó a volver a entrar en la casa. Cuando llegaron junto a Bárbara cogió a Míriam entre sus brazos y la besó apasionadamente.

La gran diva de la tele se quedó tan fría como el hielo. Con el poco orgullo que le quedaba se acercó a él y, mirándolo con rabia a los ojos, le dijo en tono amenazante:

—Eres un cabrón. No voy a parar hasta arruinaros la vida a ti y a esta don nadie.

Bárbara salió de la casa dando un estruendoso portazo.

Todos se quedaron en silencio. Paul se retiró y los dejó solos.

Míriam estaba segura de que cumpliría su amenaza. Bárbara no la tragaba y ahora le había dado un motivo de peso para que fuera a por ella.

—Estás loco. No sé si ha sido buena idea lo que has hecho. Bárbara es la peor persona que conozco. Es capaz de todo.

—No dejaremos que nos joda la vida.

Él la estrechó en sus brazos y la besó con fogosidad. Míriam todavía estaba impresionada por todo lo que había pasado y, sobre todo, por cómo había actuado él.

—En una semana empiezan los entrenamientos libres y tendré que viajar. Quiero que te quedes aquí en mi casa unos días hasta que me vaya.

—Es una locura, vives lejos de la ciudad y ya me cuesta bastante madrugar. Además aquí también vive Paul.

Tony le acarició el mentón con sensualidad.

—Él no tendrá inconveniente en irse a casa de mis padres esta semana. Además, le viene mejor estar en la ciudad por el trabajo.

Míriam no supo qué responder. Ella también quería estar con él. Recordó las palabras de su amigo Luismi, tenía que arriesgarse.

—Está bien. Mañana tengo el concierto de «Papito», así que vendré a partir del jueves.

—Trato hecho. Me gustaría haberte acompañado pero solo quedaban dos entradas en tribuna. Pensé que lo pasarías mejor con Luismi. Fue él quien me comentó el otro día en casa de tus padres que actuaba Miguel Bosé y que se moría por ir a verlo.

—Muchas gracias por el detalle. No te imaginas lo que le gusta. Quiero que veas la cara que pone cuando se entere de la sorpresa.

Tony la llevó al loft y subió con ella. Salu y Luismi estaban en el sofá viendo la tele. Los dos se sorprendieron cuando los vieron aparecer juntos.

—*Cuore*, avísanos si traes compañía que vamos en plan *Full Monty*.

—Es solo un momento. Tony quiere darte algo.

—¿A mí?

Luismi se levantó de un salto y acudió junto al piloto. Sentía curiosidad. Tony le dio un sobre. Cuando lo abrió empezó a aplaudir.

—*Oh, my God!* Entradas para ver al «Papito» en vivo y en directo. Esto es lo más. Te mereces un monumento.

Luismi se lanzó a los brazos de Tony en un arranque de euforia.

Tras despedirse de todos, Míriam lo acompañó a la puerta. Luismi y Salu no perdían detalle desde el sofá. Vieron cómo se daban un largo y tórrido beso. Cuando ella cerró los dos empezaron a silbar.

—Shuuuu, shuuuu, shuu. Creo que alguien ha subido la temperatura del loft. Tu piloto buenorro se ha ido con la entrepierna marcadita, más caliente que el horno del Telepizza.

Salu le recriminó divertida:

—¿Y tú qué coño hacías mirándole el paquete?

—No miraba, es que hay cosas que sobresalen sin que te fijes, como la nariz de Rossy de Palma o los cardados de Amy Winehouse, que en paz descanse.

Luismi se santiguó y las dos hermanas se rieron.

Míriam aprovechó para comunicarles que el jueves se trasladaba a casa de Tony para pasar unos días juntos. Salu vociferó.

—¡Olé! ¡Esa es mi Miche! ¡Qué fuerte, estás saliendo con el famoso Tony Denmarck!

—Solo vamos a pasar unos días juntos. Somos amigos de esos con derecho a roce.

—¡¡Follamigos!! —gritaron al unísono Luismi y Salu.

—Como dice mi madre, mi hermana no tiene la boca sucia. No suelta un taco ni por casualidad.

—Ya los dices tú todos por mí —se defendió Míriam. Luismi cogió el relevo.

—Bueno, que haya paz. Es lo que tiene educarse en un colegio de monjas, que las chicas nos salen recatadas.

—Luismi, tú ibas a un colegio de curas.

—Sí, pero ellos son más *El pájaro espino*; las monjas son tipo *Sister Act*, las más rebeldes cantan en coros.

Después de una animada charla, cuando las dos hermana iban a acostarse Míriam aprovechó para preguntar a Salu:

—¿Y tú qué interés tienes en Paul?

—Ufffff. El tío está buenísimo, guapo, culto, elegante y rico. Pero no me hace ni puto caso.

—Deja de acosarlo, que se te ve el plumero.

—La verdad es que después de mi fracaso con el

juez necesitaba oxígeno. Estoy segura de que Paul sería la mejor medicina. ¡Menudo polvo tiene el tío!

—¿No te recuerda esta situación a cuando éramos pequeñas y dormíamos juntas? Cuando apagábamos la luz siempre te pedía que me contaras cosas.

—Sí, y te dormías y me dejabas hablando a mí sola, pedazo de perra.

—Sí, es verdad. —Míriam se rio—. Es porque tenía miedo a la oscuridad y tu voz me tranquilizaba.

Las dos se quedaron en silencio. Salu susurró:

—Estoy feliz de estar aquí contigo.

—Sí, yo también.

Míriam se emocionó. Lo había dicho de corazón. Tal vez algún día lograra sacar la espinita que tenía clavada en el centro de su corazón.

22

El concierto de Miguel Bosé se celebraba en un famoso estadio de fútbol de la ciudad. Míriam y Luismi se pusieron sus mejores galas para ver a su «Papito». Mientras esperaban en la cola rodeados de *grupies* Luismi abrazó a su amiga.

—Mil gracias, *cuore*, por esto. Toda mi vida he querido ir a un concierto de Miguel Bosé. Aunque mejor tendría que darle las gracias a tu piloto buenorro. Parece que la cosa va en serio.

—Lo pasamos bien juntos. Nada más. Muy pronto empezará el mundial y no creo que se acuerde mucho de mí.

Míriam se entristeció. Tenía que ser realista.

—Yo creo que ese *machoman* se ha encaprichado de ti.

Ella decidió aprovechar la conversación para indagar sobre la ambigüedad sexual de su amigo.

—Y tú, Luismi, ahora que estás en la tele rodeado de mujeres. ¿No te gusta ninguna del programa?

Luismi se fijó en un rostro conocido que había en la cola.

—Me suena la cara de aquella chica. ¿No es Nina?

Míriam se tensó al oír el nombre de Nina. Miró en esa dirección y efectivamente allí estaba su jefa acompañada por un hombre. Cuando él se dio la vuelta se quedó petrificada. Era Teo.

—Oye, cari, el que va con ella, ¿no es Teo, nuestro redactor?

—Sí —balbuceó Míriam. Se preguntó qué hacían juntos aquellos dos.

—¡Vamos a saludarlos! —exclamó Luismi.

—De eso nada. Hemos venido a divertirnos y lo último que quiero es estar con esa petarda de Nina. Últimamente me trata fatal. Paso de ella.

—Entendido, señorita Rotenmeyer.

Míriam no les quitó ojo hasta entrar en el concierto. Imaginó que ellos también estarían en tribuna. Efectivamente los localizó mucho más abajo de su posición, en el centro de la grada.

Luismi estaba emocionado con la idea de ver a Miguel Bosé en persona, aunque fuera en miniatura, perdido en medio de un gran escenario.

Míriam observaba a su jefa y a Teo en actitud muy cariñosa. Su peor sospecha se confirmó cuando vio cómo ella se abalanzaba sobre él y le metía la lengua hasta la yugular. Estaban enrollados. No daba crédito. Si él mismo le había dicho que salía con una chica de la tele.

El concierto estaba a punto de empezar. Decidió olvidarse de ellos y disfrutar de su «Papito». La estrella salió al escenario y la música invadió el recinto.

Ese modo de andar,
ese look cha, cha, cha
casi, casi vulgar
y esas cejas [...]

A los tres minutos los dos cantaban a viva voz.

Ellaaaaa
luna serena,
todo es posible
menos tú.

El concierto fue espectacular, una mezcla de su último álbum y un repertorio de todos los grandes éxitos de su carrera. Luismi y Míriam salieron entusiasmados.

—¡Qué pedazo de artista, madre mía! Qué portento de voz y qué energía, cómo se mueve y eso que tiene cincuenta y ocho años. Yo quiero estar como él a esa edad.

Volvieron a casa en taxi. Cuando entraron vieron que Salu no estaba. Encima de la mesa había dejado una nota. Había salido de cena y volvería tarde. Míriam se extrañó. Su hermana todavía no conocía a casi nadie en la ciudad.

Le envió un whatsapp al móvil para comprobar que estaba bien. Al rato le contestó.

«Michi, qué plasta eres. Peor que mamá. Estoy con un amigo. Iré a dormir y no me des el coñazo que ya soy mayorcita. *Bye*.»

Míriam se fue a dormir intranquila hasta que de madrugada la oyó entrar en casa, sana y salva. Desde el incidente con «el innombrable» tenía los nervios a flor de piel. Temía que también pudiera acosar a su hermana. Debía contarle lo ocurrido y advertirle de la situación.

Cuando Salu se metió en la cama Míriam la abordó.

—¿Con quién has estado por ahí hasta estas horas?

Salu se sobresaltó al oír su voz.

—¡Joder, qué susto me has dado! Pensaba que dormías. ¿A qué viene este control? Duérmete, cotilla.

—¿Es alguien de tu trabajo? Me preocupo por tu seguridad.

—No. No es de mi trabajo.

Míriam encendió la luz y se incorporó.

—¿Con quién has estado?

A Salu le extrañó su insistencia.

—¿Por qué te importa tanto?

—Porque el otro día me encontré al «innombrable» por el barrio y está un poco raro y quiero que estés avisada por si lo ves.

Su hermana la miró incrédula.

—¿A Pedro? ¿Y qué hace aquí?

—No lo sé. Pero no me gustó su aspecto. Está deprimido y me pareció hasta peligroso.

—Coño, Miche, me estás asustando. ¿Qué te dijo?

—Nada especial. Solo quiero que estés advertida por si lo ves.

—No lo he visto. He salido con Paul Denmarck. Esta tarde me ha llamado para invitarme a cenar.

Míriam se relajó.

—¿Con Paul, en serio?

—Sí. Yo tampoco me lo creo todavía. Me ha llevado a un restaurante japonés y ha sido encantador. Aunque el muy cabrón me ha obligado a comérmelo todo. ¡Como si fuera una niña de cinco años!

Míriam se rio. No se imaginaba a su hermana acabándose ningún plato que no fuera de lechuga.

—¿Y tú le has hecho caso?

—Sí, pero me ha tocado ir al baño a devolver del dolor de estómago que me ha entrado.

El rostro de Míriam se ensombreció. Le preocupaba la extrema delgadez de Salu y su empeño en no comer nada para no engordar.

—Palo, tienes un problema y necesitas ayuda.

—Bueno, si vamos a empezar con el temita, mejor nos vamos a dormir. Por cierto, Paul me ha dicho que nunca ha visto a su hermano tan pillado por una tía.

Míriam se sonrojó.

—¿En serio? No me lo creo. Si es un mujeriego de manual. Su último rollo era Bárbara Aribarri.

—¡No me jodas! ¿La presentadora?

—Sí. Tendrías que ver el numerito que nos montó en su casa el otro día cuando me vio allí. ¿Y Paul qué intenciones tiene contigo?

—¿Intenciones? Miche, pareces una vieja de otro siglo. La verdad es que ni me ha rozado. El tío parece que es de los que van despacio.

—Y tú eres de las que lo dan todo la primera noche...

—Tú mejor te callas que he encontrado unos bóxers sospechosos en la lavadora que no son de Luismi. Así que deja la pose de mojigata.

Míriam se carcajeó. Eran los bóxers que se llevó puestos de casa de Tony.

—Bueno, no presiones a Paul que necesita su tiempo.

—¿Por qué dices eso?

Míriam le contó a su hermana la ruptura de Paul con su prometida hacía un año.

—¡Menuda zorra, dejarlo plantado antes de la boda! ¿Y no sabes por qué lo hizo?

—No. Tony solo me contó eso.

—Lo siento por Paul. Parece un tío legal.

—Creo que debemos dormir o mañana no habrá quien nos levante.

—Sí, además mañana te vas a vivir a casa de tu piloto. Sabes que eso es pecado ¿no? Creo que le voy a proponer a Paul que se venga aquí y que los dos hermanos hagan un *Tú a Boston y yo a California*, ¿qué te parece?

—Anda, apaga la luz. Y deja respirar al pobre Paul que lo vas a asustar.

A Míriam le costó dormirse. Sentía un cosquilleo solo de pensar que iba a pasar unos días en casa de Tony. Estaba arriesgando mucho por estar con él. Sabía que Bárbara haría todo lo posible para que la echaran del programa. No imaginaba que la gran diva de la televisión ya había maquinado su macabro plan. Y estaba dispuesta a todo para acabar con ellos.

23

En la televisión había bajado la presión. La audiencia había subido varios puntos desde la llegada de Luismi al *reality*. Su incorporación había obligado a modificar rutinas. Ahora solo acudían tres veces por semana al club. El resto tenían grabación de reportajes en exteriores.

Mario le recomendó a Míriam realizar deporte extra para seguir adelgazando al mismo ritmo.

—Lo ideal es que salgas a correr cuando puedas para compensar la falta de gimnasio todos los días.

Se acordó del «innombrable». No pensaba salir a correr si no iba acompañada. Decidió abordar otro tema que la inquietaba.

—Mario, tú conoces a Nina, ¿sabes si ahora sale con alguien?

—No. ¿Por qué lo preguntas?

—Simple curiosidad.

A Míriam se le revolvía el estómago cada vez que pensaba en Nina y Teo juntos. Ella confiaba en él. ¿Por qué estaría con ella? ¿Habría cortado con su novia?

El día pasó rápido y a las seis de la tarde Tony Denmarck pasó por su casa a recogerla. Luismi la acompañó a la puerta con la maleta.

—Ay, *cuore*, me siento como Rick e Ilsa en la despedida de *Casablanca*.

—¡Serás peliculero! Si nos vemos mañana a primera hora en la tele.

—Ya, pero este loft no va a ser lo mismo sin ti. Ya no podemos ser *Los ángeles de Charlie*.

—En una semana volveremos a serlo, tranquilo. Cuídame a Salu.

Míriam le dio dos besos y un fuerte abrazo.

Tony la esperaba apoyado en la puerta de su potente Ferrari. Iba vestido de *sport* con unos vaqueros y un suéter de lana azul oscuro. Míriam lo encontró irresistible. ¿Cómo podía ser un hombre tan atractivo? De repente una voz conocida que salía del telefonillo del edificio la hizo reír.

—Pero qué pedazo de *machoman*. Uy, creo que he apretado este botón sin querer, ¿me estás oyendo?

—Alto y claro. Yo y todo el edificio. ¿Quieres apagar el telefonillo, por favor?

Luismi se alejó del aparato avergonzado. Tony la recibió con una sonrisa encantadora.

—Mi electrodoméstico y yo te damos la bienvenida.

—Ah, pues sí que te hirió el orgullo mi comentario.

—No. Solo lo digo en tu lenguaje para que lo entiendas.

Tony puso la mano de ella en la palanca de cambios y arrancó. Sentía una extraña atracción por aquella mujer. Necesitaba conocerla más de cerca.

Cuando llegaron a su casa aparcó en el garaje.

—Veo que ya has arreglado el mando.

—Sí, solo eran las pilas que fallaban.

Al entrar Míriam se sintió azorada al encontrarse a Mary.

—Míriam, ya conoces a Mary. Ella suele estar por aquí a ciertas horas, se encarga de la limpieza de la casa y prepara las comidas.

Se acercó a ella y le dio dos besos.

—Hola, Mary. Espero no ser un estorbo. Es que este cabezón se ha empeñado en que venga unos días y cualquiera le lleva la contraria.

—Claro que no, *milady*. Estoy encantada de tener a una señorita por aquí. Ya era hora. La ayudaré en lo que quiera. Le hemos vaciado un armario del cuarto de invitados para que pueda dejar todas sus cosas.

—Muchas gracias.

La acompañó hasta la habitación de invitados y le mostró el armario. Después se retiró.

—¿Así que voy a instalarme aquí?

Tony la cogió de la cintura.

—Claro que no. Aquí puedes dejar tus cosas, pero tu cama es la mía.

—¿Para eso me has invitado, para calentarte la cama?

—Para eso y para muchas cosas más, que prefiero no decir en voz alta, *milady*.

Tony la inmovilizó contra la puerta del armario y ella enroscó los brazos en su cuello.

—Mi chulito favorito. Eres indomable.

Los dos se besaron apasionadamente hasta que Tony se separó unos centímetros de ella.

—Si sigues no voy a poder parar.

—Pero si eres tú el que me provoca.

—Te dejo que pongas tus cosas en el armario. Puedes utilizar este baño o si lo prefieres el mío. Estoy dispuesto a compartir para que veas mis buenas intenciones.

Tony salió de la habitación y Míriam se dejó caer en la cama. Aquello era una locura. ¿Qué hacía ella con el piloto Tony Denmarck? ¿Y viviendo en una casa de ensueño con servicio y todo? Si alguien se lo hubiera predicho hacía un año, no lo habría creído. Pensó en los inesperados giros que daba la vida. Enseguida se acordó de sus padres y llamó para ver cómo estaban.

—Hola cariño. ¡Qué alegría! Estamos muy bien. Tu padre está preparando la cena. ¿Sabes que sabe cocinar? El granuja se hacía el tonto pero está hecho un Master Chef. Nos ha estado engañando todos estos años. Tendrías que probar su tortilla de patatas y cebolla. Está más buena que la mía.

Míriam se rio. Su padre estaba desconocido. Desde que su madre se había roto la tibia se había convertido en el hombre de la casa y parecía que no escatimaba en cuidados.

—Esta mañana me ha traído flores. Hace unas semanas era un mueble más, sin ganas de moverse ni hablar y ahora parece otra persona.

—Me alegro mucho. Ya era hora de que empezara a cambiar la actitud. Parece ser que esto ha sido el empujón que necesitaba.

—Sí, si lo llego a saber me rompo la tibia antes.

Míriam no le contó dónde estaba. No quería que su madre se hiciera ilusiones con Tony.

Mary les preparó una exquisita cena baja en calorías. Sabía que Míriam estaba a régimen y les hizo crema de boletus y dorada a la sal con verduras al horno. Después de ponerles la mesa, les dio las buenas noches y se retiró a su casa. Tony le dio dos besos como si fuera su propia madre.

—Oye, ¿siempre cenas así de bien?

—Si te digo la verdad, sí. Mary es una excelente cocinera y siempre me prepara platos buenísimos. Esta vez, le he pedido que sea todo de dieta por ti, pero hace unos postres de chuparse los dedos.

—¿Y por qué está con vosotros? ¿No les hará más falta a tus padres que son más mayores?

—Si mi madre se entera de que la has llamado vieja vas a tener serios problemas. Mis padres tienen otra persona de servicio en su casa. Mary va a veces, pero solo a controlar la situación.

Después de cenar y recoger los platos se sentaron en el mullido sofá.

—Me quedan dos capítulos de *The Walking Dead* por ver, ¿los vemos?

—Claro. Espero no tener pesadillas.

—Si viene algún zombi a por ti tendrá que vérselas conmigo.

Míriam se acurrucó en el regazo de Tony y él le pasó el brazo por encima. Enseguida se excitó al aspirar su perfume y escuchar el latido acelerado de su corazón. Tenía el cuerpo caliente. Sin darse cuenta comenzó a acariciar sus tersos abdominales, y poco a poco, más abajo. Enseguida notó cómo su miembro se endurecía. Tony comenzó a respirar con fuerza y Míriam se subió encima de él. Empezaron a devorarse con pasión. Después de hacer el amor en el sofá, los dos se tumbaron en la zona del *chaise longue* abrazados. Para Tony aquella experiencia era nueva. Las pocas chicas que habían estado en su casa solo habían visitado el dormitorio. Le acarició el cabello. Míriam se sintió arropada y feliz. Por unos segundos se olvidó de sus problemas y del mundo. Solo estaban ella y él, en un delicioso momento de paz.

La mañana siguiente fue de locos. Tuvo que levantarse una hora antes para llegar al trabajo. Tony la llevó a los estudios de la tele. Allí la esperaba Nina. No quería que la vieran con Tony, pero a su jefa no le pasó desapercibido el Ferrari.

—¿Te han traído en un Ferrari?

Míriam se hizo la tonta.

—Sí, es de un amigo.

—¿Un amigo? Veo que te relacionas muy bien.

Míriam no pudo morderse la lengua.

—Pues yo creo que tú te relacionas mejor.

Su jefa la miró desconcertada.

—¿Qué quieres decir con eso?

La llegada de Luismi, Teo y Rafa les impidió continuar la conversación.

—Buenos días. Ya estamos todos.

Esa mañana tenían que grabar un reportaje en los estudios de una serie de la cadena. Míriam y Luismi iban a hacer un cameo y de paso iban a promocionar la serie con los actores principales.

Míriam se percató de que Nina y Teo ni se miraban. Luismi la cogió del brazo.

—He ido al baño dos veces esta mañana. Tengo los nervios en el estómago.

—¿Nervios por qué?

—Por la emoción de conocer a la gran Ana de Palacios y al guapo de Miguel Ángel Silvestre. Siempre veo su serie y ahora vamos a estar tú y yo con ellos, allí en los decorados que salen por la tele, ¡qué fuerteeeee!

Míriam sentía curiosidad por verlos en persona, sobre todo a ella. Sabía que era la ex de Darío Mustakarena.

Los estudios estaban cerca de la televisión. Les hicieron cambiarse de ropa y vestirse de los años cincuenta, ya que la serie estaba ambientada en esa época.

Cuando Míriam tuvo un momento a solas con Teo, aprovechó la ocasión.

—Teo, ¿qué tal te va con tu novia?

—Muy bien. Creo que la van a cambiar de turno a las mañanas y podremos vernos más.

No había roto con su novia. Alucinó con su frialdad e indiferencia.

No pudo preguntar más porque llegó Rafa y les pidió que empezaran la grabación. La actriz Ana de Palacios era mucho más bajita y guapa en persona. Y Miguel Ángel Silvestre era divertido, profesional y tremendamente atractivo.

A Míriam le encantó su papel. Hacía de mujer adinerada que acudía a unos grandes almacenes a comprar ropa para su marido, Luismi. Ella llevaba la voz cantante y él interpretaba a un hombre callado y sumiso que se dejaba hacer. Bastante lejos de la realidad. Esta vez Míriam sí que sintió en su piel lo que significaba ser actriz. Su papel solo tenía unas cuantas frases en un diálogo. Pero apreció la dificultad de memorizarlo y, sobre todo, de interpretarlo correctamente, sin quedarse corta ni pasarse y sobreactuar. A Míriam le pareció mucho más sencillo lo de la televisión, donde, al fin y al cabo, se mostraba como era ella misma.

Antes de marcharse se hicieron varias fotos con los actores de recuerdo. Míriam subió una a su perfil de Instagram.

Ana de Palacios se acercó a ella y la separó del grupo.

—Hola, sé que tú eres la chica que le salvó la vida a Darío. Quería darte las gracias.

—No tienes por qué. Ni yo misma sé cómo lo hice. Solo de pensarlo me pongo a temblar.

—Darío es alguien muy especial para mí, y aunque ahora ya no estamos juntos porque nuestros trabajos nos separan, lo sigo queriendo mucho.

Míriam vio la tristeza instalada en los ojos de la bella actriz. Parecía buena persona.

—Yo creo que no hay suficientes kilómetros en el mundo para separar a dos personas que se quieren de verdad.

Ana le dedicó una sonrisa sincera.

—Ojalá fuera así. Pero las cosas no son tan fáciles.

—Ni tan difíciles. Yo creo que son lo fáciles que uno quiera.

Míriam sabía que Darío se pasaba la vida viajando y Ana por lo visto también. Sus trabajos les hacían imposible mantener una relación de pareja medio normal. Al final, la fama tenía su precio. A los cantantes les pasaba lo mismo. Lo sabía por Mario, que había trabajado con muchos en sus giras. No soportaban la presión de tener que estar separados de sus familias o sus parejas, por eso las relaciones se rompían con tanta facilidad.

Pensó en Tony. También viajaba demasiado y eso era incompatible con una vida familiar. A Míriam se le encogió el corazón. Ella quería en un futuro tener hijos y formar un hogar, y Tony nunca podría darle eso.

Teo y Rafa los acercaron al loft antes de volver a la tele. Míriam había quedado con Tony para que la recogiera a las cuatro en su casa, así podía comer con Salu y con Luismi.

—¿Qué tal tu primer día en Falcon Crest?

—Es una casa preciosa. Y su ama de llaves, Mary, cocina genial.

—¿Quién es, Mary Poppins?

Salu entró ajetreada en el loft y dejó su cartera sobre la mesa.

—Hola. He conseguido escaparme para venir pero no creo que pueda hacerlo más. Mi jefe quiere que comamos en media hora y sigamos trabajando.

Luismi le dio un beso en la mejilla.

—¿Y tú le has dicho que la esclavitud ya se abolió hace años?

—Muy gracioso. —Míriam sonrió.

—¿Sabes que venimos de conocer a Miguel Ángel Silvestre?

Salu se llevó las manos a la cabeza.

—¿Seréis cabrones? ¿Y no me avisáis? Desde que hizo de Duque me tiene enamorada.

—Bueno, tú tienes ahora un Lord que no tiene nada que envidiarle.

Luismi le dio un codazo a Salu y Míriam enarcó las cejas.

—¿Me estoy perdiendo algo?

—Sí, aquí la Pocahontas está dejándose conquistar por el inglesito.

—¿Has vuelto a salir con Paul?

Salu asintió emocionada.

—Sí. Anoche volvimos a quedar. Fuimos a cenar y a tomar una copa.

Míriam se extrañó de que Tony no le hubiera mencionado nada.

—¿Y cómo fue?

—Bien. Nos estamos conociendo.

—Chica, a ti la ciudad también te está cambiando. Pareces tu hermana. Déjate de cháchara y tíratelo ya que está como un queso.

Luismi se carcajeó. Salu mostró su desconcierto.

—Sí, eso quisiera yo, pero no me da pie a que pase nada más. Cada vez que me insinúo me corta el rollo. Y cuando me acompaña a casa me da dos besos como si nada. Anoche me hizo la cobra.

—¿La cobra? —preguntó Míriam.

—Ay, *cuore*, ¡qué *out* estás! La cobra es que se aleja cuando vas a comerle los morros y te deja con dos palmos de narices.

—Así me quedé, con cara de gilipollas. Empiezo a

dudar si realmente quiere algo más conmigo o solo quiere que seamos amigos.

Míriam intervino.

—Es inglés, a lo mejor ellos funcionan de otra forma.

—Sí, que los ingleses no follan. Por cierto, Luismi anoche volvió más tarde que yo. ¿No tienes nada que contarnos?

Las dos lo miraron con curiosidad.

—¿En serio? ¿Con quién saliste?

—Con alguien a quien estoy conociendo. Pero no preguntéis más que soy una tumba.

Por más que las dos insistieron no le sonsacaron ningún detalle.

A las cuatro de la tarde Tony pasó a recoger a Míriam. Se dieron un apasionado beso en el coche. Tony venía de entrenar en el gimnasio y olía a gel de ducha caro y a *after shave*. A Míriam le encantaba su olor.

—Oye, ¿has hablado con Paul últimamente?

—Sí, he comido con él y mis padres. ¿Por qué?

—¿Y no te ha contado con quién sale desde hace dos días?

Tony estaba intrigado. Su hermano no había mencionado nada de que estuviera saliendo con alguien.

—No, ¿con quién?

—Con mi hermana Salu.

—¿En serio?

—Sí. Me lo acaba de contar ella. Dice que se están conociendo.

—Joder, ¡qué calladito se lo tiene! Menudo mamonazo, cuando le pille lo voy a interrogar. En el fondo me alegro. No ha vuelto a salir con ninguna chica desde que pasó lo de su ex prometida.

—Tony, ¿por qué lo dejó antes de casarse?

—Se fue con uno de sus mejores amigos. Otro piloto de la Fórmula Uno con quien teníamos una gran amistad. Ninguno sabíamos que los dos se veían a solas. Cuando quedábamos veíamos que se llevaban muy bien, tenían mucha complicidad. Pero nunca imaginamos que había algo más. —Tony apretó la mandíbula y agarró con fuerza el volante. Le costaba hablar de ello—. El día en que ella lo abandonó faltaban tres semanas para la boda. Le dijo que nunca se había acostado con Marc. Que se había enamorado sin darse cuenta, pero que no lo había engañado. Dejó a mi hermano totalmente hundido. La perdió a ella y a su mejor amigo.

Míriam entendía perfectamente la dura situación.

—A mí me pasó algo parecido. Entiendo lo que ha debido de pasar.

Tony la miró interesado.

—¿A ti algo parecido? ¿Ibas a casarte?

—No. Mi ex novio me puso los cuernos con medio pueblo. Pero lo peor es el día en que se lio con mi hermana Salu delante de mis narices.

—¿Con tu hermana? ¿Y ella se dejó?

Míriam cogió aire para seguir hablando. Siempre necesitaba fuerzas para contarlo.

—Sí. No sé, hace años que intento entender pero no me cabe en la cabeza. Solo fue un beso, pero para mí fue una traición que no concibo. Yo nunca le hubiera hecho eso a ella.

Tony le acarició la mejilla durante unos segundos.

—Lo siento. Hay veces que hacemos cosas si razón. Oye, ese ex novio tuyo no sería tan guapo como yo, ¿verdad?

Míriam sonrió. Tony era incorregible.

—Sí, bastante más guapo, alto, divertido, y nada engreído como tú.

—Pues entonces seguro que la tenía pequeña.

Los dos se rieron.

Esa noche Tony tenía invitados para cenar. Venía una pareja de amigos suyos, Jason Batta, un compañero también piloto, y su mujer Belinda. A Míriam le gustó que la incluyera en su vida personal, aunque no pasó por alto el detalle de que la presentó como su amiga y no como su novia.

Mary les preparó una cena exquisita a base de mariscos, quesos y cordero. Míriam comió poco. Tenía que seguir adelgazando para el *reality*. Cuando recogían la mesa, aprovechó para hablar con Belinda a solas.

—¿Cómo llevas lo de que Jason sea piloto?

—Te confesaré que al principio me preocupaba mucho, pero ahora estoy acostumbrada. Sufro cada vez que lo veo en el circuito, pero sé que es la profesión que ama y lo respeto.

—Debe de ser duro.

—Sí. Sabes que arriesga su vida cada vez que se pone al volante, pero es cierto que la seguridad ha mejorado muchísimo, y ya no es tan peligroso como hace años.

—¿Cuánto tiempo lleváis casados?

—Tres años. Nos conocimos en una carrera. Soy fotógrafa. Yo estaba haciendo un reportaje sobre su escudería y él me invitó a cenar. Por norma, nunca salgo con mis clientes, pero Jason me cautivó nada más conocerlo. Es un hombre magnífico. No me arrepiento de nada.

Míriam envidió la felicidad de su nueva amiga. Eran una pareja encantadora y transmitían amor.

—¿Y pensáis en tener familia?

—Bueno, eso es un poco más complicado. Jason viaja mucho. De momento estamos bien así, pero en un futuro queremos tener por lo menos dos hijos. ¿Tú qué tal? Hace años que no vemos a Tony tan feliz y creo que tú eres el motivo.

—No lo creo. Solo somos amigos.

—Pues que sepas que eres la primera amiga que nos presenta en su casa.

A Míriam le gustó aquella pareja. Cuando se marcharon a las doce de la noche, Tony la cogió del pelo y le dio un suave beso.

—Creo que has hecho buenas migas con Belinda.

—Es imposible no llevarse bien con ella. Es un encanto.

—Por cierto, se me ha olvidado decirte que tengo una sorpresita para ti.

—¿Una sorpresita?

Tony la llevó a la habitación y encendió el equipo de música. La voz de Miguel Bosé inundó la estancia.

Morena mía, voy a contarte hasta diez
uno es el sol que te alumbra,
dos tus piernas que matan, somos tres en tu cama.

Míriam lo cogió de la cintura.

—Pensaba que detestabas a mi «Papito».

—Sigo pensando que hace música para abuelas, pero soy capaz de lo que sea para retenerte aquí conmigo.

A Míriam le gustó su respuesta. Lo besó con pasión y se dejó llevar por la letra de la canción y el erotismo que desprendía Tony con sus movimientos.

Morena mía, el cuarto viene después,
cinco tus continentes
seis las medias faenas de mis medios calientes [...]

Los dos cayeron sobre las delicadas sábanas de seda. Tony recorrió con sus fuertes manos los muslos de ella, su cintura y sus voluptuosos pechos. Míriam mordisqueó sus gruesos labios con lascivia. La melodía marcaba el ritmo de su juego cada vez más caliente.

Cuando tu boca me toca, me pone y me provoca,
me muerde y me destroza, toda siempre es boca
y muévete bien, que nadie como tú me sabe hacer café.

Cuando Tony ya no pudo más, cogió un preservativo, y tras ponérselo con avidez, la penetró. Sus embestidas eran salvajes. Míriam se abría cada vez más para él. La enloquecía sentir su miembro entrando y saliendo de ella. El deseo los consumía. Cuando escuchó que ella gemía de placer, Tony empujó un poco más y se dejó ir. Se tumbó a su lado, mientras la música de Miguel Bosé seguía sonando.

Morena mía, si esto no es felicidad
que baje Dios y lo vea y aunque no se lo crea,
esto es gloria.

Tony pensó que su morenita lo estaba cambiando. No solo lo pasaban bien en la cama, también era una excelente compañía. Por primera vez en su vida, se sentía completo y feliz. No necesitaba nada más. Solo su trabajo y su morenita.

Por desgracia no sabía todavía que ambas cosas eran incompatibles.

24

Míriam amaneció entre el suave tacto de las sábanas de seda de Tony. Vio que él no estaba. Junto a ella había una nota escrita en una caligrafía bastante ininteligible.

«*Tengo una pequeña reunión con Paul. Enseguida estoy de vuelta. No te escapes que ya sé dónde vives. Tu chulito favorito.*»

Míriam sonrió. Ese jueves era día festivo y no tenía grabación. Decidió aprovechar para salir a hacer deporte. Mary le preparó el desayuno.

—No tenías que molestarte.

—No es molestia, *lady*, es mi trabajo.

—Me puedes llamar Míriam y tutearme, por favor.

—La llamaré Míriam, pero lo de tutear no creo que pueda.

—La cena de anoche estaba buenísima. Cocinas muy bien.

—Gracias. Aprendí en Gales. Mi madre y mi abuela eran grandes cocineras y me enseñaron todos sus secretos. A mi hermana y a mí nos encantaba pasar las tardes encerradas en la cocina, aprendiendo con ellas.

—¿Tienes una hermana?

—Ahora ya no. Murió hace años.

—Lo siento.

—No se preocupe. Es ley de vida.

Míriam cambió de tema para rescatar a Mary de su repentina pena.

—Mary, voy a salir a correr un rato, por si viene Tony.

—Yo se lo digo. No se preocupe.

—Gracias. Por cierto, no tardaré mucho. Me encantaría que me esperaras para preparar la comida juntas, así aprendo de una experta.

Mary se sonrojó.

—Descuide que la espero.

El viento frío de la calle le hizo replantearse su plan de salir a correr. Pero no tenía opción. Necesitaba hacer deporte para poder degustar los guisos de Mary, si no la báscula se iba a resentir. Desde que había adelgazado notaba más vitalidad y energía. Ya había conseguido una talla 40, todo un logro para ella. Se sentía feliz con su cuerpo. Si no fuera por el programa, dejaría de hacer dieta y se centraría solo en mantenerse.

Mientras iba ensimismada en sus pensamientos, comenzó a correr en dirección al bosque. La urbanización estaba medio desierta. Solo se cruzaba algún coche de vez en cuando pero ni un solo vecino. Había muy pocas casas y estaban dispersas. Tenían enormes parcelas ajardinadas. Se notaba que era una zona exclusiva de alto *standing*.

Al llegar al bosque Míriam decidió seguir el sendero que había junto a la carretera. No quería adentrarse entre los árboles por si se perdía.

De repente vio un coche que paraba en el arcén. Se fijó en él por si el conductor necesitaba ayuda. La sangre se le heló cuando vio quién era. «El innombrable» cruzó la carretera y corrió hacia ella. Míriam se quedó paralizada. De repente sintió las piernas entumecidas y, aunque deseaba correr y escapar, no obedecían.

Su aspecto había empeorado. Lucía una barba descuidada que le cubría parte del cuello y se le marcaban los pómulos por la extrema delgadez. La abordó allí en medio del arcén.

—¿Se puede saber quién es ese con el que sales? ¿Estás viviendo en su casa?

Míriam intentó aparentar fortaleza y seguridad aunque por dentro estaba aterrada.

—Pedro, ya te dije que no quiero saber nada de ti. ¿Por qué me estás siguiendo? Sé que estás mal, pero debes apoyarte en tu familia. Yo no puedo hacer nada por ayudarte.

—Sí puedes. Vuelve conmigo.

—No te empeñes. Lo nuestro no funciona.

Míriam intentó suavizar el tono de voz. Le asustaba su reacción. Empezó a ver destellos de cólera en sus ojos.

—Tú eres la culpable de mi situación. Mira en lo que me he convertido. No puedo dejar de pensar en ti. Necesito que vuelvas conmigo.

—Pedro. Tienes que buscar ayuda.

—¿Quién es él?

—Solo un amigo. Nada más.

Míriam temió que en un ataque de celos pudiera perjudicar a Tony.

Pedro la cogió de las muñecas y la apretó con fuerza. Ella notó el dolor. Intentó desasirse. Las piernas le empezaron a temblar. ¿Pedro sería capaz de hacerle daño?

—Por favor, suéltame. Podemos hablar como personas civilizadas. Yo te he querido mucho. Y tú también.

Míriam intentó apelar a su extinto amor para que él reaccionara, pero estaba inmerso en un estado de locura que lo cegaba. La intentó arrastrar en dirección al coche. Míriam oponía resistencia pero él era más fuerte. Ella empezó a gritar y a pedir auxilio. En ese instante un vehículo apareció por la carretera. Rezó para que fuera el coche de seguridad, pero no. Era un Ferrari que dio un frenazo brusco y se quedó a pocos centímetros de los dos. De él bajó Tony Denmarck, enfurecido como nunca lo había visto antes.

—¿Qué coño pasa aquí? Suéltala ahora mismo, capullo.

Pedro se envalentonó.

—Vaya, vaya. Así que este es el gilipollas que me sustituye en tu cama. No me llega ni a la suela de los zapatos. Seguro que no vale ni para follar.

Míriam comenzó a llorar. Tony se abalanzó sobre Pedro y le propinó un fuerte puñetazo en el estómago que lo hizo soltar a Míriam y doblarse del dolor.

Tony la condujo hasta el coche.

—Coge mi móvil y llama a la Policía.

—No, Tony. Por favor, déjalo. Es mi ex novio. Está enfermo.

Tony no podía creer lo que oía.

—¿Me lo estás diciendo en serio? ¿Este perturbado te ataca en la calle y no quieres que hagamos nada?

—No. Te lo suplico. Su familia ya sabe que no está bien. Ellos lo ayudarán. Y a ti, piénsalo, no te conviene un escándalo ahora, antes de empezar el mundial.

Tony contuvo su ira. Antes de subir al coche se acercó de nuevo a Pedro, que yacía tumbado en el suelo. Lo cogió del cuello y le advirtió en tono amenazante:

—Como te vuelvas a acercar a ella te juro que te mato. ¿Lo has entendido?

Pedro emitió un aullido de dolor. Tony subió a su potente Ferrari y arrancó. Estaba fuera de sí.

—¿¿Desde cuándo te acosa ese mamarracho??

—Lo he visto dos veces. Una en el bosque de mi casa y ahora aquí.

—¿Y a qué esperas para denunciarlo a la Policía?

—No puedo. Le prometí a su madre que no lo haría. Ellos van a ayudarlo.

—No puedo creer lo que oigo. Te creía más lista. Ese tipo puede hacerte daño de verdad, ¿no lo ves?

Míriam sabía que Tony tenía razón. Empezó a sollozar. Tony detuvo el coche a un lado y la abrazó.

—No quiero que te pase nada. Cuando he visto a ese energúmeno cogiéndote así, te juro que lo hubiera matado allí mismo.

No podía contener la rabia. A Míriam le impresionó su nivel de agresividad. Le acarició con ternura la mejilla e intentó calmarlo.

—De verdad. Estoy bien. No te preocupes. Volveré a llamar a su madre para que se encargue de él. Te prometo que si vuelve a acercarse a mí, lo denunciaré a la Policía.

Sus palabras surtieron efecto y Tony se tranquilizó.

Cuando llegaron a la casa fueron a su habitación. Míriam necesitaba una ducha caliente. Tony le preparó el agua mientras ella se desvestía. Cuando la tuvo delante de él desnuda no pudo evitar cogerla en brazos y besarla con vehemencia. La deseaba. Ella también. Le había gustado la forma en que la había defendido. Su chulito era una auténtica fiera en todos los sentidos.

Los dos compartieron besos y caricias bajo un manto de agua caliente. Cuando acudieron al salón Mary ya había preparado la comida. Míriam se disculpó por no haber llegado a tiempo para ayudarla.

—Mary, siéntate a comer con nosotros.

—No. Yo prefiero dejarlos solos y no molestar.

Míriam volvió a insistir.

—No nos molestas. Estoy segura de que Tony también quiere que te quedes.

Tony asintió complacido al ver la insistencia de ella. Cualquier mujer habría preferido quedarse a solas con él. Una vez más Míriam lo sorprendía.

Comieron los tres juntos. Mary le desveló todo tipo de anécdotas de los dos hermanos cuando eran pequeños y vivían en Gales junto a la granja.

—Tony siempre ha sido el más difícil. Todas las malas ideas se le ocurrían a él, y Paul lo imitaba en todo. Recuerdo el día en que abrió el gallinero y se escaparon todos los polluelos. La idea fue de Tony, pero el pobre Paul fue el que abrió la puerta obedeciendo sus órdenes y cargó con toda la culpa.

Míriam no paraba de reír.

—Recuerdo el día en que la vaca que teníamos en el granero apareció con todo el lateral pintado de colores. Tony había cogido la caja de rotuladores, y él y Paul habían ocupado la tarde decorando a la vaca, y vistiéndola como el arco iris. A su madre casi le da algo cuando vio al pobre animal que parecía entre un anuncio de Bennetton y un icono gay.

Tony se carcajeó al recordar su hazaña.

Tras comer, Mary se quedó recogiendo la cocina. Míriam y Tony se tumbaron un rato a descansar.

—Tú de pequeño eras más malo que la quina. Tu madre no ganaba para disgustos.

—Bueno, mientras tú comías chocolate a manos llenas yo me dedicaba a hacer experimentos.

—Serás estúpido.

Míriam le dio un pellizco en el brazo y Tony se defendió haciéndole cosquillas. Tras una agradable terapia de risas se quedaron en silencio.

—Anda que como te salgan los hijos como tú, lo llevas claro.

—No quiero tener hijos.

Míriam se quedó traspuesta por su afirmación tan tajante.

—¿Por qué tienes tan claro que no quieres hijos?

Tony se quedó callado. Su semblante se ensombreció. Míriam volvió a ver el dolor reflejado en sus ojos. Sabía que había algo que lo atormentaba pero no quería compartirlo con ella.

—En mis planes no entra formar una familia. Prefiero vivir el día a día, sin complicaciones, ni compromisos.

—¿Tampoco quieres casarte?

—No. No me hace falta un papel para estar con quien quiera en cada momento.

Míriam enmudeció. Estaba claro que sus planes de futuro no seguían el mismo camino.

Por la tarde decidieron ir al cine. Los dos querían ver la última película de la saga de «El Hobbit». Por un momento, Míriam se había olvidado de quién era su acompañante. Cuando un grupo de jóvenes detectó a Tony en la cola de la taquilla apareció una nube de fans pidiéndole fotos y autógrafos. Él, educado, los atendió a todos hasta que entraron a la sala.

—Madre mía. Ahora entiendo por qué no sales mucho por ahí.

—Sí. Hacer cosas cotidianas como ir al cine, al teatro o al supermercado es un poco difícil para mí. Muchas veces me espero a que la película esté empezada para entrar a oscuras y salgo antes de que acabe.

—A mí a veces alguna persona me pregunta si soy la de la tele, pero en general puedo hacer vida normal.

Después de ver la película decidieron cenar en un restaurante vegetariano.

Una chica altísima y muy delgada los recibió en la entrada.

—¿Pero qué ven mis ojos? ¡Cuánto tiempo! El guapísimo Tony Denmarck.

La chica le dio dos sonoros besos en las mejillas y lo abrazó con exceso de familiaridad. A Míriam no le gustó su descaro.

Tony enseguida se apartó a un lado para presentarlas.

—Nancy, esta es mi amiga Míriam.

La palabra «amiga» esta vez le supo amarga delante de aquella escoba con minifalda. Habría preferido que la hubiera presentado como su novia. Solo por ver la cara que ponía aquella espantapájaros con nombre de muñeca que tonteaba con él sin disimulos.

Los condujo hasta una mesa en un comedor privado.

—Te doy este reservado que es el que a ti te gusta. Enseguida vengo a tomaros nota.

La chica se alejó y Míriam fijó la vista en el menú. Tony sonrió al ver lo tensa que estaba.

—¿Qué, celosa?

—Qué más quisieras.

—Nancy es solo una amiga.

—No te he preguntado nada. Ya has dejado claro que tú y yo también somos amigos. No tienes por qué darme explicaciones.

Tony frunció el cejo.

—De verdad, Tony, no me importa. No sé por qué tienes tanto miedo al compromiso. Que no quiero decir que tú y yo seamos nada serio. Simplemente que algún día llegará una chica que te gustará mucho, te enamorarás y querrás pasar el resto de tu vida con ella. Y eso se llama compromiso, aunque no haya ningún papel firmado que lo acredite.

—¿Qué te apetece cenar?

Tony intentó eludir el tema. Míriam decidió que lo mejor era centrarse en disfrutar de la velada.

Tras dos copas de vino y unos cuantos platos de verduras los dos se relajaron.

Antes de volver a casa Tony la llevó a una colina desde la que se veía toda la ciudad iluminada en medio de la noche.

—Es un lugar precioso. La ciudad se ve enorme desde aquí.

Tony le dio un suave beso en el cuello.

Ella se ruborizó. Decidió provocarlo.

—¿Alguna vez lo has hecho en el trabajo?

—¿En el trabajo?

—Sí. Los coches son tu trabajo ¿no? ¿Alguna vez has hecho el amor dentro de uno?

Tony sonrió excitado.

—Procuro no mezclar negocios y placer. Pero supongo que siempre hay una primera vez.

Míriam se subió la falda insinuante y le obligó a desabrocharse los pantalones.

—¿Sabes que nos pueden detener por esto? Es alteración del orden público.

—No veo a muchos agentes por la zona.

Cuando logró sentarse encima de él, en el pequeño habitáculo del coche, Tony empezó a besarla con ardor. Su morenita estaba traspasando todos los límites. Era mucho más fogosa de lo que aparentaba y eso lo volvía loco. Tras hacer el amor con auténtico fervor los dos cayeron exhaustos en sus asientos. Míriam sonrió al ver el vaho que habían generado. Las ventanas estaban totalmente empañadas.

—Mira, al final tu electrodoméstico sirve para algo. Nos ha protegido de miradas indiscretas.

Tony se carcajeó. Tras recobrar la compostura arrancó y volvieron a casa. Al día siguiente tenían que trabajar.

Cuando se tumbaron en la cama Míriam se acurrucó junto a él y Tony le pasó el brazo por encima.

Mientras los dos dormían plácidamente, a setenta kilómetros de allí una persona escondida tras unas enormes gafas y una gorra se dirigía a un peligroso antro en los suburbios de la ciudad. Sabía la contraseña que tenía que decir en la puerta para poder acceder al local y sabía cuál era su principal objetivo: salir de allí con una pistola cargada con dos balas.

25

El viernes era el día en que Míriam solía acudir al plató para ser entrevistada por Bárbara. Pero, misteriosamente, se había suspendido la cita. La versión oficial era por cuestiones de producción, la extraoficial porque la diva lo había pedido expresamente. Nina abordó a Míriam en medio de la redacción.

—¿Se puede saber qué coño le has hecho a Bárbara?

—¿Yo? ¿Por qué lo dices?

—Ha entrado al despacho de Dirección y ha hecho que suspendan la entrevista en plató de los viernes. A partir de ahora solo grabaréis en exteriores.

Míriam se mordió el labio nerviosa. No podía contarle la verdad.

—Ya sabes que Bárbara no traga a Luismi desde que le provocó aquel ataque de alergia con su chaleco. Tal vez es por eso.

Su excusa sonó convincente.

—Si Bárbara se empeña, logrará que omitan la sección del programa. Será vuestro fin y el mío. Quiero que a partir de hoy intentéis limar asperezas con ella. Tú y tu amiguito. ¿Lo has entendido? Es una orden.

Nina dio media vuelta y la dejó indignada. No podía comprender qué hacía Teo enrollado con una tía tan despreciable.

A las once de la mañana Nina los reunió a todos en la redacción para explicarles el plan de la semana siguiente. Tenían una grabación en una tienda de comida ecológica, otro día en una tienda de ropa de tallas grandes, y por último en el parque de atracciones. Luismi soltó un alarido.

—¿El parque de atracciones? Es una broma ¿no? Si subo al tiovivo y me mareo.

Rafa le lanzó una bola de papel de plata que había hecho con el envoltorio del almuerzo.

—Lo bien que lo vamos a pasar. Me apuesto una cena contigo a que no eres capaz de subirte a la Lanzadera. Es una caída libre desde 63 metros a 83 km por hora.

Luismi le devolvió la bola de mala gana.

—Ni por todo el oro del mundo.

Nina intervino.

—No hace falta subirse en todo, pero hay que dar espectáculo. Así que tendréis que superar vuestros miedos. En eso consiste la gracia del reportaje. La gente quiere ver cómo lo pasáis mal.

Teo la apoyó.

—Está comprobado. A la audiencia le gustan las desgracias, los dramas y las situaciones cómicas que les hagan reír.

—Así va el país.

Míriam salió disparada de la reunión, pero Teo la detuvo en el pasillo.

—Espera, quiero presentarte a mi novia. Ha venido hoy para hablar con el jefe de su cambio de turno.

Míriam asintió. Le parecía un dislate conocer a la pobre novia cornuda de Teo sin poder contarle lo que sabía. Desde que a ella le habían puesto los cuernos estaba muy sensible con el tema.

Teo acudió acompañado de una chica menuda, algo rellenita, con el cabello rubio platino y los ojos claros. Míriam le dio dos besos. La chica, que se llamaba Trini, era muy simpática.

—Tenía ganas de conocerte, Míriam. Teo me habla mucho de ti. A ver si quedamos un día para cenar juntos.

Míriam asintió incómoda. Teo sonreía a un lado con absoluta normalidad. Estaba indignada y enfadada por participar en aquella pantomima.

El día había empezado mal pero todavía podía ir a peor. Cuando Tony la recogió en coche para ir a su casa a comer, le anunció que también iban a acudir sus padres. Míriam le rogó que la dejara en su loft y no la obligara a ir. Pero Tony no cedió.

—Pero si ya conoces a mis padres. No pasa nada. Sé que mi madre puede ser un poco arrogante, pero no le hagas caso.

Al llegar, Teresa y Anthony ya estaban allí. Mary había puesto una mesa preciosa junto al ventanal que daba al jardín y a la piscina.

Teresa la miró de arriba abajo e hizo una mueca de desaprobación.

—Papá, mamá, ¿os acordáis de mi amiga Míriam?

—Sí, claro que sí. La chica que vino con Mario un día a cenar. Me alegro de volver a verte.

Su padre se acercó y le dio dos besos. En cambio, la madre le estrechó la mano sin ni siquiera mirarla a los ojos. Después la ignoró y se centró en su hijo. Anthony la invitó a sentarse junto a él. Míriam pensó que aquel hombre de aspecto aristocrático parecía afable y bonachón. Todo lo contrario que la bruja de su mujer.

—Me ha dicho Mary que estás pasando unos días aquí en la casa.

—Sí. Tony me ha invitado. La casa es preciosa y Mary cocina de lujo.

—Ni que lo digas. Teresa y yo solemos venir a comer porque echamos de menos sus guisos. Por cierto, Mary está encantada de tenerte aquí. Dice que necesitaba una compañía femenina en la casa. Los cafres de mis hijos no se animan a traer esposa.

Sonrió. Anthony le inspiraba confianza.

—Por lo que respecta a Tony, creo que se van a cansar de esperar. Nosotros solo somos amigos, pero creo que no está muy por la labor de casarse.

—Ese chico no tiene remedio. Una vez que mi esposa intentó juntarlo con una buena chica a Tony le salieron sarpullidos de la presión.

Los dos se rieron.

—Si te sirve de algo, nunca habíamos visto a mi hijo tan feliz con una chica. Te lo digo yo, que lo conozco de toda la vida.

Anthony le guiñó un ojo. Míriam agradeció sus palabras, aunque sabía que aquello tenía fecha de caducidad.

Mary les preparó para comer un estofado de cordero con patatas y verduras delicioso. Teresa acaparó la conversación durante toda la comida, hasta que llegaron los postres y el ambiente se tensó.

—Tony, tu padre no está dispuesto a quedarse en casa cuando empiece el mundial. Quiere viajar con vosotros a las carreras. Yo ya le he dicho que es perjudicial para su salud.

Anthony se defendió:

—Me encuentro perfectamente. Los exámenes médicos han salido bien. No veo por qué he de quedarme en casa. Siempre os he acompañado durante el mundial y este año lo tenemos todo a favor para ganar.

Teresa levantó la voz indignada.

—El médico se lo ha prohibido, pero es un maldito cabezón inglés que no quiere escuchar nuestras advertencias.

Tony intentó poner paz.

—Papá, ya te dijimos Paul y yo que vendrás a las carreras más importantes, pero no es bueno que viajes tanto. Es muy pesado y necesitas un poco de tranquilidad.

Anthony se enfadó.

—Nadie me va a decir lo que tengo que hacer. No soy un viejo inmóvil, dejad de planificar mi vida como si fuera un enfermo.

Tony se mostró autoritario e inflexible.

—No vendrás. No hay más que hablar.

Anthony golpeó con el puño en la mesa.

—En mi vida decido yo y si me equivoco asumo mis errores.

—Eso ya lo sabemos, papá. Pero mira el precio que tienen tus errores. Hay veces que equivocarte te sale demasiado caro ¿no crees?

Tony y su padre se retaron con la mirada. Míriam se sintió incómoda. Se le escapaba de qué hablaban aquellos dos. De repente Tony dio un fuerte golpe en la mesa, se levantó y salió enfurecido al jardín. El padre hundió la cabeza entre las manos. Teresa se quedó inmóvil y cabizbaja.

Míriam salió en busca de Tony. Lo encontró sentado en una hamaca de mimbre, junto a la piscina. No quería molestarlo, así que simplemente le puso la mano en el hombro. Él la cogió y la apretó con fuerza. Los dos estuvieron así durante un buen rato en silencio hasta que Tony empezó a hablar.

—Lo siento. No tenías por qué pasar ese mal rato.

—No pasa nada. En todas las familias hay peleas. Te aseguro que si vieras las de mi casa te asustarías. Pero en el fondo nos lo perdonamos todo.

—No es tan fácil.

—¿Por qué?

—No quiero hablar de ello.

—Tony, sé que hay algo que te atormenta. Muchas veces hablarlo ayuda. Puedes confiar en mí.

Tony suspiró.

—Mi padre nos engañó a todos y, en especial, a mi madre. Yo solo tenía cinco años. Vivíamos en Gales.

Éramos una familia feliz, mi madre, mi padre y yo. De repente un día mi padre llegó a casa con un bebé. Me dijo que era mi hermano y que iba a quedarse a vivir con nosotros. Yo no entendía nada, pero veía a mi madre muy triste, siempre llorando por los rincones. Contrataron a una mujer para que nos cuidara, Mary. Ella nos crio mientras mi madre superaba su depresión. Mi padre la había engañado con otra y fruto de su relación nació Paul. ¿No te has fijado en que Paul y yo no nos parecemos en nada? Solo somos hermanos de padre.

—Lo siento mucho, Tony.

Míriam lo cogió de las manos y le dio un dulce beso. Él continuó con su relato.

—Paul no sabe nada. Mis padres me prohibieron que se lo contara cuando tenía uso de razón. Me dijeron que él era uno más de la familia y no hacía falta que supiera la verdad porque solo le causaría daño. Al parecer su madre biológica murió en el parto, y por eso mi padre se hizo cargo de él.

Tony tomó aire y buscó los ojos de Míriam para confesarle aquello que más lo atormentaba.

—No he logrado perdonar a mi padre por el daño que nos hizo. Quiero a Paul como a un hermano. Él no tiene culpa de nada. Pero mi padre fue un cabrón egoísta. No entiendo cómo fue capaz de mantener a dos familias al mismo tiempo. Mi madre no volvió a ser la misma por su culpa. Rompió la paz de nuestro hogar por un capricho.

Míriam vio el rencor en su mirada. Ahora entendía por qué Tony tenía tanto miedo al compromiso y a tener una familia propia.

—Todavía no sé por qué no se separaron.

—Mi madre siempre me dice que el corazón tiene razones que la razón no entiende.

Mary salió para comunicarles que sus padres se habían marchado. Esa tarde decidieron dar un paseo por el bosque. Tony la volvió a llevar a su lugar favorito, la colina desde la que se veía el embalse. Había llovido hacía poco y estaba lleno. Los dos contemplaron el paisaje en silencio. A Míriam aquella paz y quietud la hipnotizaban. Él le susurró:

—Gracias.

—¿Gracias por qué?

—Por todo.

Tony la besó con devoción. Míriam notó que era un beso diferente a todos los que le había dado hasta ese momento. Denotaba entrega y gratitud. Ella le correspondió con el mismo ímpetu.

El fin de semana quedaron con Salu, Paul y Luismi. Hicieron una excursión a una ciudad amurallada del siglo XVI y comieron en un asador famoso por su cochinillo al horno. Salu salió disparada al baño a vomitar cuando vio al animal entero cocinado en una bandeja con una manzana asada en la boca.

Paul le pidió un solomillo a la brasa y la obligó a comerse hasta el último pedazo de carne. A Míriam le agradó ver que por fin su hermana obedecía a alguien en la mesa. Se acercó a ella y le susurró al oído.

—Lo que hace el amor, Palo. Mamá no se iba a creer cómo has dejado el plato.

—Di mejor lo que tengo que hacer para ganarme un buen polvo. Ni comiéndome todos los solomillos del mundo. En serio, empiezo a pensar que es gay y me ha adoptado como su mascota.

Míriam se carcajeó. Tony la miró divertido.

—¿Podemos reírnos todos? ¿Qué cuchicheáis?

Enseguida, Salu cambió de tema.

—Bueno, ¿cuándo empezáis a viajar?

—Esta semana nos vamos a Jerez a hacer los test de pretemporada. Estaremos un mes entre Jerez y Barcelona y después ya empezamos con las carreras del mundial por Europa y Asia.

Luismi intervino tras apurar su último trozo de cochinillo.

—No sabía yo que un cerdo pudiera estar tan bueno. Con el asco que dan en las pocilgas. Entre carrera y carrera volvéis a casa ¿no?

—Si estamos muy lejos, con el cambio horario y los vuelos de más de diez horas no vale la pena volver a casa. Nos quedamos allí y aprovechamos para entrenar.

Paul le hizo un guiño a su hermano.

—Este año Tony gana seguro. Tiene el mejor coche. Hemos invertido mucho dinero y tiempo. Estoy seguro de que vamos a hacer una buena temporada. Por cierto, ya he pasado vuestra documentación y me harán pases para que vengáis a la primera carrera que tenemos. Será en Mónaco. Ya he comprado los billetes del vuelo y os he reservado el hotel con nosotros.

Luismi aplaudió. Le entusiasmaba la idea de ver

cómo funcionaba aquel mundo de coches, lujo y famosos.

Durante la tarde dieron un paseo por la ciudad y, tras visitar unos cuantos monumentos y plazas, cogieron el coche para volver a casa.

Míriam llegó agotada a casa de Tony. Era su última noche juntos antes de que él se fuera a Jerez con su hermano.

—¿Sabes que te voy a echar de menos?

Él la cogió de la cintura y la sentó en su regazo. También la iba a añorar, pero algo en su interior le impedía decírselo.

—Pues aprovechemos el tiempo que nos queda.

Tony le mordió el labio inferior. Míriam sintió el calor en su cuerpo.

—Necesito que esperes aquí en el salón hasta que yo te diga. Tengo una sorpresa de despedida.

—Hummm. Me encantan las sorpresas.

Ella fue hasta la habitación y sacó del armario varias cajas. Se puso un sugerente camisón negro de encaje transparente y unas braguitas a conjunto, y encendió varias velas aromáticas en el baño, mientras llenaba la bañera *jacuzzi*. Lanzó al agua unas perlas de aceite y puso jabón con su olor favorito.

Se asomó al largo pasillo y llamó a Tony.

—¡Ya puedes venir!

Al entrar en la habitación notó un olor conocido. El baño estaba repleto de velas con aroma a chocolate. El agua del *jacuzzi* también estaba perfumada con gel de cacao. De pie, a un lado, estaba Míriam vestida como en un anuncio de lencería. Tony se puso cardíaco al verla envuelta en encaje negro y subida en unos zapatos de tacón. Ella le susurró en voz melosa:

—Aquí tienes a tu talla treinta y choco en su salsa. ¿Te apetece?

Tony se lanzó sobre ella y con avidez le devoró los labios. La besó en el cuello y los pechos. Míriam notó lo duro que estaba y eso la excitó todavía más. Le quitó la ropa y cuando lo tuvo desnudo delante de ella, cogió un bol que tenía a un lado y lo embadurnó de chocolate. Después con sensualidad y destreza fue recorriendo con la lengua cada parte de su cuerpo. Tony se estremecía de placer. Después fue él quien pintó el cuerpo de ella con el dulce líquido y la devoró. El agua caliente del *jacuzzi* los sumió en un estado de éxtasis total. Tony la penetró suavemente y los dos empezaron a moverse al mismo ritmo buscando placer. Míriam lo miró con devoción. Aquel hombre era un portento en la cama. Notarlo dentro de ella la llenaba. Aspirar su aroma varonil junto al chocolate era excitante. Se sentía eufórica y deseada. Tony empezó a penetrarla con movimientos más rápidos y profundos. Míriam gritó de placer. Él también empezó a gemir hasta que llegó al clímax y se tumbó junto a ella.

Los dos se quedaron extenuados, uno junto al otro.

Esa noche durmieron abrazados. No querían que llegara el momento de separarse. Hubieran dado lo que fuera por congelar el tiempo unos días más, pero la contrarreloj había empezado y el viento iba a soplar en su contra.

26

El domingo por la mañana Mary les preparó un desayuno digno de hotel con tostadas, huevos, bacón, jamón, quesos, zumo de naranja y bollería.

—¡Madre mía, Mary! ¡Como me vea mi jefa comiéndome esto me mata!

Mary se rio. Le agradaba la espontaneidad de Míriam. Decía lo que pensaba sin tapujos ni remilgos. Había conocido a poca gente así.

—Hay que empezar el día con energía y hoy es fin de semana.

—Ya te lo contaré mañana cuando no me abroche el pantalón.

Míriam hablaba mientras engullía una tostada con jamón. Tony sonreía divertido. Todavía se asombraba cuando la veía comer con tanta pasión.

—Ay, señorita Míriam, podría quedarse unos días más aunque el hombretón este se vaya a correr por el mundo. Yo ahora me voy a aburrir aquí sola.

Mary estaba melancólica por la marcha de los dos.

—Ojalá, pero debo volver a mi casa. Eso sí, prometo venir a visitarte. Tú también puedes venir a la ciudad.

A Míriam le gustaba la tranquilidad y abnegación de aquella señora inglesa que parecía sacada de un cuento de Dickens. Se habían hecho buenas amigas.

Tras desayunar, hicieron las maletas. Míriam aprovechó un descuido de Tony para meterle dentro un detalle que le había comprado. Lo escondió entre su ropa y volvió a cerrar la maleta.

La despedida fue dura para todos. Mary y Míriam se abrazaron fuerte y prometieron verse pronto.

Tony llevó a Míriam a la ciudad. Aparcó el coche en un lateral y la ayudó a bajar la maleta. Ella tenía un nudo en el estómago. Hizo de tripas corazón.

—Ha sido un placer conocerte.

—Eso dicen todas.

—¡Mira que eres creído!

Tony la abrazó y a Míriam se le nublaron los ojos.

—Cuando venga a la ciudad te llamaré. Paul os enviará los billetes y la documentación para que vengáis a vernos a Mónaco.

Aunque Tony no quería reconocerlo, a él también le costaba alejarse de ella. Los dos se dieron un largo beso.

Cuando Míriam subió al loft, las lágrimas rodaban por sus mejillas. Luismi le abrió la puerta.

—Madre mía, *cuore*. ¡Salu, saca la fregona que tu

hermana nos va a inundar la casa. Si ya sabía yo que ese piloto macizo te iba a enamorar hasta las trancas.

—Me ha dicho que me llamará cuando venga a la ciudad.

—Pues claro que sí. Menudo panorama. Tu hermana Salu también está de bajón porque su inglesito también se va.

—¿Dónde está?

—En tu cama durmiendo. Se despidió anoche de Paul. Lo de esos dos es muy raro. No se han dado ni un mísero beso. Yo creo que a ese le van los hombres.

Míriam se rio de que precisamente Luismi hiciera ese comentario.

En su habitación encontró a Salu tapada hasta el cuello.

—Hola, Palo, ¿estás bien?

—Joder, qué mala suerte tengo. Siempre me enamoro de quien no debo. El soso de Paul no me hace ni puto caso. Es como si no lo atrajera. Anoche se volvió a apartar cuando intenté besarlo. Nunca ningún hombre me ha rehuido así.

Luismi se sentó junto a ellas.

—Frígido o gay. El tiempo dirá quién lleva razón.

El lunes todos volvieron a su rutina. Míriam miró varias veces su móvil en busca de algún mensaje de Tony, pero no había nada. Lo mejor era centrarse en el trabajo.

Por la noche cuando llegó a casa decidió llamarlo.

—¡Qué pronto te has olvidado de mí!

—¡Hola! Claro que no. Es que llevo un día de locos.

Entre las pruebas físicas y la puesta a punto del coche, no me han dejado ni comer.

—¿Y cómo va tu cochecito?

—Bien. Las mejoras que han introducido son una pasada y me permiten bajar unas milésimas de segundo en cada vuelta.

Míriam se burló.

—Uauuu unas milésimas de segundo...

—Para nosotros es mucho. Te lo aseguro.

—Por cierto, ¿ya has deshecho tu equipaje?

—No, ¿por qué lo preguntas? ¿Me he llevado tu ropa interior?

—Eso quisieras. Pero tal vez encuentres alguna sorpresa. Ya me contarás.

—Estoy deseando verla.

Estuvieron más de una hora hablando. Cuando colgaron, Míriam se quedó unos minutos tumbada en la cama pensando en Tony. Lo notaba feliz. Las carreras eran su pasión. Ahora entendía a Belinda cuando le decía que ella aceptaba a Jason con su trabajo incluido. Por mucho que sufriera cuando él corría en el circuito, ese era el motor de su vida, su razón de ser.

Tony llegó al hotel a las once de la noche. No pudo subir a la habitación hasta después de cenar con sus jefes y su hermano Paul. Nada más cerrar la puerta fue directo a abrir la maleta. Quería ver cuál era la sorpresa de Míriam. Entre sus pantalones encontró una caja cuadrada. Al abrirla sonrió. Era un mp3 con el recopilatorio de los grandes éxitos de Miguel Bosé. Iba acompañado de una nota:

Para mi *Amante bandido*. De tu *Morena mía*. Para que te acuerdes de mí y me lleves de copiloto.

Te he puesto los dos formatos para que no tengas excusa para no escucharlo.

Un beso (donde tú quieras).

MÍRIAM

Tony encendió el mp3, se puso los cascos y empezó a escuchar a Miguel Bosé. Su música trajo a su mente los buenos momentos vividos con ella. Se excitó al pensar en su suave piel y el ardor de sus besos. Deseó tenerla allí.

La semana pasó rápida para los dos. Tony estaba centrado en reducir el tiempo de cada vuelta al circuito y Míriam estaba volcada en la tele.

El reportaje que grabaron en el parque de atracciones fue todo un éxito. Las caras de susto de Luismi eran un poema. Míriam aguantaba el tipo, aunque bajaba temblando de las montañas rusas. Todos lo pasaron en grande con la grabación. Cuando pararon a comer Míriam aprovechó un momento a solas para hablar con Teo.

—Tu novia me pareció encantadora.

—Sí, es genial. Le voy a pedir que se venga a vivir conmigo. No tiene sentido que esté pagando alquiler si yo tengo piso propio.

Míriam no podía creer lo que oía. Si hacía una semana ella lo había visto con sus propios ojos enrollándose con su jefa en el concierto.

—Teo, ¿qué piensas de Nina?

—¿De Nina? Que no es lo que parece. Va de dura y de jefecilla pero en el fondo es una tía legal.

No entendía cómo podía ser tan cínico.

—Tú la conoces muy a fondo, ¿verdad?

Mario los llamó para que entraran en el restaurante. Ya les habían traído la comida. Míriam se quedó con ganas de preguntarle por qué demonios engañaba a su novia.

Al llegar vio que Rafa y Luismi charlaban animadamente. La relación entre ellos se había suavizado y eso creaba mejor ambiente en el equipo.

El móvil de Míriam empezó a sonar. Era Tony. Cogió el teléfono y salió fuera del local en busca de intimidad.

—Hola. ¿Cómo está mi morenita?

—Ahora mismo en el parque de atracciones grabando un reportaje para la tele.

—Veo que sabes divertirte sin mí.

—Tú también, que te pasas el día jugando a los karts.

—¿Sabes quién me ha preguntado por ti?

—Seguro que tu madre no.

Los dos se rieron.

—Belinda. Ha venido con Jason a las pruebas. Tiene ganas de verte.

—Es muy agradable. Dale recuerdos de mi parte. ¿Tú ya sabes cuándo vuelves a la ciudad?

—Todavía no, pero tal vez el fin de semana que viene. Te avisaré.

—Vale. Tengo ganas de verte.

—Yo también.

A Tony le hubiera gustado decirle lo mucho que la echaba de menos. Desde que se habían separado pensaba en ella a todas horas. Luchaba por quitársela de la cabeza, ya que tenía que concentrarse al cien por cien en el circuito, pero le era imposible.

Míriam volvió a la mesa con una sonrisa dibujada en los labios. La llamada de Tony le infundió energía para el resto del día.

Las semanas pasaron a gran velocidad. Y por fin Míriam y Tony volvieron a encontrarse.

Cuando lo vio bajar del coche le tembló hasta el alma. Iba vestido con unos vaqueros y una camisa negra. Estaba más bronceado y los músculos de los brazos se le marcaban en las mangas de la camisa. Estaba irresistible. La miró con lujuria y pasión. Míriam sintió el calor en su cuerpo. Se acercó a ella, la cogió de la cintura y sin dejarla hablar le dio un tórrido beso donde sobraban las palabras.

Habían quedado para salir a cenar con Paul y Salu, aunque se morían de ganas por estar a solas.

Fueron a un bonito restaurante de lujo. Los sentaron en una zona de jardín bajo una pérgola de madera recubierta de enredadera. Estaba iluminado con botes de cristal llenos de velas. El sitio era impresionante. Mientras esperaban la comida, Tony le cogió la mano. Al tocarse, los dos sintieron una descarga eléctrica. El deseo que sentían el uno por el otro se había incrementado en la distancia. Él le susurró al oído:

—¿Me acompañas al baño?

—Ni lo sueñes, que nos conocemos.

A Míriam le estaba costando contenerse. Si por ella hubiera sido, habrían hecho el amor allí mismo, encima de la mesa. Salu los observaba con cierta envidia. No sabía qué hacer para que Paul la dejara intimar con él. Era tan caballeroso, complaciente, educado y remilgado que la desconcertaba. Necesitaba un poco de acción. Sin pensarlo dos veces se quitó el zapato de tacón bajo la mesa y lo buscó con el pie. Paul de repente la miró sobresaltado. Aquella loca le estaba metiendo mano, o mejor dicho, pie, en medio de la cena. Míriam se percató de las insinuaciones de su hermana al ver el rostro afrentado de Paul. Le dio un codazo a Salu y la reprendió en voz baja.

—¡¿Quieres dejar de acosar al pobre Paul?!

—Es que me tiene a dos velas desde que nos conocemos y necesito follar, si no me va a dar algo.

—Qué bruta eres. Pues habla con él. Pero ahora córtate un poco.

Paul respiró aliviado cuando vio que el pie de Salu volvía a la horma de su zapato. Ella le gustaba pero no estaba preparado para dar un paso más. Todavía tenía presente el recuerdo de su ex prometida.

Después de cenar los cuatro fueron a casa de Tony. Tras tomar una copa, Tony y Míriam se retiraron a la habitación. Ya no aguantaban más. Hicieron el amor con deseo y frenesí.

Salu y Paul se quedaron en el salón. Ella decidió que era el momento idóneo para hablar con él.

—Paul, ¿yo te gusto?

A Paul le divirtió su pregunta.

—Pues claro que sí.

—¿Y por qué no me tocas?

Paul se carcajeó. Era tan directa e indiscreta...

—Me gusta tomarme mi tiempo.

Lo dijo de una forma tan insinuante y sensual que Salu se excitó. Tenía ganas de besarlo pero no sabía qué hacer. Paul la vio confusa. Era lo que más le gustaba de ella, estaba en permanente lucha consigo misma. Era malhablada, ambiciosa y al mismo tiempo frágil e insegura.

Con decisión, se levantó del sofá, fue hasta donde estaba ella y, en un arrebato, la besó con pasión. Salu le respondió con el mismo deseo. Hacía tiempo que esperaba ese contacto íntimo con él. La dejó sin palabras. Se separó de ella lentamente y le acarició el mentón.

—Creo que esto responde tus dudas. Me gustas, pero vayamos despacio. Hace un año estuve a punto de casarme y ahora me lo tomo todo con más calma.

Paul se sinceró con Salu y le contó todo lo que le había pasado. Ella también le explicó las desavenencias que había tenido con su ex novio el juez.

Hablaron durante toda la noche compartiendo secretos y anhelos. Se tumbaron uno junto al otro en la cama de Paul. Entre ellos solo hubo confesiones hasta altas horas de la madrugada. Fue la primera vez que Salu se acostaba con un hombre sin ni siquiera rozarse en toda la noche.

27

Mónaco era el punto de arranque del Mundial de Fórmula Uno. Allí se concentraba la *crème de la crème*: empresarios ricos, políticos, deportistas de élite, modelos, un variado elenco de glamur y despilfarro en torno al deporte más caro del mundo.

Hasta allí viajaron Míriam y Salu para visitar a sus pilotos. Luismi no había podido acompañarlas por un problema familiar de última hora. Muy a su pesar había tenido que cambiar su billete de Mónaco por uno al pueblo donde debía acudir al entierro de un tío suyo.

En el aropuerto, Paul esperaba a las dos hermanas en una lujosa furgoneta de la escudería. Salu le dio un tímido beso en los labios que él le devolvió encantado. Estaba feliz de que estuvieran allí.

—Tony no ha podido venir. Está entrenando. Lo veremos a la hora de comer.

Míriam se apenó. Tenía ganas de verlo.

Durante el trayecto, Paul les explicó la rutina que

seguían cada día. Tony no tenía muchas horas libres, pero él sí podría dedicarles más tiempo.

Al llegar al hotel las dos hermanas enmudecieron al ver tanto lujo.

Se hospedaban en el hotel París junto al casino de Montecarlo. Lo reconocían por haberlo visto en la tele. El interior era amplio y elegante. Míriam se sintió como la princesa Grace de Mónaco. Salu tenía una habitación propia, pero Míriam, por deseo expreso de Tony, iba a ser alojada en la suite junto a él.

La suite era un mini palacio de ensueño con vistas al mar y a la coqueta ciudad.

Míriam dejó su equipaje y salió a la terraza. Se sentía eufórica. El lugar era precioso. Se imaginó a Tony allí, junto a ella, y una descarga eléctrica le recorrió la espina dorsal. En su mente aparecieron imágenes de ellos dos haciendo el amor en todas las posturas posibles. Sonrió y fue a buscar a su hermana, que se alojaba varios pisos más abajo.

Paul estaba con ella. La habitación era mucho más pequeña pero tenía el mismo estilo acogedor y elegante. Paul se levantó al verla.

—He pensado que tal vez queréis dar un paseo por la ciudad. Yo vendré a la hora de comer con Tony. ¿Qué os parece?

Las dos asintieron complacidas. Salieron a la calle ataviadas con sus mejores galas y las gafas de sol. En Mónaco lucía un tiempo espléndido y eso las animó a ir de compras.

—¡La hostia! ¿Has visto el precio de ese bolso? —bramó Salu con la nariz pegada a un escaparate.

—¡Quinientos euros, qué barbaridad!

—No, fíjate bien, te falta un cero Miche. ¡Cinco mil euros!

—¡Pero si eso es el sueldo de casi medio año!

—Creo que no ha sido buena idea salir de compras por aquí.

Salu observó a las mujeres que paseaban por la calle. La mayoría parecían sacadas de las revistas, con zapatos de diseño y bolsos carísimos.

—Estoy segura de que si atracamos a una de estas pijas y revendemos lo que lleva, nos sacamos el jornal de un año.

Míriam se rio por la ocurrencia de su hermana.

—Anda, vamos a comprarnos algo para almorzar. Espero que lo podamos pagar, a ver si aquí un *croissant* cuesta veinte euros.

Las dos pasaron una agradable mañana visitando la ciudad, aunque Míriam no dejó de mirar el reloj. Estaba impaciente por ver a Tony.

A las dos del mediodía acudieron al pomposo restaurante del hotel. Salu escudriñaba la carta mientras Míriam apenas le prestaba atención.

—Madre mía, el menú en este sitio cuesta ciento treinta euros. ¡Y el de niños setenta y cinco euros! Hay que joderse, ¿qué comerán estos niños, caviar?

Míriam iba a responder cuando vio entrar a Tony acompañado de Paul. Estaba increíblemente atractivo. Lucía una camiseta de la escudería con un pantalón ajustado y una gorra de Ferrari. Cuando la vio le dedicó una seductora sonrisa que la desarmó por completo. Al llegar junto a ella la besó con ardor.

—¿Qué tal el viaje?

—Muy bien. ¿Tú cómo estás?

—Ahora que estás aquí feliz.

Míriam pensó que Luismi tenía razón. Estaba perdidamente enamorada de aquel hombre que la miraba con una mezcla de ternura y pasión.

La comida era exquisita. Paul reprendió a Salu porque apenas probó los platos. Se excusó diciendo que había almorzado demasiado y no tenía hambre. Míriam sabía que mentía. Su hermana solo había comido dos rosquillitas integrales, pero no tenía ganas de ponerla en un aprieto. Hablaría con ella cuando estuvieran a solas. No podía continuar así. Cada vez estaba más esquelética. Paul también se había percatado de su pérdida de peso. Se le marcaban hasta los huesos de la cadera.

Por la tarde, Tony y Paul tenían que acudir al *paddock*. Míriam y Salu los acompañaron. Pasaron varios controles para acceder al recinto. El trayecto se hizo eterno porque la gente paraba continuamente a Tony para pedirle autógrafos.

Una vez dentro se sorprendieron por la gran cantidad de personal que trabajaba allí. Las condujeron a un enorme edificio de la escudería, al que llamaban *hospitality*. Les explicaron que era la casa de los pilotos y del equipo durante esos días. Tony les presentó a su preparador físico y a su psicólogo deportivo.

Mientras ellos estaban reunidos Salu y Míriam dieron un paseo por las instalaciones. Tenían de todo: cafetería, salas con pantallas gigantes para seguir las carreras, zona de relax con prensa...

Desde la ventana, Míriam vio en el exterior una cara conocida. Era Belinda, la mujer de Jason. Fue a saludarla. Le presentó a su hermana Salu.

—Encantada de conocerte.

—Igualmente. Me dijo Tony que vendríais. Me alegro mucho, así podremos salir juntas. Un poco de aire fresco me vendrá bien. Aquí la mayoría de las novias y mujeres de los pilotos son bastante estiradas.

Las tres se rieron. Belinda las llevó a dar un paseo y les explicó las zonas que componían el circuito.

Luego se reunieron con Tony y Paul para volver al hotel.

Esa noche Tony pidió la cena en la habitación. Quería estar a solas con Míriam.

Les prepararon una mesa romántica en la terraza de la *suite*. Míriam se sentía como en una película. Todo era tan perfecto que le daba miedo despertar y ver que era un sueño.

Mientras estaba de pie asomada en el balcón, él la cogió por detrás, apoyó la cabeza sobre su hombro e inspiró el aroma de su cabello. Olía a champú de lavanda.

—Hummm! Qué bien hueles. ¿Sabes que yo tengo la residencia fija aquí? Debería vivir en Mónaco todo el año.

Míriam se extrañó.

—¿En serio? ¿Por qué?

—Porque en el principado de Mónaco la carga fiscal es más baja.

—¿Así que evadiendo impuestos? Sabía que no eras trigo limpio.

—Mi padre quiere que cambie la residencia a España, pero mi asesor financiero se niega. Yo también prefiero vivir allí.

—Tendré que cobrarte en especie lo que no pagas en mi país.

Con erotismo le pasó la mano por el pecho y Tony se endureció. Su cuerpo reaccionaba al instante ante cualquier provocación de ella.

—Creo que debo mucho dinero, así que puedo empezar a pagar cuando quieras.

—Será un placer.

Tony la llevó a la cama y, complaciente, saldó su deuda con creces.

A la mañana siguiente se marchó a las ocho. Tenía que entrenar. Míriam se quedó en la cama hasta que un camarero llamó a la puerta para llevarle el desayuno. Eran las diez. Había dormido tan a gusto que no se había percatado de lo tarde que era.

Salu entró tras el camarero.

—Buenos días, princesa Miche de Mónaco... Coño, qué lujazo que te traigan el desayuno a la cama. Cómo se nota quién es aquí la estrella.

Míriam se tapó la cara con la almohada. Salu se tumbó a su lado.

—Esta cama es mucho más cómoda que la mía. Esta noche me vengo a dormir a aquí.

—No te lo creas. ¿Qué tal con Paul?

—Muy bien. Anoche disfrutamos de una romántica cena con veinte personas más del equipo. Y después me acompañó a la habitación como la Cenicienta, me dio un beso y se fue a dormir.

Míriam se carcajeó. Salu replicó exasperada.

—Ya no sé qué hacer. No sé si ponerle algo afrodisíaco en la bebida o si colarme en su habitación y esperarlo desnuda en su cama. Aunque es capaz de dar media vuelta e irse.

—Pero ¿no habías dicho que ibas a darle su tiempo?

—¿¿¿Más todavía??? Se me va a olvidar cómo se folla.

—¿A ti? Imposible. Tienes demasiada experiencia acumulada.

—¡Serás perra!

Las dos se enzarzaron en una improvisada guerra de almohadas.

Por la mañana salieron a dar un paseo por la zona del puerto con Belinda. Había unos yates alucinantes. Belinda les indicó cuál era el del dueño de la Fórmula Uno. El *Sea Force One* era enorme.

—Yo estuve una vez en una fiesta privada. Tiene un *jacuzzi* en la terraza superior. Y también una sala de cine y una discoteca. Está valorado en ciento cincuenta millones de dólares.

Salu abrió los ojos como platos.

—¡Joder! Lo que daría por subir en uno de esos.

—A los pilotos los suelen invitar a fiestas o viajes en yates. Nosotros no solemos ir porque Jason se marea. Guardadme el secreto.

A mediodía se reunieron con los chicos para comer juntos. Míriam encontró a Tony preocupado.

—¿Qué ocurre?

—Mis padres me han dicho que vienen mañana.

A Míriam se le atragantó el bocado.

—Mi madre no quiere, pero papá se ha empeñado en ver la primera carrera. Paul ha hablado con él para disuadirlo pero no hace caso a nadie.

—Bueno, tranquilo. No es un viaje largo.

—Esta semana me contó mi madre que tuvo que llevarlo un día al hospital porque se encontraba mareado y débil. No está bien, pero se niega a reconocerlo.

Míriam le apretó la mano.

Por la tarde, las chicas se fueron de turismo con Belinda y ellos volvieron al trabajo. Belinda era una excelente anfitriona. Las llevó a visitar el Palacio de Grimaldi y la catedral donde estaba enterrada Grace Kelly. Durante el paseo admiraron la belleza de la Costa Azul. El mar se extendía hasta el infinito, y se veía casi desde cualquier punto de la ciudad.

Esa noche, después de cenar, acudieron juntos al Casino de Montecarlo, el más famoso del mundo. Míriam y Salu se quedaron prendadas ante tanta fastuosidad. Pero lo que las dejó totalmente fuera de lugar fueron las grandes sumas de dinero que se jugaban en algunas mesas. Los jeques árabes y los magnates del motor compartían mesa con todo aquel que se atreviera a desafiarlos con su fortuna.

Belinda les indicó quién era el dueño de la Fórmula Uno, un señor menudo, con el pelo blanco, nariz prominente y unas grandes gafas de pasta. A Míriam le pareció más un humorista que un magnate multimillonario.

Tony y Jason apostaron en la ruleta y en el *black jack*. A Míriam los juegos de azar nunca le habían llamado la atención. Pensaba que era una pérdida de dinero tonta. Cuando vio que las apuestas llegaban a los seis mil euros se sintió mal. Toda esa gente gastaba dinero sin sentido mientras otros no tenían ni para comer. Salu parecía entusiasmada aprendiendo a jugar a los dados con Paul. Míriam separó a Tony a un lado.

—Tony, quiero irme de aquí.

Él la miró desconcertado.

—¿Por qué? ¿Qué pasa?

—No me encuentro cómoda con tanto despilfarro. Prefiero irme a la habitación.

Tony la cogió de la cintura con zalamería.

—Pero si es solo un juego. Una forma más de divertirse.

—Pues a mí no me gusta.

—Yo no puedo irme ahora. He apostado mucho dinero. Jason y yo vamos juntos en esto. Y además están todos los grandes jefes. Tengo que estar aquí.

—Está bien, pues tú quédate.

Airada, cogió su diminuto bolso con la tarjeta de la habitación y lo dejó plantado. Tony, enfurecido, tuvo ganas de salir a buscarla y pedirle que se comportara, pero sabía que no podía dejar el negocio que tenía a medias. Además, era importante que los jefes lo vieran allí.

Míriam subió cabreada a la *suite* y decidió darse un baño caliente para relajarse. Estaba claro que Tony tenía sus prioridades. Siempre había sabido que venían de mundos diferentes, pero desde que había llegado a Mónaco, la brecha se había hecho más evidente. Ella no era una mujer de perfumes Chanel, de bolsos de seis mil euros, de casinos, ni de yates. Era más de colonias de imitación, bolsos de Zara o de mercadillo y cine de barrio.

Cuando él llegó ya estaba durmiendo. Tony se acostó junto a ella en silencio. No quería despertarla. La observó durante unos minutos. Por mucho que quisiera enfadarse no podía. Sabía que ella era diferente a todas las mujeres que habían pasado por su vida y por su cama. Hacía días que recibía mensajes amenazantes de Bárbara. La presentadora había intentado contactar con él en varias ocasiones pero Tony no le respondía. Cada vez le preocupaba más lo que pudiera hacerle a Míriam. El último mensaje que le envió traspasaba los límites de la cordura: «Ya he logrado que tu amiguita no vuelva al plató. Lo siguiente será que no vuelva a la tele. Salúdala de mi parte.»

28

Llegó la previa al gran día. El sábado los pilotos corrían en el circuito para obtener su lugar de salida en la parrilla. Puntuaba el menor tiempo para clasificarse en mejor posición. Era la hora de la verdad. Tony y Paul salieron del hotel temprano junto con algunos directivos del equipo.

Míriam y Salu habían quedado con Belinda para acudir más tarde. Mientras las dos hermanas esperaban a su compañera en el hotel, Míriam se fijó en la recepción. Habían un señor que le era familiar. Cuando se dio la vuelta vio que era Anthony, el padre de Tony y Paul. Se acercó a él para saludarlo.

—Hola, señor Anthony, ¿cómo está? ¿Qué tal el viaje?

Él le dio dos besos y un cálido abrazo.

—Hola, Míriam, qué alegría que estés aquí. Yo estoy bien, pero no tanto como tú.

—¿No ha venido su esposa Teresa?

Míriam preguntó por cortesía y por si el cielo se

había puesto de su parte y la vieja bruja se había quedado en casa. Pero no. Estaba allí.

—Sí. Mi mujer está en el baño. Ahora enseguida viene. Se alegrará de verte.

Míriam lo dudó. De hecho, cuando Teresa los vio conversando amistosamente, estiró el cuello y se dirigió a ellos con altanería.

—¿Con quién hablas, querido?

—Con Míriam. La amiga de Tony.

—Ah, sí, creo que la recuerdo.

Teresa arrugó la frente como haciendo un esfuerzo por recordar a Míriam. A ella no le cabía ni la más mínima duda de que no la había olvidado.

—¿Cómo te va, bonita?

El tono despectivo con que le habló marcó las distancias. Teresa se había empeñado en ponerle un línea infranqueable y Míriam no imaginaba hasta dónde era capaz de llegar esa mujer para alejarla de su querido hijo.

Tras una conversación vacía llena de formalismos, llegó Belinda y la rescató del apuro.

De camino al circuito les contó que ella también conocía a los padres de Tony.

—Su padre es todo un señor, pero la madre es del club de la estiradas.

Salu se quejó.

—Miche, ¿por qué no me los has presentado?

—Cuanto más tarde la conozcas mejor para ti. Su madre es una arpía.

—He tratado con suegras insufribles. No creo que esta sea mucho peor que las demás.

Al llegar al *paddock* buscaron una sala llena de pantallas para seguir la clasificación. Belinda les explicó que era un circuito peligroso.

—Este es de los peores circuitos del campeonato. Es muy traicionero, lo llaman la ratonera porque está lleno de curvas cerradas y los pilotos apenas pueden coger velocidad y maniobrar. Jason lo odia. Dice que aquí no pueden lucir al máximo la mecánica de su vehículo.

Míriam pasó toda la mañana nerviosa viendo cómo los pilotos corrían a gran velocidad por las calles estrechas, llenas de revueltas imposibles intentando arañar un segundo más para su clasificación.

Tony consiguió mejorar sus cronos y se clasificó para salir el segundo en la parrilla. Jason se quedó en cuarta posición. Corrían en escuderías rivales.

Ese mediodía comieron todos juntos con los padres de Tony. Míriam se sorprendió al ver aparecer a la madre con una exuberante chica, alta, rubia, con el pelo largo lleno de bucles, cintura de avispa y un pecho voluptuoso. Iba vestida con una blusa negra, cuyo escote casi permitía verle el ombligo, y con una falda blanca tan estrecha que se le marcaba el tanga. Tony mudó el rostro cuando la vio. Se saludaron con naturalidad. A Míriam le molestó que no se la presentara. Tony se sentó con Míriam al otro lado de la mesa.

—¿Quién es la Barbie que acompaña a tu madre?

—Es mi ex novia.

Míriam soltó los cubiertos y lo miró desconcertada.

—¿Tu ex novia? ¿Pero tú no dices que nunca has tenido pareja?

—Tranquila, fierecilla. Estuve saliendo con ella casi un mes, pero lo nuestro se acabó hace tiempo.

—¿Y qué hace aquí?

—Trabaja para Ferrari. Es la directora de la campaña de *marketing*. Mi madre y ella son muy amigas.

Míriam no sabía si se sentía más molesta por que aquella rubia fuera una alta directiva de la empresa de Tony o por que se llevaba de lujo con su madre.

La comida fue rápida, pues los pilotos tenían que volver al circuito para repasar los últimos detalles antes del domingo.

Míriam se quedó con Salu y Belinda en uno de los grandes salones del hotel. La madre de Tony las vio y se acercó a ellas.

—Hola, Belinda. ¿Cómo está Jason?

—Muy bien. Gracias, señora Denmarck.

—Creo que saldrá el cuarto ¿no? Ha mejorado su tiempo.

—Sí, bueno, ellos no están contentos, pero ya sabe cómo son, o son los primeros o no cuenta.

—Mi hijo Tony saldrá el segundo. Seguro que hace pódium. Se ha ido al circuito con Judith y el resto del equipo.

Míriam no tuvo que preguntar para saber quién era Judith. Su madre la vio molesta y continuó su ataque.

—Es una lástima que Judith y Tony rompieran. Hacen tan buena pareja... Ella es tan inteligente, educada y guapa...

Belinda no supo qué responder. Aquella mujer era

realmente una arpía. Salu, que no soportaba más su impertinencia, intervino.

—Las apariencias engañan, señora. No hay que fijarse solo en la fachada y en la cuenta corriente. Los hombres prefieren a mujeres auténticas, como nosotras, que sean libres de decir lo que quieran, como «mierda» o «coño», sin tener que pedir permiso al Santo Padre.

—Por Dios, qué bochorno. ¿Y tú quién eres?

—Soy su hermana.

Salu señaló a Míriam y esta escondió la cabeza entre sus manos.

—¡Menuda arrabalera! ¡De tal palo tal astilla! Belinda, deberías buscarte mejor compañía.

Belinda alzó los hombros azorada.

—Lo nuestro no se contagia señora. Váyase tranquila con sus Coco Chanel, que ya cuidamos nosotras de Belinda.

Teresa se levantó de un brinco y salió de allí espantada por la mala educación de la hermana de Míriam. Esta la reprendió.

—¡Lo que nos faltaba! ¿Por qué has hecho eso?

—Esa vieja bruja se lo merecía. Así nos la quitamos de encima lo que queda de viaje.

—Te recuerdo que también es la madre de Paul.

—Imposible. Paul no ha podido salir de esa mujer ni de coña. Y en todo caso, yo salgo con su hijo, no con ella.

Míriam pensó que su hermana tenía razón, sin saberlo. Teresa no era la verdadera madre de Paul. Imaginó la cara que pondría Tony cuando su madre le contara lo sucedido.

Por la noche Míriam notó a Tony nervioso. Tenían pendientes varias conversaciones, pero su madre no lo dejaba solo ni un instante.

Al otro lado de la mesa, Salu y Paul charlaban animadamente. Míriam pensó que a la vieja bruja le iba a dar un infarto cuando se diera cuenta del acercamiento entre ellos dos.

Salu le hizo un gesto con la mano. Se retiraban a la habitación.

Anthony se sentó junto a Míriam.

—¿Qué te parece este mundo del motor, es de locos, eh?

Lo miró con cariño. Se sentía a gusto con aquel afable señor.

—Sí. Demasiado diferente al mío.

De repente Anthony hizo una mueca de dolor y se llevó la mano al corazón. Míriam se asustó.

—¿Anthony, está usted bien?

—Sí. Tranquila. Solo quiero un vaso de agua.

Míriam le acercó lo que pedía. Él sacó una cajita del bolsillo de la chaqueta. Extrajo una pastilla y se la tomó con el vaso de agua.

—Ya está. Se me había olvidado tomarme esta pastilla.

Míriam lo miró preocupada.

—No le digas nada a mi mujer ni a mis hijos, que no quiero preocuparles.

—Pero ¿seguro que está bien?

—A veces siento un dolor fuerte en el pecho. Después del infarto todo me asusta, pero no es nada.

Ella se quedó intranquila. Sabía que todos estaban

preocupados por el delicado estado de salud de su padre y ahora comprobaba que tenían razón. Aparentaba ser un roble, pero le flaqueaban las fuerzas.

Cuando Tony consiguió librarse de su madre se escabulleron a la *suite*. En el ascensor Míriam y Tony se miraron fijamente. Ella vio esa mirada profunda que la había hechizado desde el primer día. Era tan enigmática... Desprendía deseo, fuerza y pasión. Míriam se sentía arrobada cuando la miraba así. Sin poder contenerse ni un minuto más se echó a sus brazos y lo besó con furia. Tony respondió con la misma voracidad. Entre ellos se había acumulado demasiada tensión en las últimas horas. Nada más entrar en la habitación fueron directos a la cama. Tras hacer el amor los dos se calmaron. Míriam tenía muchas preguntas que hacerle, pero no quería atosigarlo antes de la carrera. Tony le adivinó el pensamiento.

—Salí con Judith hace unos meses. Nos acostábamos de vez en cuando, salíamos a cenar, pero sin compromiso. Mis padres se enteraron porque la conocen desde hace años y le colgaron la etiqueta de «novia». Entre nosotros no había nada serio.

Le acarició el brazo con ternura. Míriam no quería saber nada más. Decidió contarle lo ocurrido con su madre. Él la excusó.

—Mi madre puede ser muy impertinente pero sabe que no puede manejar nuestras vidas. Me gustaría ver la cara que pone cuando se entere de que Paul y tu hermana están juntos. Ella detesta que digamos tacos. De pequeños nos hacía lavarnos literalmente la boca con jabón cada vez que soltábamos una palabrota.

Míriam se rio. Quería hablarle de lo ocurrido en el casino.

—Respecto a lo que pasó en el casino...

Tony le puso el dedo en los labios.

—No sigas. Te entiendo. Son demasiadas novedades. Hay muchas cosas de las que hago que tampoco me gustan, pero es mi vida y mi trabajo.

Míriam asintió y se abrazaron. Le hubiera gustado decirle que ella no encajaba en ese mundo.

Tres pisos más abajo, Paul y Salu compartían lecho. Los dos estaban tumbados en la cama charlando. A Salu le encantaba el tono de voz de Paul y la cantidad de conocimientos que tenía. Era un conversador nato. Podía hablar con él de cualquier cosa. Le contó el pequeño incidente con su madre y Paul se rio.

—No te lo va a perdonar en la vida. Mi madre no soporta los tacos. Aunque es española parece inglesa en muchos aspectos.

—Bueno, tampoco pasa nada, tú y yo solo somos amigos.

Paul la miró con ternura. Salu admiraba la transparencia y el amor que emanaba de su mirada. Era como un arroyo cristalino que le infundía paz y serenidad.

—¿Eso crees?

Ella asintió con escepticismo. Él empezó a acariciarle el rostro y el pelo. Salu se estremeció al sentir su contacto.

—Eres preciosa. Me gusta tu modo de andar estirada para parecer más alta, tu coquetería cuando enrollas un mechón de pelo en tu dedo índice y haces bucles con él, cuando te ríes como una hiena, cuando me miras impotente porque me deseas y yo no te correspondo, cuando jugueteas con la comida en el plato porque eres incapaz de afrontar que tienes un problema, cuando sueltas tacos e insultos sin mesura, cuando estás con tu hermana y veo cómo la admiras, cuando hablas con cariño de tus padres...

Dos lágrimas rodaron por las mejillas de Salu. Aquel inglesito le había hecho una radiografía perfecta de su personalidad. Sus cristalinos ojos habían visto en su interior más allá de su escuálido cuerpo y su altanería.

Paul le limpió las lágrimas con la yema de los dedos. Salu lo abrazó. Nunca había conocido a nadie como él. Los dos se besaron con miedo y con fervor. Un acercamiento que, poco a poco, se transformó en necesidad, en sed uno del otro. La llama del fuego prendió con tal fuerza que los dos se vieron arrastrados por el delirio. Se desnudaron con premura, ayudándose mutuamente, disfrutando de sus cuerpos con frenesí. Cuando Paul la penetró con suavidad, Salu emitió un gemido de placer. Había soñado tantas veces con ese momento que lo disfrutó al máximo. Paul la sorprendió como amigo y como amante. La hizo gozar hasta el último segundo en que los dos estallaron en un éxtasis conjunto. Después de hacer el amor él la abrazó y Salu lloró en silencio. Nunca en su vida había sentido nada igual, y eso que se había acostado con muchos hombres, pero ninguno como él.

29

El domingo, Mónaco amaneció con un sol radiante. Tan radiante como Míriam y su hermana Salu. Tony se marchó temprano, pues a las siete y media tenía que desayunar para cumplir con su estricto programa. Le había contado que después de tomar leche, cereales y fruta, le hacían un masaje para acondicionar los músculos y hacía ejercicios de calentamiento. Después, a las once y media, tenía que almorzar. Una comida en toda regla, con pasta, sopa y alimentos que le dieran energía para la carrera.

Paul fue con ellas al *paddcok*. Se notaba que era el día de la prueba de fuego. Los trabajadores de las escuderías andaban de un lado a otro nerviosos, la prensa campaba por las zonas autorizadas con cámaras y periodistas, y las gradas estaban repletas de público.

Cuando entraron en el *hospitality* de la escudería, Míriam pudo abrazar a Tony. Él la besó y le puso los auriculares que llevaba en los oídos. Sonaba *Hacer por hacer* de Miguel Bosé. Ella sonrió.

—Espero que te dé suerte mi música de abuelas.

—Me das suerte tú.

Tony la besó y se alejó a otra sala con su preparador físico.

Paul le explicó que la preparación de los pilotos tenía que ser muy rigurosa porque dentro del coche soportaban mucha presión.

—¿Sabes que en cada carrera pierden de dos a tres litros de líquido?

—¡Madre mía! Peor que una sesión de *spinning* de las mías.

Belinda entró a saludarlas. Ella iba a ver la carrera desde el edificio de la escudería de Jason.

—Así me entero de todas las órdenes que le dicen. Eso me tranquiliza.

Les dio dos besos y les deseó suerte. Dentro del circuito Tony y Jason eran rivales y competían por ganar.

Paul abrazó a Salu y Míriam adivinó en sus miradas que aquellos dos habían hecho algo más que dormir la noche anterior. Su hermana aún no le había contado nada.

Cuando faltaba una hora para la carrera Tony apareció con el mono del equipo puesto y el casco en la mano. Míriam babeó al ver a su hombre enfundado en ese traje que lo hacía tremendamente sexi. Lo besó antes de que se fuera a los boxes.

Paul las llevó hasta el lugar donde podrían seguir la carrera en los monitores. Tony fue al *pit lane* para sacar el monoplaza a la pista.

A la hora señalada, tras dar la vuelta de calentamiento, los pilotos se situaron en sus posiciones en la parrilla de salida. Míriam sintió que el corazón le iba a estallar.

La cámara enfocó el semáforo. Las cinco luces rojas se fueron iluminando una a una y, cuando se apagaron, todos los monoplazas salieron veloces en busca de la mejor posición. Salu empezó a morderse las uñas. No soportaba tanta tensión. El circuito era peligroso por estar dentro de la ciudad y los muros de contención estaban demasiado cerca de los coches.

Míriam vivió la carrera como si fuera ella dentro del vehículo. No podía evitar gritar cada vez que Tony intentaba hacer un adelantamiento o cuando otro coche se le acercaba demasiado. Sufrió hasta el último minuto. Tony mantuvo su segunda posición durante toda la carrera. Por más que intentó arrebatarle el lugar al primero no pudo.

Cuando todo terminó, Míriam recuperó la respiración. Aquello era muy bonito visto desde casa pero desde allí era muy diferente. La tensión se palpaba en el equipo de la escudería, el sonido estruendoso de los monoplazas añadía más estrés y ver a Tony al volante le causaba una angustia permanente.

Cuando ella y Salu fueron a encontrarse con Tony vieron a los padres de él. Anthony charlaba con uno de los jefes del equipo. La madre fue hacia ellas y retuvo a Míriam.

—Necesito hablar contigo a solas.

Salu se enfureció al ver a la mujer cogiendo del brazo a su hermana.

—Señora, suelte a mi hermana si no quiere problemas.

Míriam la obligó a callar.

—Déjala, Palo. Ve a buscar a Paul. No tengo ningún inconveniente en que hablemos.

Teresa sonrió satisfecha y Salu se alejó maldiciendo.

—Veo que sigues empeñada en hacerte daño.

—No sé de qué me habla.

—Te dije que Tony no era para ti y eso que todavía no sabía la feliz noticia.

—¿A qué feliz noticia se refiere?

Míriam se mosqueó.

—A que mi hijo va a ser padre. Por fin nos va a dar un nieto y va a formar una familia.

Míriam se quedó petrificada.

—No la creo. Eso es imposible.

—Sé el miedo que tiene al compromiso, pero hay que afrontar los errores, y si dejas embarazada a una chica, después tienes que ser consecuente.

Míriam se sintió desfallecer. ¿Tony había dejado embarazada a alguno de sus ligues?

—Judith está embarazada de tres meses. Estaba esperando a que pasara más tiempo para confirmar que el embarazo evolucionaba bien. Tony es el padre.

Teresa vio cómo Míriam reprimía las lágrimas en los ojos.

—Lo mejor es que te marches ahora mismo. No quisiera que tú fueras la culpable de que él no forme una familia. Tony nunca abandonará a su hijo.

Míriam sabía que Teresa tenía razón. Ella solo podía ser un estorbo. Después de lo que había sufrido por la infidelidad de su padre, tenía claro que Tony se haría cargo del niño y de Judith. Tenía que salir de allí cuanto antes. Intentó buscar a Salu, pero no la encontró. Así que decidió marcharse al hotel. No quería ver a Tony. No soportaría que él intentara convencerla para estar juntos. Tenía que ser responsable y dejarle el camino libre.

Cuando logró llegar al hotel, casi una hora después, hizo la maleta a toda prisa y se fue al aeropuerto. De camino llamó a su hermana y le dejó un mensaje en el contestador del móvil. Le pidió que no dijera nada a nadie. Ni siquiera a Paul. Cogió el primer vuelo a España. Su gran aventura había terminado. Volvía con la maleta llena y el corazón vacío.

30

Tony Denmarck estaba eufórico. No había podido ser el primero, pero había hecho pódium en la primera carrera. Era un buen comienzo.

Cuando subió al estrado buscó con la mirada a Míriam, pero no la vio. Quería dedicarle su triunfo. Empapados en champán, escucharon los himnos de los países ganadores. Por detrás de él, en tercera posición, había quedado su gran amigo Jason. Los dos estaban exultantes.

Unos metros más abajo, Salu buscaba a su hermana. Cogió el móvil para llamarla pero era inútil, entre tanto griterío no escuchaba nada. Vio que tenía un mensaje en el contestador pero no podía oírlo. Paul la cogió en brazos y le dio un beso. Estaba contento por la carrera.

—¿Dónde está Míriam? Tony ha preguntado por ella.

—No lo sé. Se ha quedado atrás con tu madre pero no la veo por ningún sitio.

Tras las celebraciones, los pilotos hicieron la tradicional rueda de prensa con los periodistas. Tony se mostraba confiado. Gracias a las mejoras en la aerodinámica y el motor de su coche tenía opciones de ganar el mundial.

Salu buscó un lugar tranquilo para escuchar el mensaje de Míriam. Cuando lo oyó se quedó helada. Enseguida pensó que era una artimaña de la bruja de Teresa, así que decidió comprobarlo. Preguntó por Judith, y la buscó por todos sitios hasta que la encontró en una sala con los periodistas. Salu la abordó con chulería.

—Tú, pedazo de zorra. ¿Es verdad que estás embarazada?

Judith la sacó de la sala y le pidió que bajara la voz.

—A mí no me hables así, piojosa. ¿Quién demonios eres?

—Soy la hermana de Míriam. ¿Quién es el padre?

—Es Tony. Estoy embarazada de cuatro meses.

Judith se marcó la ropa con la mano y le mostró una incipiente barriga.

—¿Y por qué no has dicho nada antes?

—Porque es mi vida. ¿Y a ti qué te importa?

—¿Cuándo vas a decírselo a Tony?

—Cuando yo considere, y agradecería que tú y tu hermanita os quitarais de en medio de mi camino.

Salu tuvo ganas de insultarla, pero se contuvo. Dio media vuelta y se fue. Sintió una enorme impotencia y tristeza por su hermana. Sabía que no debía contarle nada a Paul, pero no podía mentirle. Le dijo la verdad y le hizo prometer que no le diría nada a Tony hasta que Judith hablara con él. Paul la dejó marchar y le pidió que lo llamara cuando llegara a España.

Míriam llegó al loft sumida en un abismo emocional. Se había pasado el vuelo llorando. No podía evitarlo. Era de lágrima fácil. Su amigo Luismi no estaba en casa. Se alegró porque quería estar sola. Se encerró en su habitación y se tumbó en la cama. Le dolía separarse de Tony. Pero sobre todo le dolía que él fuera a formar una familia sin ella.

Cuando ya pensaba que no le quedaban lágrimas, y que ya había sacado todo su dolor, volvía a empezar a sollozar de nuevo. A las dos horas, consiguió calmarse. Miró su móvil, que estaba en silencio. Tenía veinte llamadas perdidas de Tony. Escuchó la cerradura de la puerta. Era Luismi. Vio la maleta en el suelo y la buscó en la habitación. Se le partió el alma al encontrarla desconsolada.

—¿Pero qué ocurre, cari? ¿Qué haces aquí? ¿Les ha pasado algo a tus padres?

Míriam no tenía fuerzas para hablar. Al final sacó un hilo de voz para contarle lo acontecido. Luismi maldijo en voz alta.

—¡Maldita bruja! Con las ganas que tenía esa de separarte de su hijo. Y la furcia de alto *standing* se lo ha puesto a huevo. No puedes rendirte.

—No pienso hacer nada. Tony debe hacerse cargo de su hijo y formar una familia. Sé que será consecuente. Yo no voy a ser un estorbo.

—Ay, *cuore*, se me parte el alma. Bueno, ánimo. Más se perdió en Cuba. Si lo bueno que tiene el corazón es que igual que se hace pedacitos, se recompone como un puzle y vuelves a estar enamorado. Es ley de vida. El amor va y viene.

Míriam lo abrazó fuerte. Necesitaba más que nunca su apoyo.

Salu llegó a casa de noche. Encontró a Míriam más recompuesta. Le dio un fuerte abrazo.

—Lo siento mucho, Miche. Fui a hablar con esa zorra de Judith. Me confirmó que está embarazada de Tony.

Míriam se hundió. Aquello confirmaba que era verdad.

—Yo tampoco me lo creí cuando me lo dijo su madre. Pero hubiera sido inconcebible que se inventara algo así. ¿Has visto a Tony antes de venir?

—No. Solo a Paul. Me ha prometido que no dirá nada hasta que ella cuente la verdad, pero Tony va a querer saber qué ha pasado contigo. ¿No te ha llamado?

Míriam le mostró el móvil.

—Tengo treinta y ocho llamadas perdidas suyas. Pero no soy capaz de hablar con él. Todavía no.

—Miche, sé que es doloroso. No voy a valorar la decisión que tomes pero, sea cual sea, tienes que darle una explicación. Él tampoco se merece todo esto.

—Él la dejó embarazada. Es su obligación hacerse cargo de la situación. No voy a entrometerme. Esa es mi decisión. Tony y yo hemos acabado definitivamente. Y eso que nunca supe muy bien qué es lo que teníamos. En el fondo es lo mejor. Somos de mundos diferentes. Judith encaja a la perfección en su vida.

Míriam decidió que todo aquello iba a marcar un punto de inflexión. Se había arriesgado y había perdido. Ya lo había pasado mal tras romper con su ex, «el innombrable», y sabía cómo manejar la situación. No había vuelta atrás. Cuanto antes pasara página, antes lo superaría.

Esa noche durmió abrazada a su hermana Salu. Era su mayor amparo. Compartieron el dolor en silencio. Míriam se lo agradeció. Había veces en que el silencio era la mejor forma de acompañar a una persona que sufre.

Tony Denmarck recorría la *suite* de un lado a otro como un león enjaulado. Estaba furioso. Su madre Teresa estaba sentada en un cómodo sofá. Su padre y Paul permanecían de pie al fondo de la estancia y Judith, que estaba junto a él, le contaba los detalles de su embarazo.

Tony sentía tal opresión en el pecho que pensó que podría darle un infarto. No sabía cómo encajar todo aquello. Necesitaba estar solo y pensar. Tenía que hablar con Míriam. Todavía no entendía cómo su madre había sido tan cruel de decírselo a ella directamente. No le habían dado opción a decidir cómo actuar. Teresa forzó la situación.

—Tony, ¿no pensarás dejar tirada a Judith y a tu hijo?

Tony dio un puñetazo en la pared. Estaba fuera de control. No tenía elección.

—Claro que no. Yo nunca abandonaré a mi familia.

Anthony intervino.

—Creo que esto es algo que deben de hablar ellos dos a solas. Vamos, Teresa, salgamos de aquí. Tony, apoyaremos tu decisión, sea cual sea.

Tony agradeció las palabras de su padre. Todos salieron de la *suite*. Judith y Tony se quedaron en silencio. Ella se acercó e intentó abrazarlo. Tony la obligó a retroceder.

—No, Judith. No te engañes. Entre nosotros ahora mismo no hay nada.

—¿Te parece poco el hijo tuyo que crece en mi vientre?

—Yo me ocuparé de nuestro hijo y me esforzaré por ser un buen padre. Pero no siento nada por ti.

—¿Prefieres a esa fulana que trajiste al hotel?

Tony dio un golpe en la pared.

—Como vuelvas a hablar así de ella no respondo de mis actos.

—Está bien. Te daré tiempo. Estoy segura de que seremos capaces de entendernos y, tal vez, si me dejas, consiga que te vuelvas a enamorar de mí.

Judith salió de la habitación y Tony se sentó en el suelo. Hundió la cabeza entre sus brazos y maldijo su mala suerte. Había intentado hablar con Míriam por teléfono pero no le devolvía sus llamadas. Necesitaba hablar con ella. Marcó el número de Salu, pero tampoco lo cogía.

No quería que lo suyo con Míriam acabara. La victoria en el circuito se volvió amarga tras la derrota en su vida personal.

31

El lunes a Míriam le costó levantarse. Tenía que ir a trabajar. Se vistió de mala gana. Luismi y Salu la animaron.

—Venga, que hoy nos comemos el mundo, *cuore*. Voy a pedirle permiso a Mario para llevarte a una chocolatería, a quitarnos las penas con un buen chocolate con churros.

—Gracias, Luismi, pero no tengo ganas de nada.

Salu le dio una palmada amistosa en el hombro.

—Sí que estás mal, hermanita, para rechazar un chocolate con churros.

Esa mañana tenían entrenamiento en el gimnasio. Míriam hizo la clase de *spinning* como si se acabara el mundo. Mario notó lo decaída que estaba. Cuando salió de ducharse le pidió que le contara cuál era su pena.

Míriam se desahogó sincerándose con él. Mario conocía bien a Tony y a su familia.

—No veo por qué un hijo debe cambiar vuestra relación. Él tiene la obligación con el hijo, no con la madre. Tú puedes seguir siendo su pareja.

Míriam suspiró. No era tan sencillo. No podía contarle a Mario el trauma familiar que tenía Tony por el engaño de su padre. Le había prometido que no se lo contaría a nadie.

—Yo no quiero ser un impedimento. Prefiero que se den la oportunidad de formar una familia.

—Conozco a Tony. Él no formará una familia con alguien a quien no quiere. Eso está abocado al fracaso. Aunque lo intente no se puede forzar el amor.

Mario tenía razón, pero Míriam se mostraba inflexible.

Por la tarde, Luismi, Míriam, Teo y Rafa fueron a grabar un reportaje a una tienda de cosméticos ecológicos. Se divirtieron poniéndose crema de baba de caracol y de veneno de serpiente. Míriam consiguió olvidarse durante unas horas de su dolor. Era la gran ventaja de su trabajo, la absorbía de tal forma que se olvidaba de todo mientras estaban grabando.

Teo le preguntó si estaba bien. La notaba triste.

—Tengo mal de amores, como se dice en mi pueblo. Es lo que pasa cuando te lías con quien no debes.

Míriam lo miró fijamente esperando que él se sincerara también. Pero Teo le dio un apretón en la mano.

—Bueno. Todo pasa. Ánimo. Como dice un proverbio chino: «Si tiene solución, ¿por qué te preocupas? Y si no tiene solución, ¿por qué te preocupas?»

Rafa los avisó de que ya estaba listo para seguir grabando. Había cambiado la batería de la cámara. Luismi estaba entusiasmado poniéndose por todo el cuerpo una crema corporal de virutas de oro.

—¿Tú crees que si ahora voy al gitano de «compro oro» me paga mi peso en billetes de quinientos?

Rafa se rio de él. Todo su cuerpo emitía destellos dorados.

—Creo que tienes más futuro como burbuja de Freixenet.

Por la noche, cuando llegaron a casa, Salu había preparado la cena. Era una cena para dos donde no estaban incluidos ni ella ni Luismi. Tony se había presentado en el loft y se negaba a irse sin hablar con Míriam. Salu no podía hacer nada por echarlo. Él le impidió que la avisara. Así que ella preparó la cena y cuando escuchó la puerta, cogió a Luismi del brazo y se lo llevó de allí. Míriam supo que algo extraño pasaba. Cuando lo vio plantado en medio del salón se sintió desfallecer. Tony fue hacia ella y la abrazó. Míriam intentó desasirse, pero al inspirar su olor dejó de forcejear. Lo amaba tanto... Él la miró suplicante.

—Por favor. Tienes que escucharme.

Míriam sabía que debía dejarlo hablar. Tenía que sacar fuerzas para enfrentarse a él.

—Di todo lo que quieras pero mi decisión es inamovible.

—Míriam, te quiero.

Esas eran las últimas palabras que ella habría esperado escuchar de su boca. Contuvo las ganas de llorar. No quería mostrar debilidad. Necesitaba que él viera la determinación con la que actuaba.

—Lo nuestro ha acabado, Tony. No te resistas. No me busques. Ella va a tener a tu hijo y tú debes intentar formar una familia y darle a ese niño todo el cariño que se merece.

—Míriam, ¿no me has escuchado? Te quiero. ¿Sabes que nunca le he dicho esto a ninguna mujer?

No podía soportar la presión. Tenía ganas de abrazarlo, de decirle que ella también lo quería, pero tenía que ser fuerte.

—Tony, yo no te quiero. Lo nuestro solo ha sido una aventura. Nos lo hemos pasado bien juntos, pero no hay más. Tú siempre has dicho que somos amigos y eso es lo que somos. —Míriam se mostró impasible y fría—. Sabes qué es lo que debes hacer. No cometas el mismo error que tu padre.

Sabía que le había dado justo donde más le dolía. Tony endureció el gesto y la miró atormentado. Cogió su chaqueta con furia y salió disparado del loft.

Míriam se dejó caer en el sofá. Había sido cruel. Sus palabras le dolían más a ella que a él. Le quemaban por dentro. Pero era la única forma de lograr que renunciara a ella. Sabía que Tony no se rendiría fácilmente. Ella le había allanado el camino. No podría soportar seguir juntos y que en un futuro le reprochara que por su culpa él no había formado la familia que debía.

Las lágrimas anegaron sus ojos. No había vuelta atrás.

32

Tony Denmarck había perdido el control fuera y dentro del circuito. Los periodistas lo habían apodado La Furia. Había convertido las carreras en todo un espectáculo. Se arriesgaba en cada curva con adelantamientos imposibles, sin importarle el peligro. Su ímpetu lo había situado a la cabeza del mundial. Hacía pódium en todas las carreras pero ninguna victoria lo satisfacía.

Sus compañeros y su familia estaban preocupados por él. Tras ganar el Gran Premio de Australia su amigo Jason lo buscó en la habitación del hotel.

—Tony, necesito hablar contigo.

Tony no quería escuchar a nadie. Se había encerrado en su mundo. Estaba solo concentrado en su trabajo y no quería hablar de nada más. Jason y él eran grandes amigos, por eso la familia de Tony confiaba en él para que le hiciera entrar en razón.

—No puedes seguir así, tío. Nos pones en peligro a todos cada vez que sales a la pista. Se rumorea que la

FIA quiere sancionarte. Si lo hacen, perderás tu oportunidad de ganar este año.

Tony emitió un gruñido. Su amigo tenía razón. Tenía que ser más prudente. Correr se había convertido en la vía de escape para su dolor. Sentía la necesidad de darlo todo en cada carrera sin importarle su vida. Pero no era justo que arriesgara la integridad física de los demás.

—Está bien. Moderaré mi conducción.

—Respecto al otro asunto...

Tony lo cortó.

—No quiero hablar de más asuntos. Por favor, respetad mi decisión. No hay nada más que hablar.

A Jason le dolió su forma de hablar déspota y atormentada. Su amigo estaba sufriendo y él no podía ayudarlo.

—Sabes que puedes contar conmigo y con Belinda para lo que quieras.

Míriam se angustiaba cada vez que veía en la tele a Tony corriendo como un loco en las carreras. Aunque quería borrarlo por completo de su vida, no podía. Seguía el Mundial, sin que nadie lo supiera, para saber de él.

Salu no la dejaba ni a sol ni a sombra. Ella y Luismi se habían propuesto que Míriam olvidara su pena. Se esforzaban por sacarla de casa y hacerla reír a todas horas. Míriam agradecía su amparo pero a veces necesitaba soledad.

Quedaban dos meses para que terminara el *reality* y estaba cerca de cumplir el objetivo. Había perdido el apetito. Eso y el deporte la habían llevado a perder peso rápidamente. Ya estaba en una talla 38. Nunca en toda su vida había estado tan delgada. Pero Míriam no se veía guapa. Había perdido gran parte de su voluptuoso pecho y los huesos de la cara se le habían marcado demasiado.

Luismi la ayudó a abrocharse un vestido rojo que le había preparado vestuario para el reportaje que iban a grabar en un nuevo centro comercial.

—Estás divina, *cuore*. Como sigas así le vas a quitar el puesto a la diva Bárbara Aribarri.

—Como te oiga, te mata.

Luismi veía que su amiga había perdido su habitual brillo en los ojos. Le faltaba vitalidad, frescura y ganas de vivir. Necesitaba enamorarse de nuevo de la vida.

—Oye, tú sabes que un clavo quita otro clavo ¿no?

—Ya estamos otra vez con el temita.

Estaba harta de que Luismi y su hermana intentaran liarla con cualquier hombre que apareciera a su alrededor.

—Que no lo digo por hacerte ninguna encerrona, ni ninguna cita a ciegas. Solo quiero que salgas. Que abras los ojos, que el mar está lleno de peces. Estás tan cerrada que no ves nada. Y quien no busca, no encuentra. Sal a pescar, *cuore*.

—No quiero ir a pescar.

Nina entró en el vestuario.

—¿Quién quiere ir a pescar?

Luismi se rio.

—Míriam, quiere ir a pescar, pero no sabe de dónde sacar la caña.

Nina los miró desconcertada.

—Bueno. ¿Estáis listos? Teo y Rafa os esperan en el coche. Acordaos de que hay que nombrar a Verdifresh, que es quien patrocina la sección.

Verdifresh era una marca de verduras frescas que se vendía en los supermercados. Luismi se cachondeó.

—¿Y cómo lo hacemos? Mientras nos probamos la ropa le digo: «Oye este pantalón huele a huerta, como Verdifresh.» O: «Este suéter tiene un color verde intenso como las bolsitas de Verdifresh que me compro del súper.» ¿Qué te parece? Queda natural ante todo.

Nina puso los ojos en blanco.

—Hablad con Teo y que él os dé las pautas, que para eso le pagamos.

Míriam se había percatado de que Teo y Nina se habían distanciado últimamente. Tal vez lo suyo solo fue un rollo pasajero. De hecho, Teo y su novia ya estaban viviendo juntos en casa de él.

La grabación en el centro comercial fue divertida. Tardaban más en preparar los escenarios y los diálogos que en grabar las secuencias. Teo marcaba las directrices de lo que tenían que hacer y ellos añadían su naturalidad. Muchas veces acababan haciendo algo totalmente diferente, pero Teo ya se había acostumbrado a trabajar con las improvisaciones de ellos dos, que casi siempre daban buen resultado.

Por la noche llegaron a casa cargados con bolsas del centro comercial. Les habían regalado un montón de ropa. Míriam le llevó a Salu un vestido azul cobalto de su talla.

—Gracias. Es la bomba. Con esto voy a estar irresistible para Paul.

La relación entre su hermana y Paul iba viento en popa. Hablaban todos los días por teléfono. Se veían poco porque él estaba siempre viajando, pero cuando estaba en la ciudad eran inseparables. Míriam no preguntaba por Tony, ni ellos le comentaban nada de él. Era lo mejor para la salud mental de todos.

Muchas veces se sentía tentada de ir a buscarlo. Sabía que si Paul estaba en la ciudad, él también. Pero no debía. Tenía que hacerle caso a Luismi y buscarse a otro. Alguien que la hiciera divertirse y que lo sacara de su corazón.

La semana de la moda estaba a punto de empezar en la ciudad y en el programa iban a entrevistar a los modelos más famosos que participaban. Míriam se alegró de encontrarse a Darío en la sala de maquillaje.

—¿Cómo estás, Darío? ¡Cuánto tiempo!

—¡Míriam, qué alegría!

Se dieron un afectuoso abrazo. Sentían un cariño especial desde el incidente. Darío la miró de arriba abajo.

—Si ya casi no te reconozco. Has perdido un montón de peso.

—Sí, bueno, en eso consiste este trabajo, si no los de la tele me echan.

—Voy a estar toda la semana en la ciudad porque

empieza la Fashion Week. ¿Comemos juntos y nos ponemos al día?

—Claro que sí. Dime hora y sitio.

Ese mediodía el modelo internacional más conocido de España y Míriam compartieron mesa y confidencias en un pequeño *bistrot* francés. Míriam le contó toda su aventura fallida con Tony Denmarck y él le reveló que no había salido con ninguna chica desde su ruptura con la actriz Ana de Palacios.

—Darío, nunca me has contado por qué lo dejasteis.

—Es una relación complicada. Yo viajo mucho y ella también. Además, estamos expuestos continuamente a la prensa rosa que no hace más que inventar chismes. Los rumores te acaban afectando. A nosotros nos hizo mucho daño cuando publicaron que Ana se había liado con un director de cine y estaba embarazada. Era todo mentira, pero me hizo dudar. Perdí la confianza en ella sin razón.

Míriam se acordaba de aquel escándalo. Darío parecía abatido.

—Ya sabéis que inventan cosas, por eso no hay que tenerlo en cuenta. ¿Sabes si ella sale con alguien ahora?

—Que yo sepa no.

—¿A ti te gustaría retomar vuestra relación?

—No lo sé. Sé que la quiero. Desde que lo dejamos ninguna chica me ha llamado la atención. Ella era especial. Pero no creo que quiera volver conmigo. No soportaba la distancia.

—Bueno, no tires la toalla antes de tiempo. Si ella te

dice que no, al menos sabrás que tú lo has intentado todo por tu parte.

Darío sonrió.

—¿Y lo tuyo con Denmarck no tiene arreglo?

—No. No hay vuelta atrás. Nuestro problema no es la distancia. Es una mujer y un hijo. Contra eso no puedo luchar.

Darío asintió apesadumbrado.

Cuando salieron del restaurante se dieron un fuerte abrazo. Ninguno de los dos se percató de que a unos metros un *paparazzi* los inmortalizaba en unas comprometidas fotos donde parecían algo más que amigos.

Las fotos se publicaron al día siguiente en la portada de varias revistas del corazón. Salu fue quien lo descubrió después de bajar a comprar el pan y encontrarse a su hermana en todas las revistas del kiosco.

Subió acalorada.

—¡¡¡¡Micheeeee!!!!

Su chillido sobresaltó a Míriam y Luismi, que todavía dormían. Era fin de semana.

Los dos acudieron con los ojos entrecerrados a la cocina.

—Abrid bien los ojos, que tenéis que ver esto.

A Míriam se le cayó el alma a los pies cuando vio su foto con Darío abrazándose bajo un titular gigante que ponía «Darío encuentra un nuevo amor». Y en letra pequeña, un subtítulo aclaraba que la chica era la protagonista de un *reality* de Antena 6.

Luismi empezó a aplaudir.

—Qué calladito que te lo tenías. Tú cada vez apuntas más alto ¡¡¡Qué fuerteeee!!! ¿El Mustakarena? ¡Al que salvaste en el congelador del supermercado! Si es que las desgracias te unen de por vida.

—Es mentira. No estamos juntos. Somos amigos desde hace tiempo.

Míriam encendió el móvil. Tenía una llamada de Darío. Se fue a su habitación y lo llamó.

—¿Lo has visto?

—Sí. No te preocupes. Siento involucrarte en todo esto. No vi al *paparazzi*. Ahora supongo que te atosigarán durante unos días hasta que se den cuenta de que no estamos juntos. Tú si te preguntan niégalo. Yo haré lo mismo. Si bajas a la puerta de tu casa seguro que hay algún periodista.

—¿En serio? ¿No tienen nada mejor que hacer? Si ni siquiera es verdad.

—Ya, pero ellos no lo saben. Querrán confirmar la noticia.

—Vale. No te preocupes. Lo negaré todo.

Luismi bajó a inspeccionar el portal para ver si había periodistas, pero estaba vacío. Subió con la noticia y Míriam se relajó. Lo último que le apetecía era ir huyendo de la prensa por su calle.

Su teléfono volvió a sonar. Era su madre.

—Cariño. Papá me acaba de traer la prensa y en mi

revista sales tú con un nuevo novio. Ese no es Tony. ¿Quién es? ¿Ya no estás con el piloto?

Míriam respondió paciente a las preguntas de su madre. Omitió contarle los detalles de su ruptura con Tony. Simplemente le dijo que aquello se había acabado y que Darío era solo un amigo. Lolín no se dejó apabullar.

—No sé por qué has dejado al piloto pero te aseguro que él te quería de verdad. Me extraña que no luche por recuperarte. Y tú deberías recapacitar y pensar en tu felicidad.

Míriam no tenía ganas de discutir. No quería contarle toda la historia por teléfono.

—Mamá, prometo que cuando nos veamos te lo contaré todo con tranquilidad.

—Está bien. ¿Y Salu?

—Bien. Hoy ha quedado con Paul.

—Ese inglés tan educado me gusta para ella. A ver si consigue que coma más, que le hace falta engordar. Y por cierto, tú deberías plantarte con la dieta que ya estás casi como tu hermana, un palillo. Se te está quedando cara de calavera.

—Yo también te quiero, mamá. ¿Cómo va tu pierna?

A Lolín le habían quitado el yeso.

—Estoy bien. Ya salgo a andar con tu padre y no me duele nada.

—Me alegro. Un beso para los dos.

Tras colgar el teléfono volvió a sonar. Era Nina.

—¿Estás saliendo con Mustakarena? Me acaba de

llamar la directora. Quiere que lo contéis todo en exclusiva en nuestro programa.

—Es mentira. Solo somos amigos.

—Uf, pues habrá que sacarle provecho al asunto. No hagas ninguna declaración a ningún otro medio de comunicación hasta que os entrevistemos en directo. Ahora llamaremos a Darío para decírselo.

Míriam no podía creer la falta de escrúpulos de Nina. Todo valía para su circo. Daba lo mismo si ella o Darío lo estaban pasando mal. Prefirió no discutir con su jefa. Bastante alterada estaba ya con toda la situación.

Cuando colgó lanzó el móvil contra la almohada y se tapó la cabeza con las sábanas. Aquello iba a ser un martirio. Al menos le había hecho olvidar que Tony estaba en la ciudad ese fin de semana. Lo sabía porque Salu había quedado con Paul.

En su casa Tony miraba turbado las portadas de las revistas en internet. Paul había preferido contárselo antes de que se enterara por otra vía.

—¿Están juntos?

—No. Te aseguro que ella no sale con nadie.

—Pues estas fotos dicen lo contrario. No hace falta que me lo ocultes. Ella puede salir con quien quiera. Ya no somos nada.

Tony estaba furioso. No soportaba ver a Míriam en brazos de otro.

Paul le puso la mano en el hombro.

—Me tengo que ir. He quedado con Salu.

—Voy contigo. Quiero hablar con Míriam.

—Tony, no sé si es buena idea.

—Estoy harto de que me digáis lo que debo y no debo hacer. Quiero aclararlo con ella.

Paul se presentó en el loft acompañado de Tony. Cuando Míriam lo vio en la puerta sintió una punzada de dolor. Llevaban un mes sin verse. Ella había fantaseado muchas veces con que se volvían a encontrar. Su aparición la había pillado desprevenida. Luismi fingió que tenía que ir a la farmacia para dejarlos solos. Salu y Paul también se marcharon.

El silencio campó entre ellos. Tony estaba aturdido por tenerla tan cerca y no poder abrazarla. La notaba más delgada. Deseaba cogerla entre sus brazos y besarla con pasión.

—Perdona que me presente así en tu casa, pero necesitaba verte.

—Te dije que no me buscaras más.

Míriam lo encontraba guapísimo. Estaba más musculado. Su mirada felina era más feroz que nunca. Ardía en deseos de besarlo y decirle lo mucho que lo había echado de menos. Pero se inhibió.

—Necesito que me digas si es verdad que sales con ese modelo.

Míriam no dudó en su respuesta.

—Sí, estamos juntos. Darío y yo ya nos conocíamos de antes y ahora hemos retomado nuestra relación.

Tony arrugó la frente e intentó contener la rabia. Los celos lo consumían. En un ataque de ira, traspasó los límites. Se acercó a ella y la besó con desesperación.

Míriam intentó separarse pero fue imposible. Le devolvió el beso con entrega y fervor.

Cuando se separaron, ella le dio un empujón y él se alejó con el dolor reflejado en sus ojos.

—Que seas muy feliz con tu modelo.

Tony se marchó y Míriam se sintió una estúpida. No había podido reprimirse. Maldijo por ser tan débil. Al menos le había dejado claro que sí salía con Darío.

33

El programa de las mañanas quería sacar rentabilidad a la historia inventada entre Darío y Míriam. Les prohibieron hablar del tema. Querían mantener el rumor en el aire durante un tiempo para después entrevistarlos en el programa en exclusiva. A ninguno de los dos les entusiasmaba la idea, pero estaban medio obligados por contrato. Al fin y al cabo, no tenían que afirmar ni desmentir, solo esperar para contar la verdad en el plató.

A millones de kilómetros de distancia, Tony Denmarck seguía con atención las novedades de la pareja de moda. Necesitaba concentrarse para lograr la *pole* en el Gran Premio de Bahrein. La Furia, como lo llamaban, se había erigido imbatible en el liderazgo del mundial, seguido de un piloto japonés y de su amigo Jason en tercera posición.

Sus padres habían acudido a ver la carrera, aunque todos se habían opuesto a que su padre viajara tan lejos. Ya habían evitado que fuera a otras citas, pero su padre quería pisar Asia. Después del largo vuelo se quedarían dos semanas y les acompañarían también a Malasia.

Teresa eligió para hospedarse el mismo hotel que Judith. Quería pasar tiempo con ella ahora que su embarazo era evidente. Tony se negaba a abrirle las puertas de su corazón, pero pasaba tiempo con ella para planificar el futuro del bebé. Judith se confesó con su futura suegra con la que tenía una gran complicidad.

—Es muy atento conmigo pero no me deja acercarme. Ya no sé qué hacer. Llevo un mes intentando meterme en su cama pero no me deja.

Teresa la cogió de las manos.

—Paciencia, Judith. Conozco a mi hijo. Se niega a darte una oportunidad porque aún no se ha olvidado de la mosquita muerta de la tele. Pero lo que tú tienes que ofrecerle no tiene rival. Cuando vea la cara de su bebé lo dejará todo por ti.

Judith dudó de la convicción que manifestaba su suegra. Había utilizado todas sus armas de seducción femenina sin resultado.

Tony ganó en Bahrein. Míriam vio la carrera en su casa, junto a Luismi y Salu. Mientras celebraba la victoria, el cámara enfocó a una chica embarazada que aplaudía entusiasmada. A Míriam casi se le atraganta una aceituna al reconocer a Judith. Se levantó del sofá y se fue a la cocina. Salu la siguió.

—¿Estás bien, Miche?

—Sí. Voy a por agua.

—Joder, deja de fingir que Tony no te importa. Conmigo no.

Míriam no quería bajar la guardia. Negar sus sentimientos delante de todos le permitía autoconvencerse a sí misma.

—Estoy bien. Por favor, déjame sola.

Salu salió al salón afligida. Le dolía ver a su hermana así pero no podía hacer nada para ayudarla. Solo había que esperar. Como decía su madre, el tiempo lo cura todo.

La temporada de Fórmula Uno estaba a punto de acabar. Solo quedaban cuatro carreras. Tony iba en primera posición a tan solo veinticinco puntos de su rival inmediato y a cincuenta de Jason. Todo estaba por decidir. Paul le había comprado el billete de avión a Salu para que acudiera al Gran Premio de Gran Bretaña. Quería aprovechar para escaparse a Gales y enseñarle la casa familiar.

Ese fin de semana Salu viajó al circuito de Silverstone.

Tony estaba feliz de correr en casa. Para él Inglaterra era su hogar. No podía fallarle a la multitud de aficionados que esperaban ver su victoria. Era un premio especial para su padre Anthony. En aquel circuito se había fraguado el prometedor futuro de su hijo. Era emocionante volver allí con tantas victorias a sus espaldas.

Teresa aprovechó para acondicionar la casa de Gales con la ayuda de Mary. Iban a quedarse una temporada a vivir en el campo. Ya hacía mejor tiempo y a su marido le vendría bien respirar aire puro.

Mientras Tony se vestía para la carrera, accionó su mp3 y la música de Miguel Bosé comenzó a sonar. A pesar del paso del tiempo no podía olvidarla. Míriam había dejado huella en su vida. La necesitaba. Pero ella se negaba a volver con él. Lo había intentado todo, mensajes, llamadas de teléfono, incluso había hablado con su hermana para que intercediera por él, pero no había nada que hacer. Míriam había pasado página y había rehecho su vida con aquel maldito modelo. A Tony le hervía la sangre cada vez que pensaba en Darío.

Tenía que concentrarse en Judith y su futuro bebé. Judith estaba muy cariñosa con él. Se mostraba comprensiva con sus continuos cambios de humor y respetaba que él quisiera mantener las distancias. Todavía no había decidido qué haría cuando naciera el niño. Tenía que pensar en ello.

Tony salía en la *pole position*. Eso le daba ventaja ante sus rivales. Los mecánicos habían introducido mejoras para que su coche fuera todavía más veloz. La carrera empezó con un peligroso adelantamiento en el que el piloto japonés pasó a Tony en la primera curva.

Salu veía la carrera con Paul en el *paddock*. Teresa, Anthony y Judith estaban sentados en unos sofás cerca de ellos. No había cruzado ni una palabra con la bruja de la madre de Paul ni con la lagarta de Judith. Se ignoraban mutuamente.

La carrera fue emocionante y peligrosa. Cuando quedaban diez vueltas, Tony arriesgó e intentó pasar al piloto japonés que se negaba a ceder la primera posición. Tras varios intentos, cogió un buen ángulo en la curva, y cuando parecía que ya lo estaba pasando, el coche del japonés hizo un movimiento extraño y los dos se rozaron. El público gritó. Salu y Paul se acercaron nerviosos al monitor. Teresa empezó a gritar horrorizada. Su marido Anthony se había tumbado en el suelo y padecía espasmos. Parecía que no podía respirar. Paul fue corriendo junto a su padre y pidió que avisaran al médico de la escudería.

El médico confirmó que era un principio de infarto. Sacó un desfibrilador de su maletín y logró reanimarlo. Una ambulancia lo trasladó al hospital más cercano. Paul pidió a Salu que condujera su coche y llevara a su madre y a Judith al hospital. Él no podía dejar a Tony solo. Se esperaría al final de la carrera e irían juntos.

Salu activó el GPS e introdujo la dirección. Teresa conocía el camino, pero estaba tan nerviosa que era incapaz de hablar. Antes de subir al coche llamó a Míriam para avisarla de que Anthony había sufrido un infarto. Sabía el cariño que le profesaba su hermana. Durante el trayecto Judith no dejó de atosigarla.

—¿Estás segura de que es este camino? Creo que era a la derecha. Has girado mal. Estoy segura. Vamos en dirección contraria. ¿Quieres hacerme caso, maldita lerda?

Salu dio un frenazo y paró en el arcén. Se dio la vuelta y la miró cabreada.

—Como me vuelvas a gritar, zorra histérica, te dejo tirada en el camino. Cierra el pico y no hables si no es para ayudar.

Judith se quedó traspuesta. Aquella salvaje la había asustado.

—Desde luego, qué modales. ¿Tu madre no te enseñó educación?

Salu se ofendió.

—¿Y a ti la tuya no te enseñó que antes de follar hay que ponerse un condón?

Judith la fulminó con la mirada. Teresa consiguió hablar.

—¿Podéis dejar la pelea para otro momento, por favor? Quiero llegar al hospital.

Míriam hizo la maleta en dos minutos y salió disparada al aeropuerto. Luismi le había reservado el primer vuelo que salía a Inglaterra. Quería estar junto a Anthony.

Antes de subir al avión vio que Salu le había enviado un mensaje al móvil con la dirección del hospital.

En el circuito de Silverstone, Tony seguía corriendo con su monoplaza ajeno al drama que vivía su familia. Se había llevado un buen susto al casi rozarse con el coche del japonés y no quería cometer ningún error. Cuando faltaban tres vueltas volvió a intentar el adelantamiento en una recta. Sabía que su coche era más rápido y el japonés no le llevaba mucha distancia. Se pegó a él e intentó pasarlo sin éxito.

La carrera acabó con Tony en segunda posición. El público vitoreó su hazaña. Había arriesgado al máximo aunque no había logrado su objetivo.

Después de subir al pódium y atender a la prensa, Paul lo apartó a un lado. Le dio una bolsa con ropa y lo sacó de allí a toda prisa. No le contó lo que pasaba hasta que no estaban en el coche de camino al hospital.

Tony se sintió culpable.

—¡Maldita sea! Sabía que papá no estaba bien para viajar. Y encima la tensión de la carrera de hoy ha sido el detonante. Todo es por mi culpa. Por intentar forzar la máquina. Si no hubiera tenido ese altercado, él no se habría puesto nervioso y no le habría dado el infarto.

Paul lo interrumpió.

—Tony, ya está bien. No estás siendo justo contigo mismo. Eso le habría pasado antes o después. Es su estado de salud.

Tony se llevó las manos a la cabeza.

—Como le pase algo por mi culpa, nunca me lo perdonaré. Nunca.

En el hospital habían estabilizado a Anthony y le habían puesto una vía con un gotero. Estaba conectado a varios aparatos que medían las pulsaciones y los latidos del corazón. Los médicos querían asegurarse de que todo estaba correcto.

Tony abrazó a su madre al llegar. Judith le dio un beso en la mejilla.

—¿Podemos entrar a verlo?

—Todavía no. Los médicos están haciéndole pruebas.

Paul vio a Salu en la máquina de café. Se sintió orgulloso de ella. Había mantenido la calma y se había ocupado de su madre y de Judith.

Se acercó por detrás y la cogió de la cintura.

—Gracias por todo.

Ella se alegró de verlo. Le dio un cálido beso.

—Uff. Casi me cargo en el coche a la gilipollas de Judith. Es insoportable.

Paul sonrió y la volvió a besar.

Cuando les dejaron pasar por turnos, primero entró Teresa y después Paul con Tony. Su padre había pedido expresamente que entraran los dos hijos juntos. Los tres se abrazaron. Anthony hizo un esfuerzo por contener la emoción. Quería hablar con ellos.

—Hoy he estado a punto de irme al otro mundo. Y no quiero que eso ocurra sin contaros algo importante.

Tony imaginó lo que iba a desvelar su padre.

—Papá, no hace falta que hables ahora. Podemos esperar a que estés recuperado.

—Déjame, Tony. Necesito que tu hermano y tú conozcáis la verdad.

Paul los miró intrigado. Anthony cogió fuerzas.

—Paul, tienes que saber que no eres hijo de Teresa. Tu verdadera madre era una buena mujer del pueblo que conocí una noche en una taberna. Ese día peleé con Teresa y decidí ahogar mis penas con el alcohol. Tu madre era la camarera del local. No recuerdo cómo pasó pero acabé acostándome con ella. No supe que se había quedado embarazada hasta que un día una mujer llamó a la puerta de mi casa con un bebé en brazos. Era la hermana de tu madre. Tu madre falleció en el parto y ella no sabía qué hacer contigo. No tenía trabajo ni familia pero no quería separarse de ti. Así que yo actué como un hombre. Hablé con Teresa y se lo conté todo. Ella accedió a que fueras criado en nuestra casa como un hijo propio. Conseguí que también aceptara a tu tía como parte del personal de servicio para evitar que tuviera que separarse de ti a cambio de no revelar la verdad a nadie. Tu tía es Mary.

Paul y Tony trataban de asimilar todo lo que su padre les había revelado. Para Paul era un duro golpe conocer la verdad. Siempre había pensado que Teresa era su madre y Mary su niñera. Ahora comprendía por qué él y Tony eran tan diferentes físicamente, por qué Mary lo había criado como si fuera un hijo y por qué lloraba a veces cuando lo miraba a la cara: posiblemente viera en él a su difunta hermana.

Tony se sentía turbado al conocer que su padre no tenía una amante, sino que todo había sido un error de una noche de borrachera. No lo excusaba por lo que había hecho, pero en cierto modo le aliviaba conocer que no tenía dos familias y que realmente había querido a su madre.

Los dos hermanos salieron aturdidos de la habitación. Paul necesitaba espacio. Cuando vio a Mary que acababa de llegar al hospital fue hacia ella y la abrazó con cariño.

—Sé quién eres. Gracias por cuidarme todos estos años. Mi padre me lo acaba de contar todo, tía.

Mary empezó a llorar. Había deseado tantas veces que Paul supiera la verdad...

—Tu madre era muy buena persona, Paul. Trabajadora y alegre, como tú. Te enseñaré fotos de ella. Le hubiera gustado conocerte. Estaría orgullosa de ti. Eres un gran hombre. Hace tantos años que he soñado con este momento que no puedo creer que esté pasando.

Paul agradeció sus palabras pero necesitaba alejarse de allí. Sus padres le habían mentido todo ese tiempo. Necesitaba digerir el duro golpe. Cogió a Salu de la mano y abandonaron juntos el hospital.

Teresa casi se desmaya cuando descubrió que Anthony había revelado su gran secreto. Judith la acompañó a por una tila.

Cuando Míriam llegó encontró a Tony en la sala de espera. Nada más verla se levantó y corrió a abrazarla.

—Gracias por venir. Se alegrará de verte.

Tony la acompañó a la habitación de su padre. Anthony sonrió al ver a Míriam.

—¡Mi chica favorita! ¿Cómo tú por aquí?

—Me ha contado un pajarito que ya no sabe cómo llamar la atención. Y ahora va desmayándose por ahí.

Anthony se rio y le pidió que se acercara para cogerle la mano.

—Me he llevado un buen susto, pero soy un hueso duro de roer. Hace falta algo más que un infarto para acabar conmigo.

Tras charlar animadamente durante un rato, Míriam lo dejó descansar y salió de la habitación con Tony. Él no quería dejarla marchar.

—¿Quieres tomar algo?

—Vale.

Mientras sacaba dos cafés de la máquina le preguntó por el asunto que le quitaba el sueño.

—¿Todavía estás con Darío?

Míriam se incomodó.

—Sí. Nos va bien. Por cierto, ¿dónde está mi hermana?

—Salu se ha ido con Paul. Mi padre le ha contado toda la verdad sobre su madre.

—¿Cómo se lo ha tomado?

—Bastante bien. Resulta que Mary es su tía biológica. La madre murió en el parto y ella no quería separarse del bebé. Mi padre nunca tuvo una amante. Aquello fue un error de una noche de borrachera. Mi padre nos quería a mi madre y a mí. Nunca tuvo otra familia.

Míriam se alegró por Tony. Sabía que aquella cuestión lo atormentaba. Los dos se abrazaron. Por un momento cerró los ojos y se sintió feliz junto a él. Era como si nada hubiera cambiado. Como si solo existieran en el mundo él y ella. Aspiró su aroma de perfume caro y sonrió. Tony se negaba a soltarla. Así permanecieron un rato hasta que una incrédula Judith rompió el hechizo.

—¿Tony?

Míriam se separó a un lado. No soportaba estar cerca de aquella arpía. Se fijó en la abultada tripa de Judith. Debía de estar ya de cinco o seis meses. Sintió una punzada de dolor en el pecho. Tenía que salir de allí.

—Bueno, me voy. Tengo que buscar a mi hermana. Me alegro de que Anthony esté bien.

Salió disparada hacia la salida para llamar por teléfono a Salu. Mary, que estaba en la puerta, la detuvo.

—¿Señorita Míriam?

—¡Mary!

Las dos se fundieron en un amistoso abrazo. Enseguida se pusieron al día sobre sus vidas.

—Me alegro mucho de saber que eres la tía de Paul.

—Estoy preocupada por él. Debe de ser un trago amargo descubrir la verdad a estas alturas.

—Es lo justo, Mary. Tú siempre has actuado bien. Ya era hora de que él supiera quién eres.

El móvil de Míriam empezó a sonar. Era Salu. Le dio una dirección y le pidió que cogiera un taxi hasta allí.

La dirección correspondía a una pequeña casa en el pueblo de Brackley, cerca de donde estaban. La familia Denmarck tenía una propiedad allí.

Míriam y Salu se saludaron como si no se hubieran visto en un mes. Las dos habían pasado mucha tensión en las últimas horas. Paul les mostró la casa.

—Míriam, si quieres puedes quedarte aquí a dormir y coger mañana el primer vuelo que salga a España.

—Gracias, Paul, pero debo volver hoy. Mañana trabajo y no puedo faltar.

—Me hubiera gustado llevaros a Gales para que vierais mi casa, pero dadas las circunstancias lo mejor es quedarnos aquí cerca de mi padre.

Salu había pedido dos días libres en el bufete de abogados para quedarse con Paul. Tras comer juntos acompañaron a Míriam al aeropuerto.

La vuelta fue dura. El avión se retrasó en su salida y llegó a casa a la una de la madrugada. Le extrañó no encontrar a Luismi. Esa noche no fue a dormir. A la mañana siguiente en la tele le contó que estaba viéndose con alguien.

—¿La conozco?

—Prometo contártelo todo muy pronto. Vendrá a cenar esta noche.

—¡Qué misterio! Me tienes intrigada.

Míriam, más que la persona, deseaba conocer el sexo, si era hombre o mujer. La eterna duda sobre su gran amigo estaba a punto de desvelarse.

Esa misma noche Míriam preparó una cena especial para recibir a la misteriosa pareja de Luismi. A las nueve de la noche llamaron al timbre y Míriam acudió a abrir. Luismi estaba en la ducha. Se extrañó al encontrarse a Rafa en la puerta.

—¿Ocurre algo? ¿No me digas que tenemos un reportaje y se me ha olvidado?

Rafa sonrió avergonzado.

—No.

—¿Y qué haces aquí?

—¿Está Luismi?

Míriam lo miró incrédula. No podía ser lo que estaba pensando. Su mente empezó a encajar piezas a la velocidad de la luz. Las salidas nocturnas de su amigo, las escuchitas con Rafa durante las grabaciones, las peleas que tenían por tonterías... ¡Rafa era su pareja!

En ese instante apareció Luismi en el salón cubierto

por una minúscula toalla. Se acercó a Rafa y le dio un beso en la boca. Míriam se quedó estupefacta. Luismi se carcajeó.

—Esa es precisamente la cara que no me quería perder por nada del mundo. Cari, aquí tienes a mi pareja.

No conseguía reaccionar. ¿Rafa, que parecía un machito redomado era gay? ¿El mismo que se definía como «el terror de las nenas»? No había duda. Era gay. Y Luismi también, aunque eso ya se lo esperaba.

—Llevamos saliendo casi dos meses, *cuore*, pero lo manteníamos en secreto porque Rafa no lo tenía muy claro y yo no quería salir del armario.

Rafa intervino con timidez.

—No sé qué me ha pasado. En serio que no tenía predilección por los hombres, pero él es especial. Yo creo que me ha hecho magia negra.

—Sí, te he puesto dos velas negras como la bruja Lola.

Míriam los miraba incrédula.

Cuando esa noche se fue a dormir pensó en Luismi y Rafa, se les veía felices juntos. La vida no dejaba de sorprenderla. Y aún le quedaban más sorpresas por descubrir.

34

Anthony evolucionaba bien. Teresa no se separaba de él ni un segundo. Paul y Tony le hacían el relevo para que pudiera ir a casa a ducharse y descansar.

Los dos días que había pasado Salu allí también se quedaba para cuidar al padre de Paul. Era un hombre entrañable. Sin embargo, con Teresa la relación era inexistente. Una noche coincidieron las dos solas en la sala de espera. Salu dio el primer paso para enterrar el hacha de guerra.

—Creo que usted y yo no hemos empezado con buen pie. Siento haber sido tan grosera en Mónaco.

Teresa no tenía ninguna intención de entablar amistad con aquella mujerzuela maleducada.

—No te esfuerces, no creo que tú y yo vayamos a tener ninguna relación duradera.

—¿Por qué es así de bruja? ¿No se da cuenta de que está en juego la felicidad de sus hijos? A Tony ya le ha arruinado la vida Judith. Pero Paul puede ser feliz con quien quiera. Y puede ser que esa mujer sea yo. Paul es un hombre maravilloso y voy a luchar por él contra cualquiera que se interponga entre nosotros.

Teresa admiró la valentía y el atrevimiento de Salu.

—Aplasté a tu hermana como una colilla. No te quepa la menor duda de que si yo me empeño, Paul dejará de verte.

—No me da miedo. Es una egoísta que no es capaz de reconocer el verdadero significado del amor. Yo daría mi vida por Paul. ¿Qué más puede querer una madre para su hijo? Y aún le voy a decir una cosita más. Esa mujer a la que tanto defiende, Judith, la he visto varias veces coqueteando con un médico del hospital. ¿Cree de verdad que Tony va a ser feliz con ella? Piense en ello. Porque yo duermo con la conciencia tranquila. Usted no sé si puede decir lo mismo.

A Teresa se le revolvió el estómago. ¿Acaso Salu conocía su secreto? Esa noche Teresa no pudo dormir.

Míriam despertó sobresaltada. Había soñado que ella y Tony viajaban en un coche a toda velocidad y estaban a punto de caer por un precipicio. Su madre siempre le decía que todos los sueños tienen un significado. Míriam pensó que ella y Tony ya habían caído por el precipicio hacía tiempo.

En la tele ya estaban preparados para destapar la exclusiva. El programa de las mañanas esperaba batir récords de audiencia con la entrevista a Míriam y Darío. Los dos explicaron con todo detalle que no salían juntos. Que solo eran buenos amigos. Darío le estaba muy agradecido desde que ella lo había salvado de morir en el congelador del supermercado.

Bárbara Aribarri aprovechó el momento. Hacía tiempo que buscaba la ocasión para vengarse de ella.

—¿Entonces, Míriam, te has querido aprovechar de la fama de Darío para relanzar tu carrera televisiva?

Míriam se tensó. Intentó mantener la calma.

—No. Solo ha sido un malentendido.

—¿Y por qué no lo has desmentido antes?

Enseguida vio que aquello era una encerrona. Bárbara sabía de sobra que era el programa quien la había obligado a mantener la incertidumbre.

—Bueno, no he tenido la oportunidad hasta ahora.

—¿En serio? ¿Y qué hay de tu relación con el famoso piloto de Fórmula Uno?

Bárbara la miró con astucia. La tenía acorralada. Estaba en directo y tenía que responder.

—No sé de qué hablas.

—De Tony Denmarck.

Míriam empezó a impacientarse. Aquello la había pillado desprevenida. Decidió negarlo todo.

—No tengo nada con él.

Bárbara continuó con su ataque.

—Yo misma os he visto juntos. ¿O también es una de tus estrategias para lograr más fama y dinero?

El equipo del programa no daba crédito a lo que estaba haciendo la gran diva. Aquello era claramente un tema personal. La directora le pidió a Bárbara que zanjara la entrevista pero esta no le hizo caso.

—No eres la primera que se acuesta con famosos para sacar provecho de ellos.

A Míriam se le nubló la vista. Ella no era así. Detestaba a la gente aprovechada. Además lo suyo con Tony había sido real pero no podía contar la verdad. Darío salió en su auxilio.

—Bárbara, creo que te equivocas con Míriam. Es la persona menos aprovechada que conozco. Nosotros somos buenos amigos y sé que también tiene una buena amistad con Tony Denmarck, pero nada más.

—Querido Darío, aquí tu amiga, a la que tanto defiendes, decidió venir al programa a contar cómo te salvó la vida porque le pagamos mil euros.

Desde control central la avisaron de que la iban a cortar para ir a publicidad. Cuando empezaron los anuncios se quedaron en silencio. Míriam contuvo las ganas de llorar. Bárbara le pidió a Darío que las dejara un momento a solas.

—Tu reputación de mosquita muerta ya ha acabado. A partir de mañana no te vas a quitar de encima a la prensa rosa. Van a ir a por ti. Espero que estés lista para aguantar la presión. Hay muchas que deciden abandonar por mucho menos de lo que te espera.

Sonrió triunfal mientras Míriam cogía fuerzas para responderle.

—¿Cómo has sido capaz de preguntarme por Tony y de decir que cobré por contar el accidente de Darío? Además, que sepas que Tony y yo no estamos juntos desde hace meses.

—¿Crees que soy estúpida? ¡No me lo trago!

—Es la verdad. Va a tener un hijo con su novia.

Bárbara recibió la noticia como un jarro de agua fría.

—¿Qué novia?

Míriam disfrutó al ver la cara desencajada de la perfecta presentadora. Estaba claro que todavía no se había enterado.

—Judith Cuevas.

Bárbara sabía quién era. Se habían conocido en una fiesta.

Las dos se quedaron mirándose fijamente. Míriam continuó.

—¿Sabes? Me alegro de que ese hijo no sea tuyo porque no te mereces a Tony. Eres la peor persona que conozco en el mundo. Disfrutas humillando a la gente que tienes alrededor y no te das cuenta de lo sola que estás. No creo que toda la fama del mundo te compense la vida que llevas. ¿Tienes algún amigo de verdad? Y no hablo de los que te hacen la pelota para obtener tu aprobación. Hablo de los que no te abandonan en los momentos más duros. Me das lástima, Bárbara.

La gran diva contuvo la rabia. No podía enzarzarse en una discusión. Tenía que retomar el programa en directo. Mientras Míriam abandonaba el plató Bárbara pensó que iba a seguir con su plan de venganza. Aquella estúpida la había ofendido con sus lecciones de don nadie. Pero sería ella quien ejecutara el golpe final.

Darío esperaba a Míriam en el camerino de invitados. Quería hablar con ella.

—Lo siento mucho, Míriam. Bárbara ha perdido el juicio.

—Yo sí que debo pedirte perdón, Darío. Nunca te

dije que cobré por hablar sobre el accidente del congelador, pero necesitaba ese dinero para reparar mi viejo
coche...

La obligó a callar.

—Tranquila, no tienes que darme explicaciones.
Olvidemos el tema. Tengo algo importante que contarte. He vuelto con Ana de Palacios.

—¿En serio? Me alegro mucho por ti.

—Fui a buscarla y le dije todo lo que sentía. Ella me
comentó que alguien le había dicho una frase que la
había hecho recapacitar sobre lo nuestro.

—¿Ah, sí? ¿Qué frase?

—Que no hay suficientes kilómetros en el mundo
para separar a dos personas que se aman de verdad.

Míriam sonrió. Conocía bien a la autora de aquel
consejo.

—Es la segunda vez que me lanzas un salvavidas.
Espero algún día poder devolverte los favores.

Por la noche, cuando Míriam salió de la tele para
volver a casa vio en la puerta de entrada a Teo y a Nina
discutiendo. Sin pensarlo dos veces se acercó a ellos y
les preguntó:

—¿Qué, una discusión de enamorados?

Nina la miró incrédula. A Teo le extrañó su actitud
agresiva. Míriam lo abordó.

—¿No te da vergüenza liarte con Nina delante de
las narices de tu propia novia?

—Míriam, ¿pero qué dices?

—Sí. Lo sé desde hace tiempo. Os vi en el concierto

de Miguel Bosé enrollándoos. Hasta ahora me he callado pero ya no puedo más. Tu novia no se merece esto. Parece una buena persona.

Teo y Nina empezaron a comprender y se rieron. Nina la interrumpió.

—Teo y yo no estamos juntos.

—¡Yo no me enrollaría con ella ni loco!

Nina le dio un empujón.

—Ah, muchas gracias por lo que me toca.

Míriam no entendía nada de lo que pasaba. Teo la sacó de dudas.

—Nina sale desde hace meses con mi hermano. Nos llevamos un año pero físicamente somos muy parecidos. La gente nos confunde a menudo.

Al darse cuenta del error se sintió avergonzada.

—Lo siento. No entendía cómo podías hablarme tan bien de tu novia y estar engañándola al mismo tiempo.

—¿Tan mal concepto tienes de mí? No sería capaz.

—De verdad, os pido disculpas a los dos.

Míriam se fue a casa con la sensación de haber metido la pata hasta el fondo. Al menos había despejado sus dudas sobre Teo.

Al llegar al loft se relajó. Necesitaba un poco de tranquilidad. El día había sido demasiado intenso. Luismi y Salu no estaban en casa. Aprovechó para prepararse un baño. Mientras el agua empezaba a llenar la bañera abrió la ventana y se asomó para respirar aire fresco.

A pocos metros de distancia, en la calle, alguien la vigilaba desde el interior de un vehículo negro. La persona apretó la mandíbula al verla junto al alféizar de la ventana. Ya quedaba muy poco para su gran plan. En cuestión de días Míriam iba a morir.

35

El Mundial se decidía en dos semanas. El padre de Tony, Anthony, había recibido el alta hacía un mes y se recuperaba en la casa de campo de Gales. Paul y Tony le habían prometido viajar a la última carrera. Sería en España. Tony podía proclamarse vencedor o quedar en segunda posición. Su rival directo era Jason Batta. Su gran amigo había logrado hacerse con el segundo puesto.

Ese fin de semana corrían la penúltima carrera en el circuito de Monza. Era el Gran Premio de Italia. Jason buscó a Tony antes de la carrera.

—Oye, colega, mucha suerte.

Tony le chocó la mano.

—Que gane el mejor.

—No te lo voy a poner fácil.

—Ni yo tampoco.

Los dos se rieron. Tenían mucha presión para ganar. Estaban prácticamente empatados en puntos y necesitaban sacar ventaja.

Belinda acudió a los boxes para desear suerte a su marido.

Jason había conseguido la *pole* y salía en primera posición. Los pilotos se situaron en la parrilla de salida. Cuando las luces del semáforo se apagaron los coches salieron disparados. Tony tenía que buscar el momento para adelantar a su gran amigo.

Míriam y Salu veían la carrera en casa de sus padres. Habían ido a pasar el fin de semana al pueblo. Su padre estaba entusiasmado por ver correr al piloto que hacía un tiempo había estado en su propia casa. Todavía no se creía que Salu saliera con su hermano.

Míriam sufría en cada intento de adelantamiento. Pensó en Belinda. También lo estaría pasando mal en ese momento. Las dos sabían lo amigos que eran Tony y Jason fuera de la pista.

El circuito de Monza se conocía por ser «El templo de la velocidad de la Fórmula Uno». El circuito más rápido de todos, donde los pilotos podían poner sus monoplazas a 230 kilómetros por hora. En Italia la escudería de Ferrari era la favorita, por lo que Tony contaba con un gran respaldo del público que animaba entusiasmado.

Quedaban diez vueltas y era la hora de arriesgar. Ahora o nunca. Tony cogió una recta e intentó pasar a Jason sin éxito. Después lo intentó en una curva. Cuando la carrera estaba a punto de acabar, y todos lo daban por perdido, Tony se situó justo detrás de su rival y encontró el hueco para adelantarlo. El Ferrari de Tony atravesó primero la línea de meta. Su coche siguió dando la vuelta al circuito mientras Tony celebraba exultante el resultado.

Pero de repente ocurrio algo que los dejó a todos sin aliento. Jason sufrió un devaneo por la tensión acumulada y perdió el control de su monoplaza. En cuestión de segundos se salió de la pista y chocó contra una de las vallas de seguridad. Los equipos de emergencia acudieron rápidamente a su rescate.

Belinda gritó atemorizada por el accidente y fue en busca de su marido.

A miles de kilómetros, Míriam y Salu también gritaron horrorizadas. Míriam pensó en su amiga Belinda. El accidente no parecía muy grave. Esperaba que Jason estuviera bien. Al momento confirmaron que el piloto estaba vivo. Poco después de trasladarlo al hospital se difundió la mala noticia. Jason estaba en estado de coma.

Salu llamó por teléfono a Paul. Estaba abatido.

—Los médicos no pueden decirnos nada todavía. Parece que ha sufrido un derrame cerebral.

—¿Cómo está Belinda?

—Está como ausente. Un psicólogo está con ella. Ninguno nos acabamos de creer lo que ha pasado.

Paul se quedó en silencio. Salu lo escuchó llorar.

—Es horrible. Me gustaría tanto estar ahora mismo contigo...

—Lo sé. No te preocupes. Tenemos que ser fuertes y darle ánimo a Belinda.

Míriam le cogió el teléfono a su hermana.

—Hola Paul, soy Míriam. ¿Cómo está Tony?

—Está hundido. Ya sabes que Jason para él es como un hermano.

Ella se emocionó.

—Lo sé. Debe de estar sufriendo mucho. Cuídalo, Paul. Tony es como una roca, le cuesta mostrar sus sentimientos pero todos necesitamos apoyo en los momentos críticos.

—Gracias, Míriam, por preocuparte por él.

El accidente de Jason dio la vuelta al mundo. Todos los periódicos, radios y televisiones se hicieron eco de la noticia. Míriam rezaba por que Jason volviera a la vida. Podía sentir el dolor de Belinda como el suyo propio. Había hablado con ella por teléfono y estaba destrozada.

Tony se negaba a separarse de su amigo. Lo visitaba en el hospital todos los días. Se sentaba junto a él y le hablaba como si Jason pudiera escucharle. A Belinda se le partía el alma cuando entraba a la habitación y se encontraba a Tony hablándole al cuerpo inerte de su marido.

Un día se quedó apoyada en la pared escuchando lo que le decía.

—Jason, tío... No me dejes solo. Sé fuerte. Este mundial es de los dos y no quiero ganarlo si tú no estás conmigo. Hazlo por nosotros. Hazlo por Belinda que te quiere con locura. Vuelve, tío. Estamos todos aquí contigo. Esperándote.

Belinda se acercó a Tony y le puso la mano en el hombro.

—Eres un gran amigo, Tony. Jason te quiere mucho.

—Lo sé. Yo también a él.

—La vida es así. Un instante puede cambiarlo todo para siempre, por eso hay que vivir intensamente cada minuto. Tony, mírame.

Tony se volvió y miró los ojos de Belinda, anegados en lágrimas.

—Yo he vivido intensamente cada minuto con Jason. No me arrepiento de nada. Si muere sabré que exprimimos nuestro tiempo juntos y fuimos felices. Tony, la vida es muy corta. Busca tu felicidad y lucha por ella. Pocas personas tienen la suerte de encontrar a su alma gemela.

Tony pensó en Míriam.

—La quiero más que a mi vida, pero ella se niega a volver conmigo.

—Ella también te quiere. Tienes que hacerle ver que estáis hechos el uno para el otro. Y que juntos podéis superar cualquier obstáculo de la vida. Si supieras que vas a morir mañana, ¿qué harías?

Tony tenía clara la respuesta.

—Gracias, Belinda.

36

Tras una semana con el mundo en vilo los médicos anunciaron que Jason Batta había salido de su estado de coma. La buena noticia coincidía con el último Gran Premio de la temporada en España. Los pilotos se concentraban en el circuito de Montmeló.

Tony se jugaba el título con el piloto japonés, su rival directo. Tenía la ventaja de salir en la *pole*, pero si el japonés lo adelantaba durante la carrera podía arrebatarle el Mundial.

Sus padres, Anthony, Teresa y Mary habían acudido a Barcelona para ver el espectáculo.

Judith estaba en el último trimestre de su embarazo. Teresa necesitaba hablar con ella.

—Judith, voy a contarle la verdad a Tony.

—¿Pero qué diablos estás diciendo? Todavía no lo he reconquistado. Si le cuentas la verdad lo perderé para siempre.

Teresa se mostró firme.

—No duermo bien por las noches y después de lo

que ha pasado con Jason... Si Tony hubiera sido el que estuviera en coma no me habría perdonado mentirle. No puedo jugar así con su vida.

Judith la agarró de las muñecas con fuerza. Teresa vio la ira en su mirada.

—Ni se te ocurra joderme el plan, vieja estúpida. Tú aceptaste participar en este circo y ahora vamos juntas hasta el final.

A Teresa le asustó su agresividad.

—Suéltame ahora mismo. Y no vuelvas a amenazarme. Haré lo que sea mejor para mi hijo. Ya veo que contigo me he equivocado.

—Les diré que todo fue idea tuya. No te perdonará nunca.

Teresa dio media vuelta y se fue enfadada.

La carrera estaba a punto de empezar. Tony subió al monoplaza con un aspecto diferente al habitual. Había pedido a la escudería poner el nombre de Jason en su casco. Quería rendirle su particular homenaje. Tras muchas discusiones, los grandes jefes se lo habían permitido.

Paul llamó a Salu. Tenía que haber llegado hacía horas a Barcelona. Habían quedado en ver juntos la última carrera. No entendía por qué no estaba allí. Había intentado localizarla en el móvil sin éxito. Llamó a Míriam por si sabía algo pero tampoco respondía. Acudió a los boxes para centrarse en la carrera. Su hermano estaba a un paso de hacer historia en la Fórmula Uno.

A esa misma hora, en el loft de Míriam, las dos hermanas rezaron por que sus móviles volvieran a sonar. Estaban inmovilizadas de pies y manos, atadas a una silla y con la boca amordazada. «El innombrable» había conseguido colarse en la casa aprovechando un descuido de Salu, que había dejado la puerta abierta mientras cogía la maleta para irse a Barcelona.

Pedro había entrado con un arma en la mano y las había obligado a sentarse amenazándolas a punta de pistola. Con destreza las había atado de pies y manos. No habían osado oponer resistencia.

Estaban horrorizadas. Pedro lucía una barba de varios meses. Tenía los ojos enrojecidos e iba sucio y descuidado. Su aspecto era espeluznante. A la hora de la carrera encendió la tele. Hablaba con voz ronca, castigada por el exceso de alcohol y otras sustancias prohibidas.

—Ahora, vamos a ver a vuestros chulos en acción.

Pedro se sentó en el sofá y se preparó una raya de cocaína. La esnifó y dio un trago a la botella de whisky que había traído.

Míriam pensó en que tal vez Luismi adelantara su vuelta y las encontrara allí. Se había ido de fin de semana a casa de Rafa.

Temía que Pedro pudiera perder el control en cualquier momento y hacerles daño de verdad. No lo creía capaz de matarlas, pero con todo lo que estaba ingiriendo, en poco tiempo no se acordaría de sus actos. La mordaza que le había puesto en la boca le impedía negociar con él. Se sentía impotente y asustada.

Salu solo tenía una única esperanza: que Paul la buscara al ver que no daba señales de vida.

Tony disfrutaba al volante de su potente monoplaza. Dominaba la situación e impedía que el japonés lo adelantara. Necesitaba máxima concentración para lograr la victoria. Estaba a punto de conseguir su sueño y el de su padre. Se había preparado durante toda su vida para este momento.

Paul seguía dejándole mensajes a Salu en el contestador en vano. Tenía un presentimiento negativo. Tenía que intentar averiguar el teléfono de Luismi o de sus padres.

A pocos metros, Anthony disfrutaba de la mejor carrera de su hijo. Estaba orgulloso de Tony. Era un piloto excepcional. Él siempre había visto que tenía madera de campeón. Era fuerte física y mentalmente y sentía verdadera pasión por lo que hacía.

Anthony intentó controlar los nervios. El médico le había recomendado seguir en reposo pero por nada del mundo iba a perderse la gran final de su hijo.

Teresa no veía la hora de contar toda la verdad. Lo haría después de que Tony diera la rueda de prensa. No quería estropear su momento.

Judith estaba preparada para defenderse si la vieja bruja decidía al final desvelar su secreto.

Desde un hospital de Italia, Jason Batta y Belinda veían la última carrera en televisión cogidos de la mano. Belinda estaba feliz por haber recuperado a su marido.

—Está haciendo una buena carrera. Es el mejor... —apuntó Jason.

—¿Sufres por no estar hoy allí?

Él miró a su linda esposa.

—Hubiera sufrido si no pudiera estar hoy aquí contigo. Eres lo más importante de mi vida. No hay ningún monoplaza que pueda competir contigo.

Se besaron con cariño.

Pedro apuró el último trago de la botella de whisky y la lanzó contra la pared. Una lluvia de pequeños cristales se esparció por el delicado parquet. La carrera estaba a punto de acabar y cada vez estaba más borracho.

Míriam vio cómo revolvía en la cocina. Pensó que buscaba más alcohol, pero se le erizó el vello cuando lo vio volver con un cuchillo en la mano. Se situó junto a ella.

—¿Qué diría tu piloto capullo si te rajo la cara? Mira, justo aquí.

Míriam notó el filo frío del metal en su pómulo derecho y sintió un miedo atroz. Empezó a llorar y a tener espasmos. Notó cómo el afilado cuchillo le hacía un pequeño corte que empezó a sangrar. Salu empezó a moverse bruscamente para llamar la atención de Pedro y que dejara a su hermana. Él vio su reacción y le dio un puñetazo en la cara.

—Estate quieta de una puta vez. A la próxima te pego un tiro. Eres una zorra. ¡Ella me dejó por tu puta culpa!

El teléfono de Salu volvió a sonar. Estaba segura de que era Paul. Pedro se acercó al móvil y miró el nombre. Era incapaz de leerlo. Se le nublaba la vista.

—Estúpido móvil.

Lo lanzó contra la pared y lo desarmó en varias piezas.

En Montmeló la tensión crecía cada minuto. Solo quedaban tres vueltas. Tony seguía en primera posición aunque el japonés no se rendía e intentaba adelantarlo como un loco. No podía bajar la guardia. En una milésima de segundo el japonés vio un posible hueco para pasarlo e inició la maniobra de adelantamiento. Tony intentó impedirlo. El público chilló al ver que casi se rozan. Tony recuperó el control y siguió manteniendo la ventaja. El japonés los había puesto en peligro a los dos. Dio otras dos vueltas en máxima tensión.

En la última vuelta el japonés decidió jugársela a todo o nada. Volvió a intentar el adelantamiento. Tony se tensó. Una mala maniobra podía acabar en accidente.

Mantuvo la concentración y con pericia logró zafarse del acecho de su rival. Cuando, por fin, logró cruzar la meta gritó de júbilo. Lo había logrado. Era el campeón mundial de Fórmula Uno.

Anthony se levantó de la silla y empezó a saltar de alegría. Su mujer Teresa lo intentó calmar. No quería que le diera otro infarto.

Paul corrió a abrazar a su hermano. En la escudería todos salieron a la pista a recibirlo.

El público vitoreaba su nombre.

Jason Batta lloraba de emoción en el hospital.

Míriam y Salu no podían compartir la felicidad del momento. Temían por sus vidas.

Cuando Tony subió al pódium y escuchó el himno, rompió a llorar. Había cumplido su sueño. En la rueda de prensa posterior los periodistas le preguntaron a quién le dedicaba el premio.

—Este título es para la gente que me empujó a tomar este camino, mi familia, en especial mi padre y mi hermano Paul. Para todo el equipo que ha hecho posible que lleguemos hasta aquí gracias a su esfuerzo y su dedicación, para mi gran amigo Jason Batta que ha logrado el mayor de los triunfos: la vida. Y por último, para la persona que me da fuerzas cada día para levantarme y ser mejor persona, para ti, Míriam.

Míriam escuchó la dedicatoria de Tony inmovilizada en la silla. Dos enormes lágrimas rodaron por sus mejillas. Le acababa de declarar su amor delante de medio mundo.

Pedro se enfureció.

—Jodido cabrón, Míriam es mía y tú me la has quitado.

Cogió una escultura de hierro que había en el comedor y empezó a golpear iracundo la imagen de Tony en la televisión. Cuando hubo destrozado por completo la pantalla se dejó caer exhausto en el sofá. Estaba totalmente ebrio y fuera de sí.

Todos querían felicitar a Tony. Apenas podía dar dos pasos sin que lo pararan. Su padre le dio un fuerte abrazo. Los dos se emocionaron.

—Sabía que lo lograrías. Estoy orgulloso de ti.

—Ha sido gracias a ti, papá.

Teresa necesitaba hablar con él.

—Cariño, necesito que me acompañes un momento a un lugar un poco más tranquilo. Es muy importante.

Tony entró con ella en una sala que estaba vacía y cerraron la puerta.

—Primero que nada quiero decirte que estoy muy feliz por tu triunfo.

—Gracias, mamá.

—Y lo segundo te pido perdón por lo que voy a contarte. Piensa que una madre siempre hace lo que piensa que es mejor para su hijo.

Tony empezó a impacientarse.

—¿Mamá, qué ocurre?

—El hijo que Judith espera no es tuyo.

Tony estaba confuso.

—¿Qué quieres decir con que no es mío?

—El padre es un médico casado. Judith me confesó

que se había desentendido de ella y que estaba desesperada por tener que criar a un hijo sola. Yo le conté que tú estabas ilusionado con una chica que no te convenía. Entre las dos ideamos un plan para hacerte creer que el hijo era tuyo e intentar juntaros de nuevo.

Tony no podía creer lo que su madre le estaba diciendo.

—¿Me habéis engañado para separarme de Míriam? ¿Habéis intentado hacerme creer que iba a ser padre? ¡Y todo es mentira!

Tony se encolerizó.

—Esta vez te has pasado. Estoy harto de que manipules nuestras vidas. ¿Es que no tienes límites? ¿Cómo has podido hacerme esto?

Teresa le suplicó con lágrimas en los ojos.

—Por favor, perdóname. Reconozco que me he equivocado. Quiero enmendar mi error. Sé que esa chica era especial y quiero lo mejor para ti.

Tony no podía escuchar más. Salió de allí enfurecido. Paul lo esperaba afuera.

—¿Qué ha pasado?

Su hermano estaba sobrepasado por los acontecimientos. Era incapaz de razonar. Se sentía herido y engañado. Paul lo detuvo.

—Tony. Te necesito. Creo que a Salu y a Míriam les ha pasado algo.

Logró que Tony le prestara atención.

—¿Por qué dices eso?

—Salu tenía que haber venido aquí a Barcelona y no ha aparecido. Ninguna de las dos contesta al móvil y sus padres no saben nada de ellas desde ayer.

En la cabeza de Tony apareció la imagen del «innombrable».

—Vamos, date prisa, tenemos que llegar pronto a Madrid. Puede que estén en peligro.

Tony llamó al gran magnate de Ferrari. Necesitaba pedirle un favor.

En media hora tenían a punto el jet privado de la escudería para viajar a la ciudad.

Tras aterrizar lograron localizar a Luismi. Le explicaron sus sospechas y le pidieron que acudiera al loft cuanto antes.

Mientras las dos hermanas se resentían por la postura en la que estaban desde hacía horas. Les dolían los pies y las muñecas que tenían atadas. La cuerda impedía que la sangre circulara.

Pedro hacía rato que se paseaba por el salón nervioso, haciendo espavientos como si luchara con fantasmas invisibles.

El sonido del telefonillo les alertó de que alguien las buscaba. Pedro salió de su estado de enajenación transitoria. Acudió al aparato y no vio a nadie en la pantalla. Tony y Paul habían aprovechado que un vecino salía para entrar.

Cuando llegaron al piso llamaron al timbre. Nadie respondía. Míriam y Salu empezaron a moverse para intentar pedir auxilio. Pedro cogió el arma. A Míriam se le encogió el corazón al escuchar la voz de Tony.

—¿Míriam, estás ahí?

Temió lo que pudiera hacerle el perturbado de Pedro.

En ese momento llegó Luismi con Rafa.

—Ya estoy aquí. Traigo las llaves.

Luismi abrió sin ser consciente de qué le esperaba al otro lado. Pedro disparó. Tony, Paul y Rafa saltaron encima de él y entre los tres lograron inmovilizarlo. Tony le arrebató el arma y con la culata le dio un golpe seco en la cabeza. Pedro se desmayó. Rafa acudió junto a Luismi, que yacía en el suelo con sangre en el brazo. Examinó la herida.

—Tranquilo, la bala no ha entrado. Es solo una rozadura.

Luismi estaba en estado de *shock*.

Mientras Rafa llamaba a una ambulancia, los dos hermanos entraron en el salón y vieron a las chicas atadas. Tony se fijó en que Míriam tenía sangre en la cara. Le limpió la herida mientras Paul la desataba. Comprobó que era un corte superficial. Ella lo abrazó llorando.

—Tranquila. Ya ha pasado todo. Vamos a meter a ese cabrón en la cárcel. No se va a volver a acercar a ti en la vida. Te lo prometo.

Míriam temblaba de miedo.

Paul le quitó la mordaza a Salu.

—¿Estás bien?

—Sí, gracias —musitó ella sin fuerzas.

Paul la estrechó entre sus brazos y la besó con adoración.

—Menos mal que no te ha ocurrido nada. Ahora mismo ya no sabría vivir sin ti.

Salu sonrió. Estaba exhausta pero todavía le quedaban fuerzas para abrazar y besar al hombre que la había cambiado.

La Policía llegó media hora más tarde. Pedro había recuperado la consciencia y estaba atado en un silla. Uno de los agentes les explicó que le seguían la pista desde hacía tiempo. Estaba en busca y captura por varios delitos. Con suerte le caería una condena de más de treinta años en la cárcel.

Una unidad del SAMU acudió al lugar para curar a los heridos. A Míriam le limpiaron el corte y le pusieron un apósito en el rostro. En cambio a Luismi decidieron trasladarlo al hospital para hacerle un chequeo. Rafa se fue con él en la ambulancia.

Tony le pidió a Míriam que fueran a la habitación para hablar en la intimidad.

—Tengo algo que decirte. Sé que estás en estado de *shock* por todo lo que te ha pasado, pero esto es muy importante. El hijo que espera Judith no es mío. Ella y mi madre tejieron una mentira para hacerme creer que yo era el padre y separarme de ti. Estos días que he pasado junto a Jason, cuando estaba en coma, me he dado cuenta de que la vida es muy corta y quiero vivirla contigo. Míriam, te quiero.

Ella se lanzó a sus brazos y los dos se fundieron en un interminable beso. Lo amaba. Inspiró su aroma. Cuando se separaron, él la miró con su mirada enigmática y llena de fuego. De repente sacó de su bolsillo una diminuta caja con un precioso anillo.

—Míriam, ¿querrás ser mi talla treinta y choco para toda la vida?

Ella no dudó ni por un segundo.

—Siempre que tú seas «mi chulito favorito».

Epílogo

Una semana después Tony y Míriam contemplaban atónitos la detención de la gran diva de la televisión Bárbara Aribarri. La Policía había descubierto que era ella quien había comprado el arma que llevaba Pedro. Él mismo lo había confesado en los interrogatorios. Había contactado con ella el día en que salió airada del chalet de Tony tras descubrir que estaba con Míriam.

Pedro y Bárbara habían intercambiado mensajes con fotos y detalles de la operación. La Policía lo había comprobado al confiscar sus teléfonos móviles.

Nina iba a sustituir a Bárbara como presentadora del programa de las mañanas de Antena 6. A Luismi le habían ofrecido un contrato para ser contertulio en la sección de prensa del corazón y había aceptado entusiasmado. En cambio Míriam, tras el final del *reality*, quería tomarse un tiempo de relax.

Míriam bajó del coche. Estaba nerviosa. Acababa de llegar al club de campo donde se celebraba el evento. Su hermana Salu la esperaba en la entrada.

—Todavía no me lo creo. ¡Estás preciosa!

—Tú también, hermanita.

Sintió que por fin había logrado perdonar a Salu por su infidelidad. La quería por encima de todo.

Salu se tocó la abultada tripa.

—De aquí poco no cabré en ningún vestido.

—Es lo que tiene estar embarazada.

Paul la abrazó por detrás y le dio un dulce beso en el cuello. Por fin Salu había aceptado ir a un psiquiatra para tratar su trastorno alimentario. Lo iba a hacer por ella, por él y por el futuro bebé que estaba en camino.

Míriam se agarró del brazo de su padre. La música comenzó a sonar. *Morena mía* era una elección algo arriesgada para la entrada de la novia en el día de su boda, pero era el deseo de Míriam y Tony.

Él la esperaba al final del pasillo. Estaba guapísimo con su esmoquin negro. Míriam empezó a recorrer el camino cubierto de pétalos de rosa. Se alegró de ver a Belinda y Jason, totalmente recuperado. A su gran amigo Luismi llorando a moco tendido junto a Rafa. A Darío Mustakarena cogido de la mano de su preciosa novia Ana de Palacios. A Teo y su novia, a Nina y Mario, Mary y por último a su madre Lolín, emocionada en primera fila con el perrito *Choco* vestido de blanco en su regazo. Al pasar junto a Anthony, este le guiñó un ojo. Teresa sonrió dándole su bendición.

Míriam se encontró con los ojos de Tony. Brillaban llenos de amor. Le susurró divertida:

—Aún estás a tiempo de echarte atrás.

—Alguien me dijo que no tendría miedo al compromiso el día en que encontrara a la persona adecuada. Creo que me he curado.

Los dos se besaron con devoción. Ella le acarició el pelo todavía con restos de tinte azul.

—Todavía me debes una explicación.

Tony sonrió.

—Prometo contártelo todo esta noche.

Tras la comida y el baile, Tony secuestró a su mujer de la fiesta. Tenía un regalo muy especial para ella. La subió a su nuevo coche, un Jaguar ranchera y la condujo hasta su sorpresa.

Míriam caminaba con los ojos vendados guiada por Tony.

—¿Ya puedo mirar?

—Espera. ¡Impaciente!

Cuando estaba situada justo en el lugar que él quería le quitó la venda.

Míriam vio una preciosa casa construida en la colina favorita de Tony con vistas al embalse. Le llamó la atención ver un enorme perro de raza San Bernardo que se acercó a saludarla amistosamente.

—Te presento a tu perro *Niebla*. Detrás de la casa está la cabra *Copito de Nieve* y el pájaro *Pichí* en una enorme jaula de madera.

Míriam se rio. Él la cogió de la cintura.

—¿Tu sueño no era vivir como Heidi?

—Mi sueño es vivir para siempre contigo.

Los dos se besaron con fogosidad. La pasión que sentían el uno por el otro se mezclaba con un fuerte sentimiento de amor y respeto. No sabían lo que la vida les iba a deparar, pero sí sabían que lo compartirían juntos.

Agradecimientos

¿Os podéis creer que esta es una de mis partes favoritas cuando leo un libro? En serio. Me encanta leer los agradecimientos porque muestran quién es el autor, de dónde viene, quién lo acompaña en su camino y hacia dónde va. ¡Todo eso en una o dos páginas!

En mi caso tengo claro que mis primeros «Mil gracias» son para mis padres, Juan Carlos y María Pilar, porque siempre han creído en mí y tal vez eso es lo único que importa para que una persona consiga todo lo que se proponga en la vida, por muy imposible que parezca.

No hace mucho leí algo así que me encantó. Un amigo le pregunta a otro:

—¿Por qué no has hecho «esto» si era el sueño de tu vida?

—Porque nadie me dijo que podía conseguirlo.

Gracias a mi marido, Toni, por su amor incondicional, por apoyarme en todo momento y por inspirarme el personaje principal con quien comparte nombre y pasión por la Fórmula Uno.

Gracias en especial a mi hermana Maite por, sin saberlo, ayudarme a construir la relación entre Salu y Míriam, de la cual he tomado prestado momentos de nuestra infancia.

Gracias a mi tío Antonio que, desde el otro mundo, me animó a emprender mi proyecto pendiente de escribir una novela, mi ilusión desde que era pequeña e inventaba y escribía historias para mi familia que les regalaba en Navidad entre dos cartulinas atadas con cuerda.

Gracias a mi gran amiga Bego por corregir las primera páginas del libro.

Gracias a mi compañera de profesión M.ª José Berbegall, que ha trabajado durante años como periodista deportiva en la Fórmula Uno. Gracias por documentarme y resolver todas mis dudas.

Gracias a todos mis compañeros de RTVV que juntos hemos vivido y sufrido la etapa más difícil de la televisión autonómica valenciana. Gracias por todo lo que he aprendido con vosotros durante más de ocho años juntos. Espero que muy pronto podamos volver a tener una radio televisión pública emitiendo para todos los valencianos.

Gracias a Miguel Bosé por cederme parte de sus canciones para construir el personaje de la protagonista que no podría vivir sin la música de su «Papito». Y gracias a María Alba, Clara Heyman y Jaime Aranzadi por sus gestiones y profesionalidad.

Gracias a la editorial Ediciones B porque sin ellos

esto no sería posible. Gracias por confiar en mi historia y darme esta oportunidad única de poder hacer lo que me gusta. Gracias por hacerme inmensamente feliz.

Gracias a ti lector/lectora por dedicar tu tiempo para vivir la emoción de esta novela. ¡Espero que podamos volver a encontrarnos muy pronto en nuevos proyectos!